कीर्तिगान

[उपन्यास]

कीर्तिगान

चन्दन पाण्डेय

राजकमल प्रकाशन

इस उपन्यास के पात्र, घटनाएँ, जगहें और संवाद काल्पनिक हैं।
सत्य के किसी प्रारूप से कोई भी साम्य महज़ संयोग है।

ISBN : 978-93-92757-66-2

मूल्य : ₹595

पहला संस्करण : 2022

प्रकाशक : राजकमल प्रकाशन प्रा.लि.
1-बी, नेताजी सुभाष मार्ग, दरियागंज
नई दिल्ली-110 002

शाखाएँ : अशोक राजपथ, साइंस कॉलेज के सामने, पटना-800 006
पहली मंज़िल, दरबारी बिल्डिंग, महात्मा गांधी मार्ग, प्रयागराज-211 001
36 ए, शेक्सपियर सरणी, कोलकाता-700 017

वेबसाइट : www.rajkamalprakashan.com
ई-मेल : info@rajkamalprakashan.com

मुद्रक : बी.के. ऑफसेट
नवीन शाहदरा, दिल्ली-110 032

KEERTIGAAN
Novel by Chandan Pandey

अपनी भतीजी इरा के लिए
जिसे महज़ तीन वर्ष का जीवन मिला...

मेरे रक्त-भरे महाकाव्यों के पन्ने उड़ते हैं...

—मुक्तिबोध

सुन रहा हूँ मैं वही
पागल प्रतीकों में कही जाती हुई
वह ट्रैजडी

—मुक्तिबोध

सनोज

मैं उसका समय था और वह समय पूरा हो चुका था। सारी रात हमको उसी के सामने बिठाए रखा था। जैसे मेरे बैठे रहने तक ही वह ज़िन्दा हो। यहाँ तक कि जब बेरहम सुबह हुई और तबरेजवा को पुलिस ले जा रही थी तो बेहोश हालत में भी वह हमको ही देखे जा रहा था। और जानते हैं मैडम, उसको पूरी रात पीटते रहे थे।

यह मरहूम तबरेज के साथी का बयान है। साथी का रिश्ता भी उसे हमने—दिल्ली के इस दफ़्तर में बैठे हम लोगों ने—सौंप दिया है, वरना गाँव के रिश्ते से वह चाचा, भाई, ताऊ और न जाने क्या-क्या हो सकता था; नाम लुकमान है। इसकी आवाज़ से इसके घर की याद आ रही है, या झोंपड़ी की।

जिस दिन का बयान हम अभी सुन रहे हैं वह सरायकेला यात्रा का हमारा तीसरा और आख़िरी दिन है। हम दोनों संवाददाता–मैं और सुनंदा। बाक़ी के दो दिनों में हम—यानी अभागे हम—शाइस्ता परवीन से मिल

चुके हैं जो तबरेज की बेवा है; जिसके पास कहने के लिए आँसू हैं और देने के लिए दुआ लेकिन इन सबके एवज़ में पाना वह न्याय चाहती है।

वह न्याय शब्द को बार-बार दुहराती है। यह पूछने पर कि कैसा न्याय चाहिए, वह कहती है कि हत्यारों को क़ैदख़ाने में देखना चाहती है। वह नहीं जानती कि इस धरती पर अठखेलियाँ करती व्यवस्था में न्याय-अन्याय में क्या फ़र्क़ है और कितना फ़र्क़ है? न्याय और अन्याय में वर्तनी भर का फ़र्क़ रह गया है। अन्याय आपको एक झटके में ख़त्म कर सकता है और न्याय, क्योंकि वह 'प्रिविलेज्ड' है इसलिए, आपको ज़िबह करता है, धीरे-धीरे मारता है।

हम लोग टप्पू मंडल से मिल चुके हैं जो इस भीड़-हत्या का हत्या-प्रमुख है। वह इस क़दर नीच है कि क़ानून-व्यवस्था से मिली हर मदद को वह अपनी बुद्धिमत्ता समझता है। उसे भरपूर यक़ीन है कि उसने अपनी, ख़ास अपनी, होशियारी से इस हत्या को औचक भीड़ द्वारा की गई हत्या की शक्ल पहनाई है।

उन डॉक्टरों से मिल चुके हैं, जिनकी ख़ातिर एक पल के लिए भी टप्पू एहसानमंद नहीं हैं। जिन्होंने पोस्टमार्टम की रिपोर्ट इतनी लचर तैयार कर दी कि अदालत तक ने मान लिया—तबरेज की मृत्यु हृदयगति रुकने से हुई मृत्यु है।

उस सरकारी वकील से मिल चुके हैं जो मुक़द्दमा हारने के लिए तैयार बैठा रहा होगा। मनचली अदालतें झूठ को सच मानने के लिए तत्पर रहती हैं। इस दफ़ा भी यह सुनने के लिए तैयार रही होंगी कि तबरेज की मृत्यु हृदयगति रुकने से हुई जैसे दुनिया में इससे पहले की सारी मौतें हृदयगति के चलते हुई हों।

पुलिस अधिकारियों से मिलने की कोशिश कर चुके हैं जिन्होंने उसी

पोस्टमार्टम रिपोर्ट को आधार बनाकर पहले तबरेज पर मुक़द्दमा ठोंका और मामला यह बनाया कि अगर उसे लोगों ने पकड़ रखा था तब तो वह शर्तिया चोर ही होगा। बाइक-चोर। इसी नाम से तबरेज को सरकारी तथा सामाजिक सत्ता के हलक़ों में प्रसिद्ध किया गया है। आप किसी से पूछेंगे कि तबरेज को आपने क्यों मारा तब जवाब में सबसे पहले आपको यह सुनने को मिलेगा : 'कौन, वह बाइक-चोर?'

लेकिन जब वह मर गया तब भारी मन से उस थाने वालों ने हत्यारों पर चलताऊ मुक़द्दमा लगाया। प्यार से सनी धाराओं का मुक़द्दमा। हत्यारों को कुछ दिनों बाद अदालत ने इसलिए बरी कर दिया क्योंकि जब मृत्यु, बकौल जूताख़ोर डॉक्टरों के, हृदयगति रुकने से हुई थी तब हत्या का मुक़द्दमा कहाँ ठहरता है।

कीर्तिगान पत्रिका ने जब तंत्र के पिछवाड़े में बिना छीले ही बाँस किया तब जाकर हत्यारों पर उनकी साथी पुलिस ने दुहराकर हत्या का मुक़द्दमा भी दर्ज किया था। जिसका एक, अन्यथा क़िस्म का, परिणाम हमें भुगतना पड़ा था कि उस पूरी यात्रा में कहीं भी हमने अपने आपको कीर्तिगान का मुलाज़िम नहीं बताया वरना क्या पता हमारी भी हृदयगति रोक दी जाती या हमारा भी 'जज लोया' कर दिया जाता।

राजबली जी, कीर्तिगान के सम्पादक, की इस कोशिश का ख़मियाज़ा इससे कहीं बड़ा था। विज्ञापनों के सूखे की बात जाने दें तब भी अनुराग, जो जागरण में है और समय के साथ है, बता रहा था कि दूसरे मीडिया घरानों को कीर्तिगान का यह क़ायदा पसन्द नहीं आया कि मॉब लिंचिंग में मारे गए लोगों के आँकड़े जमा किए जाएँ, उनसे जुड़े दस्तावेज़ तैयार किए जाएँ, जिनमें मरने वाले और मारने वालों का ब्योरा हो। वे मीडिया घराने सरकार के इस तर्क से मुतमईन थे कि कई सौ की संख्या में होने

वाली ये भीड़-हत्याएँ प्रायोजित नहीं हैं और न ही इन्हें अलग से देखे जाने की ज़रूरत है।

वह तस्वीर आपने देखी होगी जिसमें टप्पू मंडल कुर्सी पर बैठा है और तबरेज का ख़ूनम-ख़ून चेहरा अपने हाथ में उठाए हुए है। वह भिनसार की तस्वीर है। टप्पू ने कहा था कि जितने भी फ़ोन कैमरा वाले हैं सभी इस पोज में उसकी फ़ोटो उतारो। जिसका फ़ोटो अच्छा आया उसे एक राशन कार्ड मुफ़्त मिलेगा। उसका राशन कार्ड का 'बिजनेस' है। (हँसते हुए) झारखंड है न, यहाँ की बोली ऐसे ही है।

पुलिस जब तबरेज को जीप में पीछे पटककर लेती गई तब जश्न में वह रस्सी लूटने की जो भगदड़ मची कि पूछिए मत। कौन रस्सी? वही रस्सी, जिससे उसकी हाथों की उँगलियों को पीछे मोड़कर बाँध रखा था। शायद इसलिए कि ज़्यादा हिले-डुले तो वे सारी टूट जाएँ वरना हाथ पीछे करके बाँधते हुए तो पंजे ही बाँधते हैं लोग। वही रस्सी। पैर जिससे बाँधा था वह रस्सी भी। नरकुल से बँटी गई रस्सी जिससे उसके पैरों को दो जगह पर बाँधा था। आप तो जानती हैं मैडम नरकुल की रस्सी से किसी को तेज़ बाँध दो तब वह ख़ूनिया जाएगा।

जब विजय-जश्न के दौरान बँटवारे में रस्सी कम पड़ गई तब तबरेज के कपड़े का, जो उन्होंने फाड़े थे उसके टुकड़े, सब जना आपस में बन्दरबाँट लगा रखा था। सब इसे सँजोकर, मढ़ाकर रखने वाले थे। इनाम की तरह। टपुआ, अगे मइया गे (सुबकने की आवाज़), टपुआ माधर...(स्त्री की आवाज़, यह सुनंदा की आवाज़ है—भइया जी, गाली नहीं), हमरी जेबा में एक गीला टुकड़ा रख दिया। रस्सी का टुकड़ा था। जब उसके गीलेपन में

गाढ़ा-सा कुछ महसूस हुआ तब समझ में आया कि तबरेजो के हाथ से भी ख़ून बहा है। और जानते हैं टपुआ का बोला? एकरी माई के टपुआ (पुरुष की आवाज़, यह मैं हूँ—अगर गाली दिया तब इंटरव्यू बन्द हो जाएगा) कह रहा था... (फिर पुरुष की आवाज़, हठात् एक अहसासनुमा प्रश्न के साथ यह मैं हूँ—यहाँ से हट जाएँ, किसी दूसरी जगह चलें?)

राजबली जी अपने दाहिने हाथ के इशारे से 'रिकॉर्डिंग' के प्रवाही प्रसारण को रोकते हैं। बाएँ हाथ में फ़ोन तौल रहे हैं जैसे कोई ज़रूरी कॉल हो। मुकुंद 'पॉज' का बटन दबाता है। वह प्रोजेक्टर के इतने पास बैठा है कि बटन दबाते हुए स्क्रीन पर उसकी उँगली भी अँधेरे के रंग में उभर आती है।

राजबली जी सुनंदा से मुख़ातिब होकर कहते हैं, गाली रहेगी उसे चलने दो, हिदायत हटा लो। यह मशविरा देते हुए दाहिने हाथ की तर्जनी और मध्यमा से कैंची चलाने का इशारा करते हैं और जैसे सुनंदा की तरफ़ देखते रहने के बाद भी उसका नाम लेना ज़रूरी हो कि कहते हैं, 'है न सुनंदा?'

अभी जो हम सब अपनी मेहनत के परिणाम की तरह देख-सुन रहे हैं उसे सुनते हुए सरायकेला-खरसावाँ यात्रा में ऐसे वक़्त की याद आ रही है जिस वक़्त में जबर बादल छाए हुए हैं। उन बादलों की आवाज़ में गिर पड़ने की धमकी है। मैं दो-दो स्त्रियों को सामने देखकर ख़ुद पर और ख़ुद की कल्पनाओं पर काबू पाने के लिए जद्दोजहद कर रहा हूँ। सुनंदा और लुकमान की बीवी। लेकिन अपनी हरकत से बादलों ने मेरा

ध्यान खींच लिया है और फिर मैं लुकमान के जर्जर घर को देख रहा हूँ।

खपरैल और फूस का बना छज्जा है। छज्जे की हालत ऐसी कि बरसात के पानी को शायद ही घर से बाहर की ओर गिरने देता हो। दीवारों के लिए मिट्टी कम पड़ गई होगी कि उन्हें सीमेंट से नहीं, वह इन्हें कहाँ मिलना, सीमेंट के बोरों और काली पॉलिथीन के टुकड़ों की चिप्पी लगाकर बचाए रखने का क़ायदा अपनाया गया होगा। दीवारें इतनी पतली और बेचैन लग रही हैं जैसे कोई विपत्ति हों और हम पर टूट पड़ना चाहती हों। यहाँ की आबादी इन दीवारों के बीच चैन भी कैसे पाती होगी? इस घर को देखकर मुझे शाइस्ता का घर याद आ रहा है, न जाने वहाँ दीवारों ने क्या योजना बना रखी है, नज़र दौड़ाता हूँ तब इस बस्ती का कमोबेश यही हाल दिखता है, इसी भय में मैंने लुकमान से पूछा है, यहाँ से हट जाएँ, किसी दूसरी जगह चलें?

> ...समझिए मतलब यहाँ तक कि जब लोग उसे बाँध रहे थे, खम्भिये से बाँधा था, तब भी बिना रोये-चिल्लाए वह मुझे ही देखे जा रहा था। शायद उसे महसूस हो गया था कि अधम उस रात ने उसके लिए क्या-क्या दुःस्वप्न देख रखे होंगे।
>
> पुरषोत्तम बाबू का ओसारा आप लोग देख आए होंगे, नहीं देखे हैं, वहीं तो आपको सबसे पहिले जाना था महाराज, बहुत बड़ा ओसारा है, जेतना में इ सब मियाँ टोली है ओतना में त उनका घर है, उन्हीं के ओसारे के पास हमारी साइकिल रोक ली थी (सुबकने की आवाज़)। पुरषोत्तम बाबू का क़र्ज़ा खाए रहे, बहुत ज़्यादा क़र्ज़ा, नहीं तो अपने जान-पहचान वालों के साथ कोई ऐसा करता है, और उस पर भी तब जब भोरे-भोर उसको पूना जाने की रेलगाड़ी धरनी थी। आऽऽ जब हम तबरेज के दुआर

पर पहुँचे और जगाने के लिए हाँक लगाया, अँजोरिया रात थी, दस बज रहे होंगे तब उसकी मउगी ने दरवाज़ा खोला और आँख मलते हुए तबरेजवा बाहर निकला, कहा था, डिट्टो इहे कहा था, समय पर आ गए चचा वरना रेलगाड़ी छूट जाती। जानते हैं? डिट्टो यही कहा था। सेम टू सेम।

जानते हैं मैडम, ऐसा कई बार हुआ था जब मुझे लगा कि मैं उसका समय था। जैसे किसी-किसी के लिए धन ही उसका समय होता है, किसी के माँ-बाप उसका समय होते हैं, किसी के लिए घड़ी की सुइयाँ समय होने का मतलब होती हैं, कुछ लोगों का सिक्का इतना मज़बूत होता है कि ख़ुद ही ख़ुद के समय होते हैं, कुछ लोगों का इकबाल जब बुलंद होता है तब वे समय का भी समय हो जाते हैं, उसी तरह मैं उसका समय था। मदरसा से कॉलेज उसे मैं ले गया, नौकरी मैंने लगवाई थी, शादी मैंने करवाई थी। (एक स्त्री की आवाज़ बीच में आती है और फिर तेज़ होती जाती है—और शादी करवाने के पैसे खाए थे। चोप्प हरामी। दलाल कहीं का)...

देखिए, आप लोग, इसकी ज़बान देखिए, टूटे तलवार जितनी लम्बी ज़बान है इसकी, इसलिए मैं आप लोगों से बात नहीं करना चाहता था। कोई कहेगा कि यह मेरी पत्नी है? (स्त्री की आवाज़ आती ही रहती है, बीच-बीच में सीटी-सी एक आवाज़ आ रही है जो बयान के अगले हिस्से में स्पष्ट होगी—तुम पत्रकार लोग कहाँ से आ जाता है रोज़-रोज़, बूता है तो उसकी बेवा से मिलो न, उ पुरुषोत्तमा से मिलो, उ टपुआ से मिलो जो सब तबरेज बाबू के सीना पर चढ़कर कूदे थे। ख़ून बोकरते-बोकरते बेदम हो गया था, टपुआ उसके माथे पर रॉड मारता था, अपने भैने को लगा

रहा था गिनने के लिए, वह चिल्ला-चिल्लाकर दस तक गिनता, सात-आठ तक गिनती पहुँचने के बाद लोग साँस रोक ले रहे थे और टपुआ हर दस गिनती के बाद एक रॉड मारता था। जाकर उन लोगों से पूछो न रे तुम पत्रकार लोग)

इस मर्द-मारन मेहरारू की बात पर मत जाइए। कोई नहीं मिलता त हमहीं मरा गए होते। उनको कोई न कोई चाहिए था। आप जानती हैं मैडम, उ जो कल था न, कत्ल के बाद की रात का आने वाला कल, वह कभी आया ही नहीं। हम सब, ई पूरा जवार, उसी पिछले कल में अझुरा गया है। अब तबरेज मुझे हमेशा दिखता है। बीवी कहती है कि पगला रहा हूँ। लेकिन वह लड़का जब से आप लोग आए हैं तब से तीन बार इन साहब में दिख गया है। मुझसे बतियाता है। कहता है, काहे किए ये सब चचा? देर तक बतियाता है और मेरी इस बात को कोई पतियाता नहीं है। (स्त्री की आवाज़, यह सुनंदा है—आप भी कवि हो गए लगते हैं।)

राजबली जी सुनंदा की तरफ़ देखते हैं, दाहिने हाथ का अँगूठा ऊपर उठाकर तस्दीक़ करते हैं। सुनंदा उन्हें देखती है, तारीफ़ स्वीकार करती है और फिर राजबली वीडियो को रोकने का इशारा कर रहे हैं। मुकुंद तुरन्त ही स्पेस बटन पर उँगली रखकर रोक देता है।

मुर्दनी छाए जैसा आलम हो रखा है। इस हौलनाक रिकॉर्डिंग को देखने के बाद किसी की भी आवाज़ न फूटती देख सब के सब खाँसने-खखारने का अभिनय कर रहे हैं। राजबली जी 'थम्स अप' का सराहनीय इशारा किए हुए हैं और फिर कहते हैं, 'घरघराहट की आवाज़ न होती तब यह रिकॉर्डिंग बहुत अच्छी उतरी थी। औरत की आवाज़ सम्पादित करनी होगी, हमें बयान चाहिए, ड्रामा नहीं।' हँसते हुए कहते हैं, 'तुम्हारे

चारों तरफ़ कवि जमा हो गए थे'। फिर 'जैसे कोई काम याद आया हो' के अन्दाज़ में बाहर निकल जाते हैं।

मैं कहना चाहता हूँ कि जो तल्खी लुक़मान की बीवी की आवाज़ में है, बयान करने की जो शक्ति लुक़मान की बीवी में दिख रही है, उसे देखते हुए हमें यह वीडियो इसी तरह शामिल कर लेना चाहिए। लेकिन नहीं करता।

क्यों?

क्योंकि दफ़्तर के मेरे दिन बुरे चल रहे हैं।

सब राजबली जी के आने का इन्तज़ार कर रहे हैं। धीरे-धीरे, कमरे में रोशनी होने के बाद, कुछ लोगों की आवाज़ लौट रही है। बोलने से पहले रजनीश सुकुल यों गला खखारते हैं जैसे भीड़-हत्या का यह बयान उनका अपना है। इस दर्ज बयान के अवसाद से उबरने के लिए गर्दन और सिर को झटका देते हैं, कहते हैं, 'सरायकेला में कोई मर्द का बच्चा नहीं था क्या!' फिर अपनी गर्दन झटकते हैं। उनके छह चमचे हैं और सब के सब उसी मीटिंग हॉल में उनके हस्ताक्षर की तरह उपस्थित हैं।

वे छह के छह सुकुलजी को कभी किसी अवसाद में पड़ने नहीं देते। जब सुकुल जी भय से या करुणा से उपजी वह बात कहते हैं कि 'सरायकेला में कोई मर्द का बच्चा नहीं था क्या' तब उन्हें टोकने के बजाय, कि स्त्री और पुरुष के बच्चे अलग-अलग नहीं होते या यह कि किसी को पता नहीं था कि करना क्या है, या यह कि प्रायोजित भीड़ से लड़ना अभी अपने देशवासियों ने सीखा नहीं है, छह के छह लोगों ने कहा, 'सही बात है, कोई मर्द का बच्चा नहीं था क्या!'

तीन महीने पहले तक मैं इस झुंड का सातवाँ था।

फिर मुझे बेंच पर डाल दिया गया। पी.आई.पी. यानी परफ़ोर्मेंस

इम्प्रूवमेंट प्लान के बहाने नौकरी से निकाले जाने की योजना पर रखा गया हूँ और दफ़्तरी शब्दावली में कहा जा रहा है कि मैं बेंच पर डाल दिया गया हूँ। इसका एक नुक़सान यह भी है कि मेरी रिपोर्टिंग सब लेते रहते हैं। क्या तो रजनीश, क्या राजबली और क्या ही एच. आर. मैनेजर वीरेंद्र सलूजा। उस घोंचू का भी मेल आया रखा है। सलूजे का बच्चा लिखता है कि मेरे उज्ज्वल भविष्य की वह कामना करता है और नौकरी से जुड़ी आगे की योजनाओं पर बात करना चाहता है।

मानव संसाधन विभाग यानी एच.आर. का बंदा अगर आपके सुखद भविष्य की कामना करने लगे तब समझ जाइए कि आपका आसन्न भविष्य ख़तरे में है। मानव संसाधन का विभाग अपने आप में विडम्बना की परिभाषा होता है। उनसे बात करने का एक ही तरीक़ा है कि कभी उनसे बात मत कीजिए। अपनी कोई परेशानी न बताइए। उनसे दूर का राब्ता रखिए। अगर मैंने यह न बताया होता कि मुझे डॉक्टर के पास नियमित जाना पड़ रहा है तब वे लोग मुझे पी.आई.पी. पर कभी न डालते।

जो मेल आया हुआ है उसका मतलब यह है कि या तो पी.आई.पी. की समय सीमा बढ़ाएगा या नौकरी से निकाल देगा। बहाल कर लेने जैसा कोई काम करना होता तब मीटिंग करने वाला मेल भेजता ही नहीं। तब इस आशय का दूसरा एक मेल आ जाता कि आज से आप बहाल कर लिये गए हैं। अब मेरी नौकरी का निर्णय भविष्य के नहीं उस सलूजा हरामख़ोर के पेट में है। और तो और उस मीटिंग में राजबली वत्स और रजनीश शुक्ला को भी रहना है। ये दोनों घाघ मुझे अपनी समस्या बताने तक न देंगे। राजबली तो फिर भी मौक़ा दे सकता है लेकिन रजनीश सुकुल? मैं अगर बहाल हो गया तब एक उँगली इसकी तरफ़ भी उठेगी कि उसे अपने मातहतों से काम लेना नहीं आता।

अभी मैं इन्तज़ार में हूँ कि यह रिकॉर्डिंग आगे सुनी जाए तब वह सीटी की आवाज़ स्पष्ट होगी। सुनते हुए आपको लगेगा कि सीटी है लेकिन नहीं, मिट्टी का चूल्हा जलाने के दौरान फोंफी से फूँकने की आवाज़ है।

यहाँ सुनंदा भी मेरी तरफ़ नहीं देखती। हमारे बीच अबोला है। बीती तीन रातें हैं। उन रातों की इच्छाएँ हैं। एक बहकी हुई रात में अपनी ग़लतियों का मेरा अपराधबोध है जो शायद यह चालीस वर्षीय अधेड़ यानी मैं इस उम्मीद में कर गुज़रा था कि सुनंदा का प्रेम हासिल हो सकेगा। लेकिन वह कहाँ हासिल हुआ। वह तमाम कोशिशें, जिसे वह नापाक हरकतें कहना पसन्द करती होगी, उसे पसन्द न आई थीं।

ऐसा होता तब साथ में इतनी सुगम अपनी वापसी नहीं होती। शायद उसने मेरी बदतमीज़ी को माफ़ कर दिया हो। या शायद अनजान बने रहना उचित समझा हो। लेकिन न मालूम क्यों, कोई भी शख़्स तारीफ़ का एक शब्द मुझ पर ख़र्च नहीं करना चाहता। जैसे यह सारा काम, सारी रिकॉर्डिंग, सारा मिलना-जुलना, तबरेज की हत्या से जुड़ी सारी सूचनाएँ सुनंदा ने अकेले जुटाई हों।

जैसे शाइस्ता, तबरेज की पत्नी, की वह रक्तिम आँखें महज़ सुनंदा ने देखी हों।

शाइस्ता को देखकर मैं घबरा गया था। उससे मैं बात तो ख़ैर क्या ही कर सकता था। या उससे कोई भी क्या बात करता जिसका पति भीड़ ने मार दिया हो। उन्नीस वर्ष की बच्ची या स्त्री। यह उम्र ऐसी हताशा झेलने के लिए नहीं होती कि घर से दस किलोमीटर दूर आपके पति को एक

राजनीतिक भीड़ पीट-पीटकर मार डाले। कहने की बात यह कि मृत्यु से बुरी दूसरी कोई दुखिया बात क्या होगी लेकिन वह जो कल्पना होती होगी जिसमें शाइस्ता, तबरेज को जीवन की गुहार लगाते हुए देखती होगी, उस पर पड़ती हुई चोटों को मन पर महसूस करने की कोशिश करती होगी, वह लाचारी किस क़दर दुखी करने वाली होती होगी।

मुझसे मेहनत नहीं की जाती इसलिए मैं राजबली सर के इस, भीड़-हत्या के शिकार लोगों के आँकड़े दर्ज करने वाले प्रयत्न में दिल से शामिल नहीं हो पा रहा। नौकरी बजाए जा रहा हूँ।

राजबली जी। राजबली वत्स। यह सदिच्छा कभी-कभार ही होती है कि दिल लगाकर नौकरी की जाए, आँकड़े जुटाए जाएँ वरना बाक़ी समय महज़ एक एहसान के तले गुज़रना है। इन्होंने मेरी नौकरी बचा ली यानी नौकरी से सीधे निकालने के बजाय मुझे बेंच पर रखवा दिया, इसलिए कहना नहीं चाहिए लेकिन कह लेने दीजिए कि यह आदमी ख़ब्त का मारा हुआ है। कीर्तिगान मीडिया समूह में प्रिंट और वेब संस्करणों का सम्पादक। मालिक से ठीक नीचे। पैसा निवेशकों का होगा लेकिन लगाम राजबली जी के अनुभवी हाथों में सजती है।

और ख़ब्त? ख़ब्तों के सहारे ही आज प्रमुख सम्पादक बना बैठा है वरना आया तो था स्थानीय ख़बरों का संवाददाता बनकर। इसकी हर योजना पर लोग सट्टा लगाते हैं कि आख़िर किस उद्देश्य से उन्होंने वह योजना बनाई होगी। हर मौसम में कुछ नई योजनाएँ। मसलन यही कि पिछले कुछ वर्षों में जिन लोगों को भीड़ ने मार दिया है, उनके आँकड़े जमा करो। सुनंदा जैसे नई उम्र के स्वप्नशील कहते हैं कि साहसी है।

सानिध्य मिश्रा और रजनीश सुकुल जैसे खेले-खाए उम्रदराज कहते हैं, लम्बी सौदेबाज़ी की तैयारी है। मैं? महज़ सुनता हूँ।

भीड़-हत्या के प्रभावितों के बयान जमा करने वाली इस योजना से जुड़ने पर एक आन्तरिक शर्मिन्दगी जो ख़ासकर मुझे कुचले दे रही है, वह 'परिवार' है। कहना चाहिए कि परिवार नामक संस्था से जुड़ी बात है।

नौकरी की मुझे ज़रूरत थी। इस अधेड़ उम्र में अपने गाँव वापस भी नहीं जा सकता था जिसे बीस वर्षों पहले छोड़कर चला आया था। ग़ुस्सा जाने कहाँ रह गया लेकिन गाँव, माँ, बाप के पास कभी न लौटने का ख़ुद से किया वादा निभाता रहा था। मुझे पता भी नहीं कि वे लोग जीवित हैं या...

मैं ज़िन्दा लोगों को छोड़कर आगे बढ़ता गया और इधर भीड़ द्वारा मार दिए गए लोगों के परिजन उनकी लड़ाइयाँ लड़ रहे हैं। मैं अधकचरी आधुनिकता या आधुनिकता की अधकचरी समझ का शिकार होकर अपनी उम्र गँवा चुका था जिसमें परिवार मनुष्य का दुश्मन था और दूसरी तरफ़ शाइस्ता थी जिसने अपने स्वर्गीय पति को न्याय दिलाने के लिए झारखंड के राजसत्ता-रूपी साँड़ का सींग पकड़ लिया था। मेरे अपने अपराध प्रायश्चित्त के दायरों से बाहर निकल चुके थे। समय उन्हें लील चुका था। मैंने उसी वक़्त फ़ोन निकाला और प्रशांत को मिला दिया। गाँव के रिश्ते से मेरा भाई। एकमात्र धागा। जब तक होश आता कि मीटिंग में हूँ तब तक उसका 'कॉलर ट्यून' बजना शुरू हो गया था।

शाइस्ता परवीन!

उससे मिलने के बाद एकाध पलों में ऐसा भी होता रहा है कि राह चलते वह मेरे सामने दीवार की तरह खड़ी हो जाती है। मैं ठिठक जाता हूँ। दफ़्तर के ऐन नीचे ऐसा ही हुआ और मेरे अचानक रुकने से एक बाइक वाला अपना आपा मेरे और अपने भीतर कहीं खो बैठा था। चोट मुझे आई थी।

सुनने में अटपटा लग सकता है लेकिन, इन दिनों जीवन से मुझे प्यार सा होने लगा है। यह प्यार ओस सरीखा ताज़ा और नया है जिसमें जीने की इच्छा रहने लगी है। जीते चले जाने की इच्छा का आलम यह है कि, और तो और, शराब भी छोड़ देना चाहता हूँ। स्त्रियाँ मेरी बड़ी कमज़ोरी हैं लेकिन किसी विलास की तरह नहीं बल्कि प्रेम का मुझे रोग है। सुबह, शाम, दिन, रात सिर्फ़ स्त्री, स्त्री, स्त्री, स्त्री।

राह चलते लड़कियों को देखकर उन्हें भींच लेने की इच्छा होती है और कमज़ोर पड़ जाता हूँ, घुटने साथ छोड़ देते हैं, सड़क पर बैठ जाता हूँ। बता दूँ कि डॉक्टर ने यह स्वीकार कर मेरी मदद की है कि नित प्रतिदिन किसी एक ख़याल में डूबे रहना, कोई चाह, कोई इच्छा वाक़ई किसी बीमारी का लक्षण हो सकता है। बताया है कि वह इस रोग से परिचित है और मुझे निरोग कर देगा। यह रोग न हो और यह आधी-अधूरी सी नौकरी हो तब मैं, तलाक़शुदा मैं, आसान-सा जीवन जीता चला जाऊँगा।

यह कृशकाय सुनंदा की तमन्ना ही थी जिसने हत्याओं के इस आँकड़ाजुटाऊ उद्यम से मुझे जोड़ रखा था वरना मैं नौकरी बचाने की उम्मीद लिये-लिये डेस्क पर कहीं सो रहा होता। वरना मुझसे नहीं सुना जाता कि किसके बच्चे को उन्मादी भीड़ ने किस तरह मार दिया। वरना

नहीं सुना जाता कि लोहे का रॉड और सरिया किस तरह सिर पर पड़ रहे थे, दाएँ से कि बाएँ से, और किस तरह सिर खुला रह गया था। एक स्त्री का प्रेम पा लेने की असीम आकांक्षा ने मुझे हत्याओं के इस भँवर में खींच लिया था जहाँ क्रूरता की पराकाष्ठा ही एकमात्र संसार है।

ख़ून, मांस और हत्या से जुड़े विचार आते ही पेट के निचले हिस्से में अजीबोग़रीब दबाव बनने लगता था। सरायकेला से लौटते हुए ट्रेन में जब उसने शिकायती मुद्रा अपनाई थी तब मैंने सुनंदा को बताना चाहा था कि पसलियों में चाकू घोंप देना, बेटे की आँखों के सामने बाप को चीर देना, भात चुराने जैसी अमानवीय दुर्दशा के शिकार आदमी को बाँधकर ख़त्म कर देना, बारह वर्ष के बच्चे को गौ-तस्करी के नाम पर भोर में फाँसी दे देना... यह सब लिखना, सुनना, देखना, मुझे परेशान कर रहा है, बढ़ती उम्र के साथ हत्याओं से डर लगने लगा है।

लेकिन मेरी बातों पर यक़ीन करने के बजाय उसने अपना सिर यों खिड़की से बाहर की तरफ़ घुमा लिया था जैसे उसे रिझाने की यह सब कोई भावुक कोशिश हो। यह जलालत थी और क़ि आश्चर्यम् कि अपनी जिल्लत का जाल मेरा ख़ुद का बुना हुआ था। मैंने उससे यह भी पूछना चाहा था कि क्या उसने किसी ऐसे शख़्स को देखा है जो रेलगाड़ी में साथी यात्रियों के भोजन का बचा हिस्सा फेंकने का इन्तज़ार कर रहा हो ताकि वह ख़ुद उसे उठाकर खा सके, लेकिन ख़ुद को यह प्रश्न पूछने से रोक लिया था।

कभी साहित्य, कभी खेल, कभी सम्पादकीय पन्नों की देखभाल वाली नौकरी करता मैं शुरुआत से डेस्क की नौकरी पर रहा आया था और जीवन से इस विलंबित प्यार के बावजूद मैं ढंग से काम नहीं कर पाता था, कभी कर ही नहीं पाया था। नतीजतन मेरे बॉस, आप लोग उसे

पहचान गए होंगे, ने मुझे अपनी टीम से निकाल दिया और नौकरी से इस्तीफ़ा माँगने लगा था। रजनीश शुक्ल। रिश्ते में वह मेरा बॉस लगता है लेकिन मन-ही-मन उसे गाँडू कहता हूँ। है भी। जिस दिन दाढ़ी बनाकर चले आओ, बहाने-बहाने से गाल छूता है हरामख़ोर।

हॉल में लौटते ही राजबली जी ने रिकॉर्डिंग को चलाने का आदेश दिया है। मुकुंद सब की लय पाने का ध्यान रखता है और माउस के एक चटके में बयान को ज़रा पीछे से शुरू करता है।

> ...बात पर मत जाइए। कोई नहीं मिलता त हमही मरा गए होते। उनको कोई न कोई चाहिए था। आप जानती हैं मैडम, उ जो कल था न, आने वाला कल, वह कभी आया ही नहीं। हम सब, ई पूरा जवार, उसी पिछले कल में अझुरा गया है। हमसे झूठ बोला था सब लोग। (स्त्री की आवाज़, यह सुनंदा है—आप भी कवि हो गए लगते हैं।)
>
> ना मैडम। दिन-रात इहे सब बात मन में घूमता रहता है। डर लगता है, कहीं मेरा सौदा न हो रहा हो। डर लगता है कि मेरी पत्नी ही न मुझे किसी भीड़ के सुपुर्द कर दे। जो कुछ गाँव वाले मुझे देखकर रो नहीं पाते वे सब हँसते हैं मुझ पर।
>
> मुझे कहीं शामिल नहीं करते।
>
> मैंने कुछ नहीं किया था। उन लोगों ने बस इतना कहा था कि पुलिस को एक मोटरसाइकिल चोर चाहिए। एक दो घंटा में दरोगा जी छोड़ देंगे। कहा था कि दो घंटे बिठाए रखेंगे, पुलिस आएगी, फ़ोटो-वोटो खींचेंगे फिर छोड़ देंगे। यही कहा था। मेरी मति मारी गई थी। एक बार थाने जाकर पूछ लेता कि कोई मोटरसाइकिल चोरी हुई भी है या नहीं।

(स्त्री की आवाज़, सुनंदा है—लोग कह रहे हैं कि उन लोगों ने आपको धमकाया था। पैसे भी देने चाहे थे?)

न्ना। ना ना ना ना। न्न। एकदम ना। झूठ है। अरे, एकदम झूठ है... अगे मइया गे। पाप लगेगा आप लोगों को। पुरुषोत्तम बाबा का क़र्ज़ा जस का तस है। पैसे का लेन-देन होता तो भी वह कर्जवे में से कटता। आप उनका खाता देख लीजिए।

मैं यह चलचित्र रोकने के लिए कहता हूँ। मेरी आवाज़ फँसती हुई निकल रही है। सब मेरी तरफ़ देख रहे हैं। राजबली जी मुझे प्रोत्साहित करने के अन्दाज़ में पूछ रहे हैं, 'कुछ कहना है क्या?' और इससे पहले कि मैं कुछ जवाब दूँ, वे सुनंदा से मधुर अंग्रेज़ी में पूछते हैं, 'हाउ वाज सनोज?'

मैं, सनोज। जैसे कोई उत्पाद हूँ और मेरी जाँच हो रही हो। हासिल यह कि चार वर्षों तक इस संस्थान में और बीसियों वर्ष के मेरे कुल अनुभव को एक प्रश्न के चश्मे से देखा जाएगा। या उसके उत्तर के अवतल दर्पण से। इसके मानी तो ये हुए कि जो लोग अपनी नौकरियों में बेंच पर डाल दिए जाते हैं वे नौकरी की दुनिया में कमतर नागरिक होते हों।

छुपी कोई हँसी है जो मुझ तक आना चाहती है। एक युवती से, जिसकी सत्ताईस-अट्ठाईस की सँवरती हुई उम्र थी, जिसका कुल कामकाजी अनुभव पाँचेक वर्षों का होगा, उससे एक ऐसे आदमी के बारे में राय पूछी जा रही है जो बीस वर्षों से पत्रकारिता की दुनिया में है। अब शायद आपको यक़ीन हो रहा हो कि जीवन से प्यार करने वाली बात का एहसास जो मुझे हुआ था उसका तात्पर्य क्या था। दरअसल पहले का जीवन होता तब यह नौकरी मैं इनके मुँह पर मारकर चला आता। लेकिन अब मैं अपनी बारी का इन्तज़ार करता हूँ।

सुनंदा एक सुन्दर शब्द में मेरे पूरे दौरे को बयान करती है, 'सपोर्टिव'। अब भी वह मेरी तरफ़ निगाह नहीं करती लेकिन आवाज़ में अखंड कोई विश्वास है।

राजबली जी कहते हैं, 'दैट्स नाइस', और मेरी राहत जैसे उन्हें बर्दाश्त न हुई हो कि मेरे काग़ज़ी बॉस रजनीश की तरफ़ उछलती गेंदगुमा एक जुमला उछालते हैं, 'आपको काम लेना सीखना होगा। सी दिस गर्ल।'

राजबली जी मुझसे कहते हैं, 'हाँ, कवि जी। कुछ कह रहे थे।'

मेरा मन इस संवाद से और अपनी स्थिति से उचाट हो गया है। लेकिन कहना है, 'सुनंदा द्वारा पूछे गए इस ख़ास प्रश्न के जवाब में लुकमान के शब्द जिस तकलीफ़ का वर्णन कर रहे हैं उससे अधिक तकलीफ़ उनका हाव-भाव बयान कर रहा है। मुझे उम्मीद है कि उसे भी दर्ज करने की जगह और सलीका निकालना चाहिए।'

सुनंदा मेरी तरफ़ देखती है और इस अन्दाज़ से देखती है कि जैसे कुछ हुआ ही न हो। या हो सकता है, सच में कुछ हुआ ही न हो, बीती एक रात की मेरी हरकतें उसे नागवार न गुज़रीं हों, उसके अब तक न देखने को मैं ख़ामखा महत्त्व दे रहा था। कहती है, 'बिलकुल सही कह रहे हैं। उसका चेहरा सिकुड़ गया है और दोनों हाथ ऊपर किसी प्रार्थी की शक्ल लिये उठ गए हैं।' वह चुप हो रही है, फिर कहती है, 'इन ख़ास तरह के वर्णनों के लिए जगह निकालनी होगी।'

रजनीश दो वाक्य पहले हुए अपने तथाकथित अपमान का बदला लेता है, कहता है, 'कवि जी अपनी नौकरी बचा ले जाएँगे ऐसा लगता है।' सब हँसते हैं। मैं भी हँसता हूँ। हँसने के साथ देखता हूँ और ऐसे देखता हूँ कि जैसे मेरी आँखों के सामने घटित हो रहा हो, कि यह जो मेरे बीसियों सहकर्मी हैं और अधिकारी हैं, ये लोग भीड़ की शक्ल अख़्तियार

कर रहे हैं, मेरी तरफ़ बढ़ रहे हैं। भीड़-हत्या की सूची बनाने वाली इस योजना से जुड़ने का दुष्परिणाम मुझ पर यह हावी हो रहा है कि ज़्यादातर भंगिमाएँ उसी शिल्प और शब्दावली में समझ आ रही हैं।

सरायकेला और केरल से लौटने के बाद भीड़ के बाबत सोचकर ही रोयें सिहर जाते हैं वरना क्या मैं किसी भीड़ का हिस्सा नहीं रहा हूँगा! अगर इस दफ़्तर में दिखती काल्पनिक भीड़ साथ मिलकर कोई आप्तवाक्य बोलने के लिए कहे या नारा लगाने के लिए कहे और फिर मैं मारे डर के नारा लगाऊँ, जयकारा लगाऊँ तब वह दृश्य जैसे पुनर्प्रस्तुत हो जाएगा जब वह भीड़ तबरेज को धर्म का नारा लगाने के लिए कह रही होगी, वहाँ रात थी यहाँ दिन है, वहाँ शरीर की हत्या थी यहाँ मन है।

कहना चाहता हूँ, 'अपने अक्षरों को ख़ून की स्याही में डुबाने वाले इस कार्य की जगह मुझे कुछ दूसरा काम दिया जाए', लेकिन बेंच से निकलकर स्थायी हो जाने की स्वार्थी कोशिश में कहता हूँ, 'इन जगहों का इतिहास भी दर्ज किया जाए, ये घटनाएँ प्रच्छन्न नहीं हैं, ध्यान से देखेंगे तो पाएँगे कि ताक़त का नशा इन गाँवों और इन क़स्बों के सामाजिक इतिहास का हिस्सा है।'

राजबली जी मुझे बैठने का इशारा करते हैं लेकिन अपने इस कथन में एक चूक मुझसे हुई है। उनके इशारे से बैठने को बाध्य होने के कारण अपनी बात अभी पूरी कह भी नहीं पाया था कि सुनंदा ने मेरी तरफ़ देखा था। दरअसल, यह प्रस्तावना उसी की थी जिसे मैं मानने को तैयार नहीं था इसलिए ख़ुद को साबित, स्थापित करने के लिए इस कमसूरत लड़की ने सरायकेला-खरसावाँ का ख़ूनी इतिहास सुना डाला था। मैं स्वार्थ के कारण नहीं, बस रौ में रहने के कारण यह बताने से चूक गया था कि 'इन भीड़-प्रायोजित हत्याओं की नाल सामाजिक-आर्थिक इतिहास से

बँधी है' का विचार सुनंदा का है।

सानिध्य मेरी कनपटी पर पसरे पसीने की ओर ध्यान दिलाता है और बढ़त लेने के अन्दाज़ में मुझे पानी का गिलास पकड़ाता है।

राजबली जी ज़रूर पूछते हैं, 'दिक़्क़त क्या है आपको?'

अभी कुछ पलों पहले अपनी पूरी दिक्क़त बता चुका हूँ और उस पर यह प्रश्न पूछा जा रहा। क्या बताऊँ? कैसे बताऊँ? सच्चाई यह है कि हत्या की बात सुनना डरावना लगता है। मुझे रोज़ सुबह, शाम, दिन, रात प्रेम चाहिए। क्या बताऊँ? कैसे बताऊँ? कहता हूँ, 'जी, दोपहर में मुझे डॉक्टर के पास पहुँचना है।'

राजबली, 'क्यों?'

मैंने ख़ुद को तैयार किया हुआ है कि मनोचिकित्सक के पास जाने की बात नहीं बतानी है इसलिए कहता हूँ, 'सुबह-सुबह चोट लगी थी।'

राजबली, 'कैसे?'

मैं, 'सड़क पर। मैं रुक गया था और एक बाइक वाले ने टक्कर दे दी थी।'

राजबली, 'क्यों रुक गए थे?'

मैं, 'हठात लगा था कि शाइस्ता परवीन, तबरेज की बेवा, सामने आ गई है।'

राजबली, 'अबे!'

राजबली थोड़ी देर चुप रहते हैं। अपनी कुर्सी पर ख़ुद को सीधा करते हैं, सामने की तरफ़ घूमते हैं और मुझसे यह कहते हुए कि बाद में मिलो, सभा से मुख़ातिब होते हैं, 'हत्याओं की इन नयी प्रविधियों को समझने के लिए, उसे भली-भाँति दर्ज करने के लिए तीन दिनों की एक कार्यशाला आयोजित हो रही है जिसमें एन सी आर सी (राष्ट्रीय अपराध

रिकॉर्ड समिति) के पूर्व निदेशक का उद्घाटन भाषण है, छ: या सात सेशन हैं, यह एक पत्रकारिता संस्थान के साथ मिलकर होने वाला उद्यम है इसलिए प्रमाणपत्र भी मिलेंगे। सम्भवत: अगले सप्ताह। आप लोग उस बीच कहीं कोई यात्रा नहीं करेंगे, सबको उपस्थित रहना है और तीनों दिन उपस्थित रहना है। वसुंधरा पाण्डेय और एच आर हेड वीरेन्द्र सलूजा कोऑर्डिनेटर रहेंगे'। इससे आगे वे मुकुंद को रिकॉर्डिंग चलाने का निर्देश देते हैं और मैं चुपचाप बैठ जाता हूँ।

वसुंधरा का ज़िक्र मुझे तरन्नुम से भर देता है लेकिन अपनी उपस्थिति दर्ज कराने की मूर्खता में भद्द पिटवा बैठा हूँ। कुछ साथी तो वह बयान शुरू हो जाने के बाद तक मुझे देख रहे हैं। किसी को क्यों बतलाऊँ कि किसने मुझे मनोचिकित्सक के पास भेजा है।

वसुंधरा पाण्डेय। ठीक मेरी सीध में बैठी है। यह उसका ही प्रताप है कि दफ़्तर में रहते हुए उसके अलावा कोई दूसरा अच्छा नहीं लगा। अगर यात्रा पर वह कमसूरत सुनंदा नहीं गई होती तब शायद यह भी ख़याल नहीं आता कि दफ़्तर में वसुंधरा के अलावा भी कोई है। वरना सुनंदा दो या तीन वर्षों से मिलती-जुलती रही है, कविताओं पर सबसे पहले मुझे वही राय देती है जैसे यह उसकी ज़िम्मेदारी हो। इतने के बावजूद कभी जो वसुंधरा से अलग कोई ख़याल में रहा हो!

> लोग कह रहे हैं कि उन लोगों ने आपको धमकाया था। पैसे भी देने चाहे थे?
>
> न्ना। ना ना। एकदम ना। झूठ है। अरे, एकदम झूठ है। ...अरे वो मेरा छोटा भाई जैसा था। एक पैसा भी लिया हो मैंने तब मेरी जुबान कटकर गिर जाए। अनाथ था वह। और गुंडा लोग

के ध्यान में उसका अनाथ होना ही था। एक तो हम अंसारियों को ऐसे भी कम इनसान समझते हैं सब, तिस पर वह अनाथ। उन लोगों को लगा कि इधर से कोई मर-मुक़द्दमा करने वाला नहीं होगा तो कुछ दिन में सब छूट-छाट जाएगा। पोस्टमॉर्टम, पुलिस-थाना, डॉक्टर-वाक्टर सब उनके ही लोग हैं। (सीटी की आवाज़-सीऽऽऽ सीऽऽऽ)। टपुआ अब्बो छूट जाएगा। डर यह है कि कहीं ये लोग तबरेज की बेवा को भी न मरवा दें। उस लड़की ने लेकिन बहादुरी दिखाई। पुलिस ने बहुत धमकाया लेकिन केस नहिएँ वापिस लिया (सीऽऽऽ सीऽऽऽ)

मेरे ख़याल मुझे सरायकेला के उस गाँव में लिये जाते हैं। वह सीऽऽऽ सीऽऽऽ की आवाज़ चूल्हा फूँकने की आवाज़ है। स्त्री, उम्र और पति के अनजाने अपराध के बोझ से दबती जाती वह स्त्री, खालिस ताँबे के रंग की है। झोपड़ी में दो आले का चूल्हा पूरब की तरफ़ रखा हुआ है। जलावन के लिए गन्ने का खूझा है। महिला अभी-अभी आग लेकर आई है, एक हाथ में सुलगता हुआ गोइंठा पकड़े हुए है और दूसरे से अपने दुपट्टे के पल्लू से उसे छुपाए हुए है, कुछ इस अन्दाज़ में जैसे आग को बचाना उसका सबसे बड़ा काम हो। चूल्हे को फोंफी से फूँक रही है। वह हवा जो फोंफी से निकलकर आग तक पहुँच रही है, जलावन से कह रही हो जैसे कि जल्दी जल जाओ, वरना ये औरत छोड़े न छोड़ेगी।

उसके इस प्रयत्न से एहसास होता है कि हवा में तुर्शी है। मुझे ठंड लगनी शुरू होती है। सुनंदा से कहना चाहता हूँ कि ड्राइवर को फ़ोन करके जैकेट मँगा ले लेकिन रात इतनी अधम कटी है कि उससे कह नहीं पाता। उस दिन सुबह जब हम लोग होटल से निकल रहे थे तब बातचीत की शुरुआत सुनंदा ने ही की वरना चुप ही चुप आगे की यात्रा

कटने वाली थी। अब कोई यह कहे कि मैं इस तरह की रिकॉर्डिंग करने के लिए जहाँ-तहाँ घूम रहा हूँ तो उसे अपना मुँह पीट लेना चाहिए। ख़ैर। नाउम्मीदी के पैर में उम्मीद का जूता है। सीटी की आवाज़ के बारे में आपको बता रहा था।

चूल्हे के दोनों आलों पर जब वह स्त्री बरतन रख रही थी तब मैं इस आदमी की बातें रिकॉर्ड कर रहा था लेकिन कोई पूछता कि क्या सुना तो शायद कुछ भी नहीं बता पाता क्योंकि मेरे ज़ेहन में उसकी स्त्री धँसती चली जा रही थी। रात का ठुकराया हुआ शरीर जाने क्या करता है लेकिन मन तो सुबह से पीछा करने लगा था। ख़ूब याद है कि एक आले पर भात का बटुला चढ़ाया था और दूसरे पर चाय। इसके बाद आग सुलगाने को लेकर उसके प्रयत्न शायद पूरे न लगे हों इसलिए फिर से झुककर, थोड़ा तिरछा-बेड़िया होकर फोंफी फूँक रही थी और मन-ही-मन मैं उसे अनावृत कर चुका था।

यहाँ मीटिंग हॉल में बाक़ी के सात-आठ लोग ऊब रहे हैं। मैं बेचैन हो रहा हूँ क्योंकि वह अंश अब देर से आएगा जिस वक़्त लुक़मान चाहे जो कह रहा हो लेकिन उसकी बेगम चाय लेकर आएगी। जब वे मोहतरमा स्टील के गिलास में चाय लेकर आएँगी तब गिलास थामने के क्रम में अपने दोनों हाथों की अँजुरी बनाकर गिलास के बजाय उनकी दोनों हथेलियों को पकड़ लूँगा।

सुनंदा उसे देखेगी और बाद में, जब हम लोग दिल्ली वापस लौटने के लिए पुरी एक्सप्रेस में बैठ चुके होंगे, तब उलाहना देगी...और चूँकि वह उलाहना दो अतिरिक्त रातों के बाद आया था जिनमें इस, क्या कहूँ, नासमझ या शातिर, बदमाश या निर्दोष, स्त्री ने मेरी लाख मनुहार के बाद, साथ में चार-चार घंटे दारू पीने के बाद, मेरी कविताओं की तारीफ़ में

पुल की परछाईं बाँधने के बाद, मेरे मुँह पर दरवाज़ा बन्द कर दिया था। कमरे का भी और क़मीज़ का भी। वह उलाहना सुनकर मुझे उसे थप्पड़ रसीद करने का मन होगा और सभी अन्य भावनाओं की तरह उसे भी जज़्ब कर जाना होगा।

...शाइस्ता की मदद? क्या मदद कर सकते हैं हम लोग? वही तो मैं आपको बता रहा हूँ, टपुआ ने कहा था कि अगर गवाही दिया तो तुम्हारी गाँड में खूँटा ठोंक दूँगा और तुम्हारी बकरियों को उसी खूँटे से बाँध दूँगा। जानती हैं मैडम, मेरे पास बकरी नहीं है, फिर भी उसने यही बात कही थी। अगर वीडियो नहीं बना होता तब वह नामजद भी नहीं होता। लोग बताते हैं कि जिस दिन टपुआ को पकड़ने जीप-भर पुलिस आई थी उस दिन ख़ुद टप्पू ने ही पाड़ा काटा था और दिन-भर पुलिस वालों के साथ खाते-पीते रहे। शाम के वक़्त वे लोग टप्पू को लेकर थाना गए और फिर रात में लाकर घर पर छोड़ दिया ताकि सो जाए। उसे घर से बाहर कहीं नींद नहीं आती। (स्त्री की आवाज़, सुनंदा—क्यों मारा उसे) हमको का पता होगा मैडम। पता नहीं मरबो किया कि नहीं लेकिन शाइस्ता कहती है और कहते-कहते रोने लगती है कि अनाथ और अंसारी मुसलमान होने के कारण तबरेज को मार दिया था।

मुझे सुनंदा के इस प्रश्न से ऐसी वितृष्णा उपजती है कि मैं वीडियो रोकने के लिए कहता हूँ। इस बार मेरी आवाज़ में वह लरज नहीं है जो चालीस वर्षीय मुझ चापलूस में कुछ मिनटों पहले थी। कहता हूँ, 'सामाजिक इतिहास के प्रिज़्म से इन भीड़-हत्याओं को देखने का सुझाव सुनंदा का था।'

मैं चुप हो जाता हूँ। सुनंदा मुझे यों देखती है जैसे पूछ रही हो, 'ये क्या

था।' मुझे राहत महसूस होती है। दफ़्तर का बोझ दफ़्तर ही में उतर जाए, इससे बेहतर क्या होगा। लेकिन नहीं। एक नया बोझ इन्तज़ार कर रहा है।

रजनीश शुक्ला कहता है, 'पता है। उसी का होगा। वह काम करने गई थी। टी.ए., डी.ए. के लालच में नहीं।'

सभा भंग हो रही थी इसलिए मैं महज़ यह विचार सका कि अपने लैपटॉप, अपनी डायरी-क़लम आदि सहेजने में मशगूल साथी कर्मचारियों में से कइयों ने मेरा यह अपमान सुना नहीं होगा।

रजनीश को मैं कहना चाहता था कि आप अपने अनुभव से बोल रहे हैं लेकिन उसने मेरा नाम लिये बिना यह सब कहा था इसलिए मेरा जवाब देना इस अपमान के तिरछे तीर की नोक को अपनी तरफ़ घुमाने जैसी बात हो जाती।

यह अपमान देर तक मेरे साथ रहता, मुझमें घुलता, मुझे माँजता; लेकिन एक दूसरा अपमान मेरा इन्तज़ार कर रहा था। रजनीश शुक्ला, जैसा काम नहीं करने वाले करते हैं कि ध्यानाकर्षण करते रहते हैं, ने राजबली को एक 'रुके हुए जवाब' का ध्यान धराया। जैसे कोई ख़ुफ़िया ख़बर हो और हम सबको न बताया जाना हो जो कि इस पूरे प्रोजेक्ट पर काम कर रहे हैं। इस ख़ब्ती ने अपनी गर्दन को वैसे झटकारा जैसे मवेशी अपनी गर्दन से कीड़े झाड़ते हैं, कहा, 'जवाब हम देंगे' और फिर सानिध्य मिश्रा से पूछा, नोटिस का जवाब लिखना पूरा हुआ या नहीं? जवाब में सानिध्य ने सुनंदा सदगोप को देखा और पूछा, जवाब लिखना पूरा हुआ या नहीं? अब चूँकि सुनंदा का मातहत कोई नहीं था इसलिए उसने उन तीनों की तरफ़ बारी-बारी से देखते हुए कहा, 'शाम तक।'

सुनंदा

कोई आपकी नज़रों से उतरता है तो किस रफ़्तार से उतरता है।

लगभग सब आ चुके हैं।

सिंगल बेडशीट जैसी विनम्रता ओढ़े राजबली वत्स हैं। उनके साथ तने-तने नवनीत झा हैं। एन.सी.आर.सी. के पूर्व निदेशक।

दलसिंगार उपस्थित है, जिसने ग्राफ़िक्स पर ज़िन्दगी बिता दी, और वही बता सकता है कि सनोज कहाँ है? रजनीश शुक्ला अभी नहीं आए हैं वरना वे पूछ रहे होते कि सनोज कहाँ है? सानिध्य, जो मेरा बॉस है और हमेशा उसी पार्टी को कवर करता है जो केन्द्रीय सत्ता में होती है, हॉल में प्रवेश करते ही मेरी तरफ़ देखकर पूछता है, सनोज? खेल-पन्ना वाले रमापति राजेश, जो पहले से दूसरे वाक्य में यह बताने का मुश्किल मौक़ा ढूँढ़ लेते हैं कि वे भूमिहार पंडित हैं और जो मुझे बांग्लादेशी साबित करने पर तुले रहते हैं, सनोज का पता पूछते हैं।

दिल्ली और आसपास वाले अनिरुद्ध प्रकाश, डेस्क और रिपोर्टिंग के बीच डोलती वसुंधरा पाण्डेय, जो सुन्दर है और जिसे पता है कि वह सुन्दर है, जिसे अपनी सुन्दरता का नुक़सान यह लगता है कि ख़राब से

ख़राब लोग भी, यहाँ वह कहती है, 'जैसे तुम्हारा सनोज', उसे पसन्द करने लगते हैं, और जिससे मुझे सीखना है कि सबको 'सर' न कहते हुए भी रहा जा सकता है। एच.आर. की टीम से उनका सर्वेसर्वा वीरेन्द्र सलूजा, जो छोटा-सा भी कोई काम नहीं करना चाहता और काम देखते ही रुआँसा हो जाता है, लेकिन मिज़ाजी है इसलिए इस भीड़-हत्या-गिनो परियोजना से जुड़े रहना चाहता है। सीएफओ आस्था राय और बीसियों चेहरे मौजूद हैं लेकिन सनोज का इन्तज़ार सबकी ज़ुबान का ताला खोल रहा है। जैसे उनका न होना बना-बनाया कोई बहाना हो जो लोगों को मिल गया हो।

आज सम्भवत: तय हो जाए कि भीड़-हत्या के आँकड़े प्रस्तुत करने का प्रारूप क्या होगा? दफ़्तर के बीच तीन धड़े बन गए हैं और सबके अपने-अपने तर्क हैं। राजबली ने जो मेल लिखा था उसमें सारी बातों के साथ एक तंज भी था कि हम भीड़-हत्या की जानकारी जुटाने में कम अपने-अपने प्रारूप को महत्ता दिलाने में अधिक रुचि ले रहे हैं।

मैं बारहा सोचती हूँ कि एक फ़ोन कर पूछ लूँ, 'कहाँ हैं?' या गुस्सा कभी-कभी इतना अधिक उबल जा रहा है कि पूछूँ, 'कहाँ हो बे?' लेकिन लोगों ने फ़ैसला किया है कि आने वाले आते रहेंगे, सत्र शुरू किया जाए।

बुढ़ापे की कगार पर खड़ा यह आदमी, सनोज, मुझसे यों मिलने लगा है जैसे मैं इसका भविष्य हूँ। या यह सब सोचने पर विवश कर देना ही इनकी सफलता हो। परिचय हमारा पुराना है। इनसे भी पुराना परिचय इनकी कविताओं से है। कवियों से उनकी कविताओं को पढ़कर मिलना, उन कविताओं का मुरीद होकर मिलना, एक नई दुनिया से मिलना होता

है। जैसे जीवनानुभव के बाद कविता बनती होगी वैसे ही काव्यानुभूति के बाद कवि भी नया मनुष्य दिखता है।

कीर्तिगान में नौकरी पाने के बाद जब पहली दफ़ा दफ़्तर आई थी तब यह जानना भी किसी सुन्दर कविता की तरह ख़ुश कर गया था कि आसपास के दायरों में कवि सनोज कुमार हैं।

तीन वर्षों का इस दफ़्तर में गुज़रना एक हद तक इनकी संगत से भी सम्भव हुआ। जब दूरी का अंधड़ मेरे और अनिकेत के रिश्ते को छील गया, मैं यहाँ दिल्ली में थी और वह अनिकेत, जिसे बहुत बाद में, क़रीब चार नाजुक वर्षों के बाद, याद आया कि मैं ब्राह्मण नहीं हूँ, चेन्नई में था। उस ब्रेक-अप में पराजय का एहसास दूर से आकर लगे पत्थर की तरह हुआ था और मुझे हताशा घेरकर मारने पर आमादा थी तब सनोज ही थे जिनसे कुछ कह पाई थी। इनकी दूसरी सबसे अच्छी ख़ूबी लगती थी कि ये 'स्पेस' देते रहे। सुनते रहे। लेकिन पहली और सर्वाधिक अच्छी ख़ूबी यह थी कि सलाहकारी पर कभी नहीं उतरते थे।

जब से इनके साथ उठना-बैठना लगा, आए दिन इनकी कुर्सी के पास अपनी एक कुर्सी लगाकर ख़ाली समय में बैठी रहती थी लेकिन उस दिन चाय के एक टपरे पर हम बैठे थे और इसकी परवाह किए बग़ैर की यह नोएडा का भीड़-भड़ाके वाला इलाक़ा है, दिल्ली में प्रवेश करने को बेताब सड़क है, मैं रोने लगी थी। अपने तईं प्रेम के कुछ अनुभव-पूर्वानुभव थे, प्रेम में जल-बुझने का अनुभव था लेकिन प्रेम-सम्बन्ध की लीक टूटने के बाद उसे किसी तीसरे को सुनाने का कोई अनुभव यह पहला था। देर तक बदस्तूर रोती रही थी।

उन दिनों सनोज की हर बात अच्छी लगती थी इसलिए यह बात भी अच्छी लगी थी कि चुप कराने या दिलासा देने के लिए छूने और गले

लगाने जैसी कोई हरकत उन्होंने नहीं की। रोने दिया। किसी को रोते देख हम उसे जल्दी चुप करा देना चाहते हैं, जिससे ज़ाहिर हो जाता है कि हम उसकी तकलीफ़ में शामिल नहीं हैं बल्कि उसके रोने से परेशान हो रहे हैं।

एक प्रश्न मैंने ही पूछ दिया था वरना वे उतना भी नहीं कहते जितना कहा था, 'ग़ुस्से को अपनी ताक़त बनाओ। पढ़ो। खूब पढ़ो।' मेरा प्रश्न उन्हें समझ में आया हो या न आया हो लेकिन मुझे ब्रेक-अप की वजह पता थी, अपना कम सुन्दर होना मालूम था।

अनिकेत ने अपनी कई हरकतों से एहसास दिला दिया था कि मैं सुन्दर नहीं हूँ। मेरा क़द। वज़न। साँवले से काले की ओर झुकी रंगत। चेहरे की झाइयाँ। सब में नुक्स निकाल रखा था और तिस पर भी बुरा यह कि उसके सच होने की बात मुझे पता थी। इसीलिए मैंने अपनी इच्छाओं को ख़ुद तक रखा था। यही वजह थी कि अनिकेत को पसन्द करते हुए भी मैंने उसके ख़ुद चलकर आने का इन्तज़ार किया था।

सनोज के साथ रहते हुए वह बोझ महसूस नहीं होता था जो किसी रिश्ते को निभाते हुए अक्सर हुआ करता है। हम दफ़्तर के रिश्ते से वरिष्ठ और कनिष्ठ से शुरू होकर दोस्ताना सिलसिले तक आ चुके थे। आगे की राह, किन्तु, पथरीली थी इसलिए एकाध कोशिशों के बाद वहीं रुके हुए थे।

दूसरी तरफ़, दफ़्तर के सीले गलियारों में जिन कुछ ख़बरों की गर्मी थी उनमें वसुंधरा के लिए सनोज के मन का अनुराग भी एक ख़बर थी। अब लगता है कि इस भीड़-हत्या के आँकड़ों को जमा करने के काम में जो टीम बनी थी वही अगर बरक़रार रह गई होती यानी वसुंधरा के साथ ही सनोज को रखा गया होता तब हमने वह निर्दोष झूठ शायद बरक़रार रखा होता।

पलक्कड़, केरल की यात्रा से पहले, जहाँ मधु चिंदकी को एक मुट्ठी भात चुराने के आरोप में, हाथ-पैर बाँधकर मार डाला गया था, मैं ही अपनी बातें इनसे करती थी। इनके पास चुप रहने का किरदार था। केरल की यात्रा में वह इस बात पर कुछ खुले थे कि भात के लिए कोई कैसे किसी की हत्या कर सकता है?

रेल-यात्रा ने हमें खुलने का मौक़ा दिया। वरना मैं आज तक नहीं जान पाई थी कि लिखने-पढ़ने से इतर यह आदमी करता क्या है? परिवार कैसा है, अगर है? है भी या? बच्चे? और मैं ही नहीं, दफ़्तर में शायद ही कोई हो जिन्हें इनकी व्यक्तिगत किसी ख़बर की ख़बर हो।

यह सोचना अजीब लगता है कि जिनके साथ आप तीन वर्षों से काम कर रहे हों, जिनके आप दोस्त होने का दावा करते हों, उन्हें जानने का मौक़ा किसी रेल-यात्रा में मिले। इससे पहले होता यह आया था कि रेलयात्राएँ मुझे अपने आपको जानने-समझने के लिए, उन दिनों के अपने जीवन को समझने के लिए, मौक़ा देती थीं, इसलिए पसन्द आती थीं। कई बार ऐसा हुआ होगा कि उत्तरी दिनाजपुर से दिल्ली यानी घर से दिल्ली आने के रेलगाड़ीनुमा एकान्त में मुझे कई नई बातें सूझी हों तथा कुछ समस्याओं के हल मिले हों।

ऐसा पहली बार सम्भव हुआ था कि किसी विवाद में मैं सनोज को शह दे पा रही थी और यह उस रेल-यात्रा में सम्भव हुआ था।

वे इस सिद्धान्त को मानने पर राजी नहीं थे कि यह भीड़-हत्याएँ इतिहास द्वारा निर्मित हैं। उनका मानना था कि पैटर्न है लेकिन वह ऐतिहासिक न होकर राजनीतिक है। मधु चिंदकी की हत्या की ख़बर और उससे जुड़ी बातें वे जितना पढ़ते जा रहे थे, सोचते जा रहे थे, उनकी ज़बान पर यह बात लगातार बजती जा रही थी कि भात चुराने के लिए कोई हत्या कैसे कर सकता है?

भात छीनने में सम्भव है किसी का झूठा अहंकार टूटता हो लेकिन भात चुराने वाले को देखकर तो सिर्फ़ रोया जा सकता है। सामान्य मनुष्य रहे होते तब उस बेचारे चोर के लिए भोजन की व्यवस्था करते-कराते। बेहतर मनुष्य होते तब मधु चिंदकी के लिए चूल्हा-चौकी का इन्तज़ाम करते। सामान्य सरकार होती तब उस मनुष्य का तात्कालिक भविष्य सँवारती। बेहतर सरकार होती तब भात चुराने को मजबूर उस नागरिक के लिए रोज़गार मुहैया कराती। लेकिन यह क्या हुआ कि भात चुराने के लिए एक नागरिक की अन्य नागरिकों वाली भीड़ ने हत्या कर दी थी।

मैंने कहा था कि इस हत्या का कोई राजनीतिक पक्ष नहीं दिख रहा। इसलिए यह साबित होता है कि भीड़-हत्याएँ अपनी बनावट में ऐतिहासिक तथा सामाजिक ताक़तों के शक्ति-प्रदर्शन का ज़रिया हैं।

उन्होंने कहा था कि ऐसा कहकर तुम बड़ी आबादी को दोषी ठहरा रही हो।

मैंने जब कहा था कि ऐसा न कहकर आप दंगाइयों का बचाव कर रहे हैं तब वे तिलमिला गए थे।

यह सब कहने के बावजूद उस हत्या को वे ऐतिहासिक परिणति मानने के लिए तैयार नहीं थे। इस स्थापना से उनके भीतर का उम्रदराज भारतीय चोटिल हुआ था। मैंने उन्हें यह कहकर उकसाना चाहा था कि वे नकली नागरिक हैं तब भी वे हँसकर रह गए थे।

या क्या पता, वे इसलिए कुछ कहने में ख़ुद को कमज़ोर पा रहे हों क्योंकि उनके मन में मैं घूम रही थी? लेकिन यह तो मुझे बहुत बाद में, सरायकेला यात्रा में, पता चलना था।

ऐसा कहूँ कि बाद के दिनों में सनोज का एक अव्यक्त झुकाव मुझे अपनी ओर न मालूम हुआ हो तो यह ज़्यादती होगी। वह वसुंधरा

से उनकी निराशा थी या उनकी ज़रूरत या कुछ भी या मेरी लेखकीय सक्रियता, लेकिन पिछले वर्ष की एक स्मृति हवा में उड़ते उस रूखे-भूरे पत्ते की तरह ज़ेहन में है जो पत्ता कुछ पलों के लिए हवा में इस तरह टिका रहता है कि उसकी दिशा अव्यक्त और अनिर्देशित जान पड़ती है, जो न मालूम डाल से छिटककर नीचे आने की स्थिति में होता है या अंधड़ के ज़ोर से ऊपर जाने के इरादे से अधर में टँगा होता है। वह घटना अगर अब याद आ रही है तो उसकी ज़िम्मेदारी मेरी संशयात्मा को जाएगी जो सरायकेला से लौटकर बेचैन है।

आग्रह मेरा ही था, हम दोनों 'लविंग विन्सेंट' फ़िल्म देखने गए थे। आग्रह मेरा ही था इसलिए साहब ने न कैब के पैसे दिए और न ही टिकट के। उस दिन वे रोज़ की अपेक्षा सँवरकर आए थे और उनके पीले चेहरे से उम्र और शराब की आदत झाँक रही थी। दाढ़ी बनाए हुए वे यों लग रहे थे कि चाहूँ तो पहचानने से इनकार कर दूँ और वे बुरा न मानें। खाने का इरादा देर से हुआ था इसलिए उसकी क्या बात कही जाए। फ़िल्म के लिए हामी भरते हुए बढ़त लेता हुआ एक 'लेकिन' इन्होंने लगा दिया था लेकिन वह 'लेकिन' मुझे आदतन लगाया हुआ लगा था। उन्होंने कहा था कि विन्सेंट वान गॉग पर बनी यह फ़िल्म देख लेंगे 'लेकिन' आत्महन्ता मनुष्यों की कहानियाँ उन्हें डराने लगी हैं।

नोएडा सेक्टर चालीस से फन सिटी मॉल तक वे पाँव-पैदल ही आए थे। टिकट खिड़की पर यह वाक़या हुआ कि एक ही सीट बची थी, बाक़ी की सारी सीटें ऑनलाइन बुक हो चुकी थीं। इन्होंने छूटते ही अपने सुन्दर स्वभाव का परिचय दिया, कहा, सुनंदा तुम फ़िल्म देख लो, मैं यहीं हूँ। यह वाक्य ऐसे कहा गया था जैसे पाँच-सात मिनट का कोई काम हो। दूसरी एक बात भी है जो अब सोच पाती हूँ, उस समय महज़

चिढ़ सकी थी। अगर इनके मन में मेरे लिए कोई राग था तब कायदन इन्हें साथ में फ़िल्म देखने पर ज़ोर देना चाहिए था, यही रीति बनी है। या तो मैं इनके मन में घुमड़ नहीं रही हूँगी या, यह सोचने में भी डर लगता है, अत्यधिक ख़ुश होने से पहले वाला डर; कहीं ऐसा तो नहीं कि किताबों की काली स्याही से बुने उजले किसी स्वप्न-सा यह व्यक्ति हो जिसे दूसरे की ख़ुशी में अपनी ख़ुशी दिखती हो।

क़िस्मत, लेकिन, ठीक थी। टिकट काउंटर पर बैठे सज्जन ने बताया कि हम लोग इन्तज़ार कर लें, ऐसा अनेक दफ़ा होता है कि लोग सीट बुक करने के बाद भी नहीं आते।

और ऐसा ही हुआ था।

सातेक मिनट विलम्ब से हम हॉल में पहुँचे। बीच की किसी क़तार का टिकट था और बहुत दिनों बाद मैं किसी ऐसे चलते शो में गई थी। तब ध्यान आया कि पीवीआर के कर्मचारी भी टॉर्च से रोशनी दिखाकर लोगों को उनकी जगह तक पहुँचाते हैं।

देखा था कि अपनी जगह पर धँसते ही सनोज और सिनेमा का पर्दा एकमेक हो गए थे। वहाँ सब के सब फ़िल्म देख रहे थे लेकिन इस तरह डूब जाना कि जिसके साथ आप फ़िल्म देखने आए हों उसका कोई ख़याल न रहे, यह मैं पहली बार देख रही थी। किसी-किसी दृश्य पर ख़ुद ही ख़ुद में कुछ बुदबुदा रहे थे। यह कोई दिखावा नहीं रहा होगा बस अत्यधिक शामिलात का नतीजा था कि किसी दृश्य से कोई सिरा पकड़कर अगले दृश्यों की पूर्वकल्पना करते हुए बोल पड़ते थे जैसे इन्होंने ही फ़िल्म लिखी हो और उस बोलने में भी शब्दों से अधिक भाव प्रबल होते थे।

फ़िल्म में उस दृश्य तक वे सामान्य रहे थे और कहीं-कहीं तो इस

तरह हँसे थे कि वे दृश्य उनके लिए ही बनाए गए हों लेकिन जिस दृश्य में विन्सेंट वान गॉग अपने कान काटता है, कटे कान को अपने हाथों में लेता है और नायिका के पास जाता है, वह दृश्य परदे पर आते ही वे घबराकर पीछे हटे थे और बाएँ हाथ से मेरा कन्धा पकड़ लिया था। चीख़-सी निकल आई थी।

सनोज ने फ़िल्म वहीं छोड़ दी थी।

अब सोचूँ तो लगता है कि घबराहट में क्या वह कन्धा पकड़ना भी अभिनय था?

फिर वह समर्पण? किताब के एकदम ताज़ा दिखते पन्ने पर लिखा वह समर्पण भी कोई अतिरिक्त अर्थ लिये हुए था?

उसी एक दिन में जैसे सब कुछ स्पष्ट हो जाना था। मति मेरी ही मारी गई होगी कि उन्हें साथ में बीयर पीने का आमंत्रण दिया। उस फ़िल्म को देखने के बाद वे ऐसी हालत में थे कि कुछ कहना-सुनना शायद पसन्द न हो। इसलिए रेंदवू बार एंड रेस्तराँ का शोर हमें पसन्द आया। सोफ़ों और मेज़ के आसपास पड़ी कुर्सियों पर सप्ताहांत की ख़ुशी में मचलते हुए लोग जमे हुए थे। हमें शीशे की उस दीवार के पास की दो बहुत ऊँची कुर्सियाँ मिली थीं जिन पर बैठकर बाहर, सड़क पर रफ़्तारशुदा गाड़ियाँ और फैलते उनके प्रकाश को देखा जा सकता था।

हम चुप-चुप पीते रहे। दो बजे रात तक। जब बार बन्द होने लगा और रात को वापस लौटने की बारी आई तब वे मुझे छोड़ने घर तक आए। उबर नहीं, ओला नहीं, मेरु कैब लिया था। नशे की हालत में भी उन्हें यह याद था कि मैं मेरु की सेवाएँ पसन्द करती हूँ। रास्ते-भर मैं बीयर के नशे के बावजूद सोचती रही कि कहीं यह इनका मेरे घर पर रुकने का बहाना न हो। लेकिन नहीं। कैब रुकी। मैं जाने लगी तब उन्होंने मुझे

एक किताब दी, कहते हुए कि तुम्हें पढ़ना चाहिए। ऐसे जैसे सोच रखा हो कि मुलाक़ात जिस पल में ख़त्म होगी उसी वक़्त यह किताब देंगे।

मुख्य स्मृति से इतर एक अपने में सिमटकर रह जाने वाली स्मृति उस रात की वापसी है। जब टैक्सी से उतरकर जाने लगी तब मेरी इच्छा हुई थी कि उनसे कहूँ, और कुछ देर साथ रहते हैं। वह पूरी रात बिना किसी योजना के सुखद बनती जा रही थी और बेहद कम यादगार रातों में से एक को इस क़दर ख़त्म होते देखना मलाल पैदा कर रहा था। मैं उनसे कहती और वे मान जाते।

अच्छा यह भी लग रहा था कि उन्होंने अपनी उपस्थिति को शून्य कर लिया था। जो मैं कह रही थी, वही हम दोनों सुन रहे थे। जो मैं पसन्द कर रही थी, वही बीयर हम दोनों पी रहे थे। जो मैं देखना चाहती थी, वही तस्वीर हम दोनों देख रहे थे। रात का अपना एक नशा था जो बीयर और हमारे साथ होने से उपजे नशे के साथ दोस्ती किए बैठा था। हद-बेहद की बात तो नहीं कह सकती लेकिन समय कुछ यों चल रहा था कि अगर उन्होंने हाथों को अपने हाथ में लिया होता तो शायद मैं मना नहीं करती।

लेकिन वे थे कि बस साथ थे।

कार से उतरते हुए जो ख़याल आया वह तब तक मन में रहा जब तक कि मैं बिस्तर पर गिरकर ख़ुद को भूल नहीं गई। उनके जाने के बाद भी लगता रहा कि फ़ोन कर उन्हें वापस बुला लूँ। वे आ गए होते। एक बार भी यह कहे बिना कि इतनी दूर निकल आया हूँ, या मेरु मना कर देगा या रात अपने भीतर डूबने जितनी गहरी हो चुकी है, वे चले आए होते।

लेकिन वह पुकार मुझसे स्थगित होनी थी।

अगले दिन जब भी जगी हूँगी उस पल भी रात ही मुझ पर तारी

थी। चश्मे और फ़ोन से पहले वह पुस्तक हाथ में उठाई थी। किताब का शीर्षक बग़ैर चश्मे के भी मुझ पर ज़ाहिर था लेकिन आगे देखने के लिए चश्मा लगाना पड़ा। जहाँ पर लेखक ने समर्पण लिख रखा था उसके नीचे 'धन' का निशान बनाते हुए यह पंक्ति थी, 'फ़ॉर दी स्ट्रीम ऑव लाइट व्हिच यू आर'। उस दिन भागकर दफ़्तर नहीं पहुँचना था इसलिए बीती रात की स्मृति और इन सुनहले शब्दों की रोशनी में समूचा रविवार उस किताब को पढ़ते हुए बिताया था। मन हुआ था और कई-कई बार हुआ था कि फ़ोन करूँ। एक अनचीन्हा भय यह था कि साथ बिताए समय को न मालूम हम दोनों फिर कभी दुहरा सकेंगे या नहीं। ठीक-ठीक याद नहीं लेकिन कह नहीं सकती कि मुझे उनके फ़ोन का इन्तज़ार था या नहीं।

अगले दिन दफ़्तर की याद मुझे है। सनोज वैसे ही मिले थे जैसे रोज़ दफ़्तर में मिलते रहे हों। उनकी आँखों में बीते शनिवार की चमक नहीं थी। बल्कि ऐसे जैसे उन्हीं आँखों से पूछ रहे हों, कैसा रहा सप्ताहांत? लगा था जैसे यह आदमी मुझे पहचानता भी न हो। ग़ुस्सा आया था। कुछ महीनों बाद जब प्रभात, राजदूतावास का मुलाज़िम, मेरे जीवन में आया तब उस नामुराद सोमवार को भूलने में मदद मिली थी।

हम दोनों, प्रभात और मैं, दो-तीन महीने साथ रहे होंगे। जब उसे बताया था कि दफ़्तर में कुछ लोग मुझे बांग्लादेशी कहते हैं तब वह चिहुँक गया था। उसने इस बात को ख़बर की मानिंद ग्रहण किया और मुझसे ही पूछ बैठा था कि आज तक क्यों नहीं बताया? मैंने बताया कि दफ़्तर में लोग कहते हैं, हूँ नहीं। फिर लगा था कि इस क़दर अपराधबोध क्यों महसूस करने लग जाऊँ? उससे पूछा कि मैंने क्या नहीं बताया? बांग्लादेशी होना या दफ़्तर के लोगों का कहना?

मुझे तमाम लोगों की प्रतिक्रियाएँ याद थीं कि यह जानने के बाद

लोग किस तरह पेश आते हैं। बहुत कम लोग वास्तविक प्रक्रिया की तरफ़ अपना ध्यान ले जाते हैं कि पिछली कोई पीढ़ी मीरपुर से यहाँ आई होगी। बस गई होगी। अब मैं भारत की नागरिक हूँ।

सनोज ही नहीं कॉलेज के ज़माने के कुछ दूसरे दोस्तों ने भी यह जानने के बाद कहा था, कि उन्हें भी एक बार बांग्लादेश जाना है। सबकी वजूहात अलग थीं। ज़्यादातर लोगों के उच्छ्वास से लगता था कि वे अपने मन में कँटीले तारों की बाड़ की कल्पना कर रहे हैं और इसकी भी कल्पना कर रहे हैं कि मैं उन तारों के नीचे से घिसटते हुए घुसपैठ कर रही हूँ। सनोज शायद मुझसे किसी शिक्षक की तरह पेश आने का दबाव महसूस करते रहे होंगे या हो सकता है उनका मिज़ाज ही इतना शान्त-सुन्दर हो कि बांग्लादेशी मूल को जानने के बाद इसे भी एक शाबाशी में तब्दील कर दिया था और कहा था, फिर तो तुमने हिन्दी का बेहतरीन रियाज़ किया है।

प्रभात फिर कहीं और किसी के जीवन में सवेरा करने चला गया होगा लेकिन एक स्मृति रह गई थी। वह किताब, जो सनोज ने मुझे दी थी, फिर एक दिन दिखी थी। तब उस ख़ास शनिवार को बीते महीनों हो गए थे और चूँकि प्रभात के साथ की कल्पना मुझे पसन्द रहने लगी थी इसलिए सनोज के साथ की अपनी स्मृतियों को खुलने की इजाज़त मैंने नहीं दी थी। उस दिन मैंने वह समर्पण फिर पढ़ा और वह वाक्य 'फ़ॉर दी स्ट्रीम ऑव लाइट व्हिच यू आर' अनधिकार चेष्टा जैसा लग पड़ा था। मेरे मन को धमकाता हुआ सा। उस दिन मैंने ध्यान दिया था कि उस वाक्य के नीचे उन्होंने न अपना नाम लिखा है न ही तारीख़। मैं सोचती रही थी कि पहली बार में यह बात क्यों नहीं समझ आई होगी।

उस दिन या उस दिन के बाद जिस दिन भी मैं प्रभात से मिली थी,

उस किताब को उसी समर्पण के साथ, बस अपना नाम और कोई सी भी एक तारीख़ जोड़ते हुए दे दिया था। यह शायद उसके प्रेम के लिए था या फिर ख़ुद को सज़ा देने के लिए, यह समझना मुश्किल था। बाद के दिनों में अक्सर यह कल्पना करती रही कि प्रभात कभी उस पुस्तक को देखता होगा, उन अक्षरों को अँगूठे से छूता होगा या छोटी उँगली को उन शब्दों की परिधि पर फिराता होगा। एक दिन यह इलहाम हुआ था, बहुत दिनों बाद एक दिन, कहीं ऐसा तो नहीं कि प्रभात ने उस किताब को खोलकर देखा भी नहीं हो। बहुत हँसी आई थी। अब भी इस ख़याल का ख़याल करने पर हँसी आ ही जाती है।

कभी इस सनोज नामी बन्दे ने अपने बारे में कुछ बताया नहीं था इसलिए तब भी नहीं बताया कि तारीख़ और हस्ताक्षर क्यों नहीं थे? इसे पूछने का तात्पर्य उस वाक्य में छिपे अर्थ को स्वीकारने जैसा होता। हँसकर टालना इनकी एक अदा थी जो किसी अलग दुनिया से आई लगती थी और केरल के पलक्कड़ तथा झारखंड के सरायकेला का यह दूभर समय न आया होता तब यह फ़ख़्र मुझे जीवन-भर रहता कि लगभग ईश्वर सरीखा एक आदमी, जो कि ग़लत समझे जाते शैतान का रूप भी लगता है, मेरा दोस्त है।

इन दिनों मैं पाती हूँ कि सनोज के समग्र प्रभाव को ख़ारिज कर देने की हड़बड़ी में हूँ जैसे उन कवियों को हम उनके जाने-अनजाने किसी ग़लती पर ख़ारिज कर देते हैं जिनकी कविताओं का ताब हमसे बर्दाश्त नहीं होता।

यह नकारात्मक प्रभाव तब से शुरू हुआ जब हम दोनों को एक साथ इस टीम में रखा गया। पलक्कड़ यात्रा के दौरान मन पर पड़ता वह बोझ अनायास ही मुझसे उतर गया था, जब गाड़ी इटारसी के बाद किसी घने

जंगल से गुज़र रही थी। यात्रियों का एक-दूसरे को जानने-पहचानने का समय दिल्ली से चलने के बाद आगरा-मथुरा पहुँचने तक बीत चुका था।

इटारसी तक आते-आते रेलगाड़ी ने दोपहर कर दी थी और अब वहाँ देर तक खड़ी थी। भोजन लाने वाला जो लड़का था वह बार-बार बताए जा रहा था कि नागपुर में खाना चढ़ेगा। यह सब देखते हुए सनोज ने इटारसी स्टेशन से कुछ पत्रिकाएँ, चिप्स और केक के पैकेट ख़रीद लिये थे। चिप्स के पैकेट पर नामी एक खिलाड़ी की तस्वीर थी और हस्ताक्षर था, उसे देखते ही मैंने अनायास पूछ लिया, जो किताब आपने दी थी, उसमें आपने अपना नाम या सिग्नेचर क्यों नहीं किया था?

मुझे लगता है कि मेरे इस प्रश्न को कहीं सनोज ने उस पूरे वक़्त को याद करने का इशारा न समझा हो। एक समय जो अपने आप में सम्पूर्ण था लेकिन एक बड़े समय का हिस्सा भी था। उन्होंने जवाब नहीं देना था, सो नहीं दिया।

अब लेकिन इस आदमी का दूसरा अवतार दिख पड़ा है। भूखा। पुरुष का शान्त और निर्लिप्त स्वभाव ढोंग भी हो सकता है, यह मैं अब समझ रही थी। पिछले दिनों, जिस दिन सरायकेला में भीड़-हत्या के शिकार तबरेज से जुड़े लोगों की रिकॉर्डिंग सुन रहे थे, तब एक मौक़ा था जब बिग बॉस ने पूछा था कि 'हाउ वाज सनोज?' मन हुआ कि कह दूँ, इसे केवल शरीर चाहिए लेकिन जाने कैसे कह पड़ी थी, 'सपोर्टिव'।

सरायकेला की वह रात बीच में किसी दीवार की तरह खड़ी हो जाती दिखती है। तीन वर्षों से साथ था। मेरे अपने मन में कोमल जो भाव पनपे थे वे समय की दीवार में दबकर कहीं बिला गए थे। अब अगर मेरे मन में कुछ होता भी तब सब कुछ नया होता और बिलकुल शुरू से शुरू होता।

पढ़ने-लिखने में इनकी दिलचस्पी, दूसरों की शिकायत-सुल्फी में

नायक़ीनी और इन सबसे भी भली बात यह कि हमारे रिश्ते में कभी लगा ही नहीं कि अपने मशविरों, अपने समय, क्योंकि इनका समय मैं लिया करती थी, क्योंकि इससे बातें करना मुझे अच्छा लगता है, क्योंकि दफ़्तर में दूसरों से दूर रहना ही अच्छा लगता है, के एवज़ में कुछ चाहिए, शरीर या प्रेम की रिश्वत चाहिए।

सरायकेला के उस होटल जोहार में, जो कि एक मारवाड़ी का था और जिसने बातों की रफ़्तार में बताया था कि पीढ़ियों पहले वे लोग बिहार आ गए थे। उनके ख़ानदान के कुल तेईस होटल इस अपेक्षाकृत नवनिर्मित राज्य में थे। ख़ास टोन में यह भी बताया कि जब से स्थानीय लोग इस व्यवसाय में उतर रहे हैं सर्विस और रेटों की ऐसी-वैसी-तैसी हो गई है और फिर गाली के लिए माफ़ी माँग ली थी। साथ में बीयर पीने का प्रस्ताव सनोज का था या मेरा, यह याद नहीं लेकिन साथ में कुछ देर बैठने के लिए, तबरेज की हत्या से जुड़े, सुने बयानों तथा दूसरी तमाम भीड़-हत्याओं की पढ़कर-सुनकर जो अंधड़ मचा हुआ था उससे दूर होने के लिए या महज़ दफ़्तर की याद ताज़ा करने के लिए, जैसे मैं इनके साथ कैंटीन में बैठती हूँ, मान गई थी।

उस पूरी रात का दार्शनिक पहलू कोई था तो इतिहास था। सनोज यह मानने के लिए तैयार नहीं थे कि देश के इतिहास ने हमारे जीवन में निजी अतीत की जगह को ग्रहण की तरह छेंक लिया है। चूँकि उन्हें मेरी बात पसन्द नहीं आई थी इसलिए अपने चिर-परिचित मज़ाक़ उड़ाऊ अन्दाज़ में कहा था, 'कौन सा ग्रहण? सूर्य या चन्द्र?'

सनोज अपनी सैद्धांतिकी पर वहाँ भी अटल थे और मानने को तैयार नहीं थे कि सरायकेला में तबरेज की भीड़-हत्या एक ऐतिहासिक विकासक्रम के तहत है। उन्होंने दो टूक अपनी बात कह दी थी, 'देखो

सुनंदा', और कहने का उनका अन्दाज़ यों था जैसे न जाने कितना इतिहास अपने मन के दड़बे में जज़्ब कर रखा है, 'इतिहास विशुद्ध प्रोपेगेंडा है'। जैसे कोई निर्णय सुनाने की हड़बड़ी रही हो या अपनी बात को स्थापित न कर पाने की बेचैनी कि किंगफिशर अल्ट्रा का एक लम्बा घूँट लेने के बाद होंठों पर फिसल आई उसकी कुछ बूँदों को टिश्यू पेपर से हटाते हुए जोड़ा, 'धर्म की तरह'।

फिर जैसे मेरा दिल रखना उनके लिए कोई काम हो, जो बाद में पता चला कि वही उनका एजेंडा था, वही असली मक़सद था, कहा, 'उम्मीद है, तुम सत्य और इतिहास को एक मानकर नहीं देख रही हो।' बीयर गटकने की रफ़्तार से मुझे समझ जाना चाहिए था कि कोई न कोई बखेड़ा खड़ा हो सकता है और बात की बेंत को बदलते हुए उसने, या मैं अपनी ज़बान क्यों ख़राब करूँ, उन्होंने दो शब्द उचारे, 'उदय' और 'उजास'।

तीन वर्ष के संग-साथ के बाद मुझे भी यह बात पहली दफ़ा पता पड़ रही थी कि ये दोनों नाम इनके बेटों के हैं जो अब साथ नहीं रहते और दोनों को चार-सवा चार वर्ष पहले देखा था। यह भी कि उनकी याद अक्सर आती है और...यह सुनकर मेरा कलेजा बैठने लगा था, छोटे बेटे की शक्ल भी इनसे भूलने लगी है। यह कहते हुए उनकी आँखें बीयर से जुदा रंग में झिलमिला गई थीं। आँसुओं ने उनका हलक़ पकड़ लिया था।

उस घटना के बाद सनोज से नाराज़गी दिखाने का कोई दूसरा बहाना मैं ढूँढ़ रही थी। सीधे-सीधे इस बात पर नाराज़ हो जाना कि सरायकेला में उन्होंने ज़्यादती की थी, मुझे उलझन-भरा लग रहा था। मैं शिद्दत से चाहती थी कि वह एक ऐसा प्रसंग बनकर रह जाए जो हमें याद नहीं। हमें याद नहीं कि हम रात के दो बजे तक साथ बैठे रहे। या हमें याद

नहीं कि हम क्या याद करना चाहते हैं।

जैसे मैं साथ बैठी थी और बीयर पी रही थी लेकिन यह, क्या कहूँ मैं इसे, अपना बस चलता तो थप्पड़ लगाती, आदमी बीयर के बाद शराब पर उतर आया था और मुझे छू रहा था। शुरुआत इन्होंने पसन्द-नापसन्द के खाँचों से की थी और मैं तीन वर्षों की मित्रता के विश्वास में कहती गई कि आप मुझे पसन्द हैं लेकिन मित्र की तरह। या हमें याद नहीं कि हम सरायकेला के इतिहास पर बातें कर रहे थे। मुझे दुगुनी तकलीफ़ इस बात की हुई थी जब इन्होंने यह मानने से इनकार कर दिया कि भीड़ द्वारा तबरेज की हत्या एक ख़ास ऐतिहासिक गति द्वारा निर्मित है। इनका बारम्बार कहना था कि राजनीतिक उद्‌देश्य होते हुए भी यह घटना अपने आप में निराली थी और किसी ऐतिहासिक विकासक्रम से इस हत्या का कोई वास्ता नहीं था।

यह आदमी मुझे इस क़दर पसन्द है, कवि होने के कारण और अपनी इनसानियत के कारण। शायद यही वह वजह रही होगी कि मैं इनके साथ टीम बनाने को तैयार हो गई थी। पसन्दगी का आलम यह था कि मैं इनकी उन बातों पर यक़ीन नहीं करती थी जो यह इन हत्याओं को लेकर अपनी निसंगता के बारे में कहते थे। सरायकेला जाने वाली रेलगाड़ी में बैठते हुए इन्होंने पहला ही वाक्य कहा था कि नौकरी बचाने के लिए इन यात्राओं को पूरा कर रहा है, न कि इनकी दिलचस्पी इन भीड़-हत्याओं को अलग से समझने में है। लेकिन उस रात सनोज ने जब यह मानने से इनकार कर दिया कि झारखंड में हो रही भीड़-हत्याओं की तारीख़ी वजहें हैं तब मुझे पहली बार लगा कि यह आदमी गम्भीर रूप से अगम्भीर है।

राह चलते बटोही भी जिनके पास सामान्य ज्ञान लेने तक की फ़ुर्सत न हो वे भी, अगर उन्हें बताया जाए, इससे इनकार नहीं करेंगे—1947

और उससे पहले के समयों में जिस झारखंड का स्वप्न देखा गया था वह अगर साकार होने दिया गया होता तब आज सत्तर-अस्सी वर्षों बाद महज़ इस एक राज्य में छब्बीस-सत्ताईस लोग एक ख़ास क़िस्म की राजनीति-प्रायोजित भीड़-हत्या का शिकार न बने होते। झारखंड उन बाहरी लोगों का राज्य होता गया जिन्हें आदिवासी किसी ख़ज़ाने की तरह दीखते थे जिसे लूटा जा सके। आप कल्पना भी नहीं कर सकते कि दो हज़ार लोगों को देश की सेना आज़ादी मिलने के चंद दिनों बाद इसलिए गोलियों से भून देती है कि वे अपने पसन्द के राज्य में शामिल होना चाहते थे।

वे उड़ीसा के बजाय तत्कालीन बिहार में शामिल होना चाहते थे।

सनोज, जिनके हाथ मेरे कुर्ते के बटन तक आने को बेताब रहे होंगे, यह मानने को तैयार न थे कि 1947 में भी वह आततायी ताक़तें सक्रिय थीं। वे शक्तियाँ, जो नहीं चाहती थीं कि सारे आदिवासी बाशिंदों वाले ज़िले एक राज्य में रहें। जयपाल सिंह मुंडा के नाम पर या मेरे द्वारा सख़्ती करते हुए उनका हाथ अपने कन्धे से हटाने पर सनोज चिहुँक गए थे और इस बात के पूरा होने तक अपना सिर हाँ की सूरत में डुलाते रहे थे कि जयपाल मुंडा ही नहीं 'सी' श्रेणी की तमाम रियासतों, सरगुजा, जशपुर, उदयपुर, कोरिया, चांगभाकर, बोनाई, गांगपुर और बामडा के आदिवासी निवासी या तो बिहार में शामिल होना चाहते थे जहाँ सिंहभूम था, जहाँ एकत्रित आदिवासी समाज था या फिर निष्पक्ष सरकार में शामिल होना चाहते थे। उन रियासत के शासकों को और इन जगहों पर क़ब्ज़ा करने के फ़िराक़ में बैठी आबादी को यह मंज़ूर न था।

अगर आततायियों को लग गया होता कि शक्ति-संस्थानों पर क़ाबिज़ रहने और कमज़ोरों पर शासन बनाए रखने के लिए हिन्दू-मुस्लिम का विभाजन एक सुविधाजनक तरीक़ा है तब शायद वे उन दो हज़ार

आदिवासियों की हत्या नहीं करते जिन पर वे अपना शासन बतौर बाहरी आदमी, बनाए रखना चाहते थे।

सनोज उस रात क़रीब ग्यारह बीयर-केन पी चुके थे और पिए ही जा रहे थे। एक बार फिर उन्होंने प्रयास किया। इस बार नशे के बहाने से, जिस बहाने से मैं सब कुछ भूल चुकने का अभिनय अब होने देना चाहती हूँ, अपनी कुर्सी मुझ तक खींच लाए थे, खाना ख़त्म हो रहा था और बेयरे बार-बार संकेत दे रहे थे कि अब रेस्तराँ और बार, दोनों, बन्द हो रहे हैं। कुर्सी मुझ तक खींचने के बाद पुराना घिसा-पिटा तरीक़ा अपनाया कि वह मुझसे प्रेम करते हैं और इसलिए भी मेरी तरफ़ अधिक नहीं देखते क्योंकि मेरा जादू उसे खींचता है, जो कि हो सकता है सच कह रहे हों।

या उनकी हिम्मत उनसे यह तक कहलवा गई थी कि अगर हम हमबिस्तरी करते हैं तब कल के लिए हम बेहतर तैयार हो सकेंगे। उनकी इस बात पर मैंने उन्हें परे धकेला था लेकिन मेरे परे धकेलने से नहीं, वे तब मुझसे दूर हुए जब हमारे बीच में सरदार पटेल का ज़िक्र आया। पहले तो लगा कि वे भयभीत हो गए हैं लेकिन पटेल का नाम सुनते ही उनका चेहरा, उस नशे की हालत में भी, तन गया था और धीमा कुछ बुदबुदाकर रह गए थे। आगे की सारी बात सुनने के लिए वह सिगरेट का सहारा लेते रहे और जब मैंने वी.के. कृष्णा मेनन को मेमन कह दिया था तब उन्होंने सुधारा था कि दोनों के नाम में महज़ एक अक्षर का अन्तर नहीं है पूरे समुदाय का अन्तर है।

मेरे सख़्त होने का यह असर था कि जब मैंने बताया, 1948 की पहली जनवरी को, आज़ादी के महज़ एक सौ अड़तीस दिनों के बाद ही जलियाँवाला बाग़ से कहीं बीभत्स एक हत्याकांड इस सरायकेला-खरसावाँ हाट की धरती पर हुआ था तब भी उन्होंने महज़ हुँकारी में जवाब दिया

था। इनकार करने के बाद मैं नर्म पड़ने लगी थी और शायद इसी उलझन में बता गई कि अगली सुबह मैं खरसावाँ हाट के शहीद स्मारक जा रही हूँ और यह भी कि आज़ाद भारत में आँकड़े नहीं रखने का चलन शायद वहीं से शुरू हुआ कि कोई जानता ही नहीं कितने आदिवासी उस हत्याकांड में मारे गए थे।

अख़बार ने पैंतीस लोगों के मरने की ख़बरें छापी थीं लेकिन खरसावाँ स्टेट के राजा के संस्मरणों वाली किताब में दो हज़ार से अधिक आदिवासियों की हत्या का ज़िक्र है। सैनिकों ने कुछ घंटों के गोलीकांड के बाद अनेक घंटे उन लाशों से तमाम गड्ढों को पाटने में लगाए थे। आज जहाँ यह होटल है, कोई आश्चर्य नहीं होगा अगर कभी पता चल सके कि नीचे भी कुछ आदिवासी दफ़नाए गए थे। और वे भी किसलिए? वे भारत से अलग नहीं होना चाहते थे, बस एक साथ होना चाहते थे। एक भाषा, एक पहचान के लोग, एक साथ होना चाहते थे। उस हत्याकांड की कोई रिपोर्ट कभी बनी ही नहीं। कोई राजबली तब पैदा नहीं हुआ था जो उन आँकड़ों को जुटाने का कीर्तिगान जैसा अभियान चलाता।

सब कुछ सुन लेने के बाद उन्होंने एक अनमनी-सी बात कही थी कि क्या उन आदिवासियों को किसी ने आगाह नहीं किया था? मैं जानती थी कि उन्हें मौक़ा मिले और भला दिखने या बने रहने का भय न हो तो आदिवासियों को ही प्रश्नांकित कर देंगे लेकिन वह भला बने रहना चाहते होंगे इसलिए अपने प्रश्न को सीमित रखा था। मैंने उससे जब कहा कि कविता की जगह इतिहास क्यों नहीं पढ़ लेते तब वह तिलमिला गए थे, मुझे याद है। उनका कहना भी याद है, 'ताकि हर घटना को इतिहास से जोड़ता फिरूँ। है न?'

उनकी तिलमिलाहट मचल न जाए इसलिए मैंने उसे बताया कि उन्नीस

सौ सैंतालीस के तेरह-चौदह दिसम्बर की मीटिंग में जिसमें सिर्फ़ वी.के. कृष्णा मेनन को आना था, वहाँ न जाने किन ख़तरों को भाँपते हुए सरदार बल्लभ भाई पटेल आए थे और उनका भी संवाद जनप्रतिनिधियों से नहीं बल्कि रियासतदारों से हुआ था और वे भलीभाँति भय पैदा करके यहाँ से गए थे लेकिन हो सकता है, लोगों ने वह सन्देश आदिवासी समूहों तक पहुँचाना उचित न समझा हो। इस सबके जवाब में उन्होंने इतना-भर कहा था, जो कि शायद द्विअर्थी था, 'यहाँ ठंड है, कमरे में चलें?'

अपने कमरे के दरवाज़े पर पहुँचकर पहले मैं अन्दर गई और उन्हें बाहर रखा था, फिर दरवाज़े से टिककर उसे समझाया कि जिन लोगों की हत्या की बात आप सुनना नहीं चाहते मिस्टर पोएट उनकी हड्डियों से इस राज्य का नक़्शा बना है और यह भी कि अगर मैं राजबली की जगह होती न कविराज, तब उन दो हज़ार हत्याओं को भी सरायकेला में हुई मॉब लिंचिंग की सूची में शामिल करती। समझे! और यह कहते हुए दरवाज़ा उनके मुँह पर बन्द कर दिया था।

उस रात के बाद इन्होंने कोई हरकत नहीं की लेकिन उसकी एक वजह यह थी कि फिर कोई मौक़ा भी नहीं मिला। अगले दिन सुबह से ही मैंने शराब के नशे के कारण सब भूले होने का अभिनय किया। जब इनसे मुलाक़ात हुई तब शायद इन्हें अपने अपराध की याद रही हो, इसलिए नज़रें फेरकर बात कर रहे थे। मैंने भी कुछ ज़ाहिर नहीं होने दिया। यहाँ तक कि तबरेज के साथी लुक़मान के घर जब हम उसका इंटरव्यू कर रहे थे तब चाय लेने के बहाने सनोज ने उसकी पत्नी का हाथ पकड़ लिया था। उस समय लगा था कि बीती रात से उपजा गुस्सा यहाँ फूट पड़ेगा।

सरायकेला में तो नहीं लेकिन वहाँ से दिल्ली के लिए निकलते समय जब रेलगाड़ी के डिब्बे में आ गई थी और ऊपर की बर्थ पर ख़ुद को

ढीला छोड़ दिया था तब मुझे दो एहसास एक साथ हुए। हो सकता है अनजाने में ही इसका हाथ लुक़मान की बीवी के हाथ से छू गया हो। दूसरा एहसास, उनके प्रेम-प्रस्ताव से जुड़ा था। जिन दिनों मैंने इन्हें अपने ब्रेक-अप का क़िस्सा सुनाया था क्या उन दिनों मेरे मन में यह आस नहीं थी कि काश कोई सिरा इस आदमी से जुड़ जाए। किताब की याद आई थी जिस पर इनके शब्द थे, 'फॉर दी स्ट्रीम ऑफ़ लाइट...'।

इस ख़ुद को दी हुई समझाइश ने जाने कैसे उनके प्रति सारे ग़ुस्से को एकाध पल के लिए बिला जाने दिया। मैं ही उनके साथ रहना चाहती थी, उनके साथ रहना सुरक्षित लगता था। ग्रुप मीटिंग्स में और कुछ उदास पलों में मैं उनके साथ रहना पसन्द करती थी। उनकी तरफ़ से भी हम महज़ दोस्त थे। कई बार लगता कि मैं ही उनसे दोस्ती करने के लिए व्यग्र रहा करती थी। वसुंधरा ने एकाध मर्तबा आगाह भी किया था कि तलाक़शुदा है, सँभलकर रहना लेकिन वह ख़ुद इस तरह जातिवादी थी और इन भीड़-हत्याओं के पक्ष में तर्क गढ़ती थी कि उसकी किसी बात पर यक़ीन करने का कोई औचित्य नहीं था।

यह मेरा ख़याल देर तक चलने का इरादा लिये हुए था और शायद ही इस चल रहे सत्र से मैं कुछ सुन पाई थी लेकिन उस प्रश्न ने, जो हम श्रोताओं की दीर्घा से उछला था, ख़याल के क्रम को तोड़ दिया। सबके चेहरे पर वही भाव दिखे : ख़्वामख़्वाह का प्रश्न पूछ लिया?

सनोज थे।

जिस-जिस ने उन्हें पलटकर देखा सबका उन्होंने सिर झुकाकर अभिवादन किया। वसुंधरा धीरे-धीरे कह रही थी कि देर से आने के

एवज़ में सवाल पूछकर अपनी उपस्थिति दर्ज करा रहा है। वह प्रश्न पूर्व निदेशक नवनीत झा को शायद पसन्द नहीं आया था क्योंकि बदले में उन्होंने एक ऐसा प्रश्न पूछ दिया था जो सबके लिए होना था और वह किसी भी सूरत में आपसे पूछा जाए, आपको बुरा ही लगता। सनोज खड़े रह गए थे। नवनीत ने पूछा था : एनसीआरसी पर प्रश्न उठाने से पहले तुम यह बताओ कि जीवन में तुमने कोई मृत्यु देखी है। आख़िर इतनी हत्याओं पर रिपोर्ट बनाने के लिए पहली शर्त यह होनी चाहिए कि हम समझ सकें, शोक-संतप्त होना क्या होता है और शोक में डूबे परिवार का हाल कैसा होता है?

सनोज ने माहौल हल्का किया। पूछा, कौन-से प्रश्न का जवाब देना है—पहले या दूसरे। नवनीत ने फिर कुछ नहीं कहा लेकिन रजनीश शुक्ला ने उनके प्रश्न को बिखरती किसी धुन की तरह उठा लिया और कहा कि अगर किसी ने मृत्यु नहीं देखी है तब उसे इस प्रोजेक्ट से हट जाना चाहिए।

सानिध्य, जिसने शायद ही कभी सनोज को लेकर कुछ सकारात्मक कहा हो, ने दूसरा छोर सँभाला, कहने लगा, सनोज का प्रश्न उचित है। आख़िर एनसीआरसी ने मॉब लिंचिंग में हुई हत्याओं को अलग दर्जे का अपराध मानने-गिनने से क्यों इनकार कर दिया? जब वह संस्था विश्वविद्यालय के छात्रों पर लगे नारेबाज़ी के आरोपों के लिए अलग खाँचा तैयार कर सकती है तब भीड़ द्वारा सोच-समझकर की गई हत्याओं को हर तरह की हत्या, जो शायद ग़ुस्से में या बदले की भावना से हुई हों, वाले खाँचे में क्यों रखना चाहती है?

सनोज की क़िस्मत को क्या कहिए कि नवनीत झा, एनसीआरसी के पूर्व निदेशक ने इस प्रश्न का जवाब देना यह कहकर शुरू किया कि

नाइस क्वेश्चन जेंटलमैन! जवाब के दरमियान शायद उन्हें भी लगा हो कि राजबली की बग़ल में बैठा आदमी यानी सानिध्य शायद ताक़तवर हो इसलिए एक मामूली प्रश्न तक का श्रेय उसे दे दिया।

सच कहूँ तो यह हरकत नागवार गुज़री। मुझे लगा कि जब मुझे यह बात इतनी बुरी लग रही है तब सनोज को कैसा लगा होगा, अपमानित महसूस किया होगा और यह सोचते न सोचते मैंने पीछे पलटकर उन्हें देखा। ...और क्या देखा!

वह भले मानुष मुझे ही देख रहे थे!

सनोज

चंद महीनों बाद मैं इस डॉक्टर के सामने बैठा हूँगा, इसी याची मुद्रा में, लेकिन यह मुझे अभी कहाँ पता। कसम से, नहीं पता। अभी तो मुझे यह भी नहीं पता कि डॉक्टर मुझे कविता लिखने से मना करने वाला है। अभी तो मुझे यह भी नहीं पता कि जिस आँकड़ा-दल में शामिल होने के बाद भी, पलक्कड़ और फिर सरायकेला की यात्रा के बाद जहाँ मधु चिंदकी और तबरेज अंसारी मार दिए गए थे, उससे न सिर्फ़ दूर जाना चाहूँगा बल्कि उन आँकड़ों के कारण मारा-मारा फिरूँगा जो मेरी पसन्द-सूची में कभी थे ही नहीं।

और इस आँकड़ा-दल में शामिल किए जाने का विरोध भी क्यों कर रहा हूँ?

दफ़्तर की दुनिया को लगता है कि मुझे अपने तर्कों पर यक़ीन है लेकिन मैं जानता हूँ कि जिस दल में कोई स्त्री न हो उसमें मेरी क्या जगह! मुझे नहीं उम्मीद कि आगे से मुझे सुनंदा या वसुंधरा या रागिनी के साथ टीम बनाने का मौक़ा मिलेगा। मुझे तो यह भी नहीं पता कि सुनंदा अगर शिकायत लगा देती है तब मुझे नौकरी से निकाले जाने में कितना वक़्त

लगेगा। और फिर बात महज़ आँकड़ों की नहीं उन ब्योरों की है जिसे दर्ज करने के लिए हमारा इस्तेमाल हो रहा है।

मैं जब किसी की पत्नी से, माँ से पूछ रहा हूँगा कि भीड़ जब आपके बच्चे को पीट रही थी तब आपने क्या देखा? या क्या सोचा? या क्या किया? यह उस भाई या पिता या माँ या बहन या पत्नी की लाचारी को याद दिलाना नहीं होगा? और फिर वे जवाब देंगे, हम लाचार थे और उनके जवाब से मैं लाचार दिखूँगा लेकिन क्या दोनों लाचारियाँ एक-सी होंगी?

तब मैं उन लोगों का सामना भी कैसे करूँगा जिनके परिजन गौरक्षिणी सेनाओं द्वारा मारे जा रहे हैं। मुझे मधु चिंदकी बार-बार याद आता है। भात के लिए! महज़ भात के लिए हरामियों ने उसे बाँधकर मार डाला!

मैं वैसे आँसुओं का सामना नहीं कर सकता जिनके होने का कारण लाचारी हो।

'दिल के रुकने का मतलब जानते होगे!'

कहना चाहता हूँ, हाँ, लेकिन चुप रहता हूँ। इस कॉरपोरेट अस्पताल में मनोचिकित्सा को निचले तल्ले का हिस्सा मिला है। जहाँ सब कुछ बंद, चाक-चौबंद होने की उम्मीद थी वहाँ धूप की रंगीन एक मोटी लकीर को आता देख आश्चर्य हो रहा है। पार्किंग की तरफ़ एक खुली हुई खिड़की है।

सेलफ़ोन को भी अपनी तरह चुप रहने का आदेश दे रखा है और जैसे मारे लाचारी के कोई बेआवाज़ रोता हो, फ़ोन का स्क्रीन एक सन्देश से काँपते हुए चुपचाप चमकता है : 'कहाँ हो बीएसडीके। मीटिंग शुरू होने वाली है। तू शुरू से इस टीम में न रखे जाने के बहाने खोज रहा था।'

जी में आता है कि जवाब में गाँडू लिख भेजूँ लेकिन नौकरी किसे प्यारी नहीं होती।

फ़ोन पलटकर रख देता हूँ लेकिन मेरे इस पल-भर के विचलन को डॉक्टर नाफ़रमानी समझता है। उसे लगता है और शर्तिया लगता है कि उसके बड़े महत्त्वपूर्ण प्रश्न को वह भाव नहीं मिल पाया जिसकी उसे उम्मीद रही होगी इसलिए दुबारा कहता है और ज़ोर देने के लिए 'रुकने' को 'रुक जाने' कहता है तथा अतिरिक्त ज़ोर के लिए मतलब के बाद 'तो' का इस्तेमाल करता है।

'दिल के रुक जाने का मतलब तो जानते होगे!'

वह हृदय कहना चाहता है। हाथ में मेरी इलेक्ट्रोकार्डियोग्राम रिपोर्ट पकड़े हुए है। डॉक्टर अनेक साहा। मनोचिकित्सक। ठिंगना। बाल चाँदी के थाल जैसे रंग पकड़ते हुए। मैं नहीं जानता हूँ डॉक्टर किस मुद्दे पर आना चाहता है। कविता, उसकी बातों से ऐसा भान हो रहा है जैसे कहना चाहता हो, मनुष्य की दुश्मन है। मेरी मति मारी गई थी जो पहली मुलाक़ात में इसे अपने बारे में सारा कुछ बता बैठा था। बाहर जो नर्स बैठी है और जिसे मैंने मन के शीशे में उतार लिया है, उसने ही सारे ब्योरे लिखे थे।

अपनी ज़िन्दगी के बारे में बताते हुए जब अपना कवि होना बतला रहा था तब उस स्त्री की कामना से वशीभूत होकर उसे प्रभावित करने के लिए नहीं, बस यह चाहता था कि डॉक्टर को सब सच-सच पता रहे। अब वह मुझे कविता लिखने के कारण अपमानित करना चाहता है। कुछ पल बीतेंगे और वह मेरे बिना किसी उकसावे के भी कहेगा, कविता तुम्हारी दुश्मन है। फिर कहेगा, कविता लिखना बन्द क्यों नहीं कर देते? जब यह वाक्य कहेगा 'डू अवे विद दिस थिंग कॉल्ड पोएट्री' तो सोचिए मेरी क्या हालत होगी। मैं इसका जवाब नहीं दे पाऊँगा।

अभी उसने मुझे हृदय के चक्करों में रोक रखा है। कुछ डॉक्टर अपमान का रिश्ता निभाते हैं। सिनेमा में दीखते मनोचिकित्सकों से ये

अलग हैं। मुझे एक मनोवैज्ञानिक ने इनके पास भेजा था। क़ायदे से देखूँ तो ग़लती यही थी।

'क्या कहते हैं उसे हिन्दी में, हाँ, कामेच्छा, तो तुम्हारी कामेच्छा हर वक़्त जागृत रहती है?'

'जी। थी। यह समस्या मैंने पिछली बार आपसे बतलाई थी। अब दूसरी बीमारी है। अब मुझे वे लोग दिखते हैं जो भीड़ द्वारा मार दिए गए। उनके परिवार वाले दिखते हैं।'

'क्या मतलब?'

'यही कि अचानक कोई मृत व्यक्ति या उसकी पत्नी या उसकी माँ मेरे सामने आकर खड़ी हो जाती है, मैं रुक जाता हूँ, डर जाता हूँ...' इस वाक्य से डॉक्टर ने और कुछ न लेकर महज़ 'पत्नी' शब्द उठाया। जबकि मैं चाहता था कि वह मेरी नई विकसित बीमारी का इलाज करे।

'पत्नी?'

'थी'। 'सुचिता'। अपने जवाब से लगा जैसे किसी मृत व्यक्ति के बारे में बता रहा हूँ। डॉक्टर की पोथी में सब कुछ लिखा है फिर भी पूछ रहा है। इसलिए अपने लिए ज़मीन तैयार करते हुए कहा, 'मेरा मतलब है कि वह अभी भी है। लेकिन पहले वह रिश्ते में पत्नी थी।'

'शायद इसीलिए तुम्हारी कामेच्छा जागृत रहती है।' ऐसे बताया जैसे यह उसका 'यूरेका पल' हो।

फिर पूछा, 'मगर हर वक़्त? यह थोड़ी ज़्यादती नहीं लगती?'

जवाब क्या देता। उसकी कुर्सी के पीछे मझोले आकार का इन्द्रधनुष चित्रित है। बीच के दो रंगों की पट्टियाँ, एक गहरी नीली और दूसरी का रंग पता नहीं, फीकी पड़ गई हैं जैसे इस रंग-समूह से बाहर निकल जाना चाहती हों और बाक़ी की पट्टियाँ उन्हें निकलने नहीं देना चाहती

हैं। मन में आता है कि पूछूँ, क्या इन्द्रधनुष में यही सब रंग होते हैं जो यहाँ हैं लेकिन फिर उसे उसके हाल पर छोड़ देता हूँ।

'बताइए। हर वक़्त?'

'जी'

'अभी भी?'

'हाँ'

'अभी भी?' वह ऐसे ज़ोर दे रहा है जैसे उसकी उपस्थिति के कुछ मायने हों।

'हाँ, सर।'

वह हँसता है। पानी बढ़ाता है।

मैं चुप नहीं होना चाहता। बताता हूँ। 'दिन-दोपहर रात-बिरात हर वक़्त। रात घिरते ही डर लगने लगता है। परेशानी किसी बादल की तरह मेरे सिर पर सवार हो जाती है। शरीर हर-हमेशा दबाव में रहता है लेकिन शाम होते न होते स्थिति बेकाबू हो जाती है। रात की ख़ुराक मेरी दो रोटी और डेढ़ बोतल की है लेकिन नशे में उतराते हुए भी प्रेम की इच्छा मन से नहीं उतरती। सर, कई बार सब कुछ आज़मा लेने के बाद जब फिर भी बेचैनी बची रह जाती है तो रोने लगता हूँ, सर।' मैं चुप नहीं होना चाहता लेकिन डॉक्टर परेशान होकर अंग्रेज़ी उठा लेता है, कहता है, 'होल्ड ऑन, होल्ड ऑन, मैन'।

'सेक्सुअल अर्ज है। कोई ऐसी परेशानी की बात नहीं।' अब वह डॉक्टर के किरदार में लौट आया है। अपनी शानदार कुर्सी छोड़कर मुझ तक आया है और मुझे पानी का वही गिलास थमा रहा है जो कुछ देर पहले वापस खींच चुका था। दुहराता है कि 'परेशानी की बात नहीं'। इस दुहराव में डॉक्टर से इतर साथी होने का भाव भी शामिल है, यह विश्वास

भी शामिल है कि 'परेशान न हों, मैं सब ठीक कर दूँगा।'

पूछता है, 'कोई प्रेमिका, या कोई मित्र?'

'हैं। प्रेमिका तो नहीं लेकिन मित्र हैं। प्रेम की ख़ातिर तैयार नहीं होतीं। कुछ ने इस प्रस्ताव के बाद सम्बन्ध ही तोड़ लिया।'

'फिर भी, कोई दोस्त, कोई कलीग?'

'कलीग का तो ऐसा है श्रीमान कि मुझे जिस प्रोजेक्ट में डाल दिया है, उसमें मैंने दफ़्तर की सर्वाधिक कमनीय स्त्री की कल्पना की थी लेकिन जो स्त्री मिली है वह इस शहर में मेरी इकलौती दोस्त थी। लेकिन प्रेम और शरीर से लाचार होकर मैंने उसे भी खो दिया, शायद।'

आगे डॉक्टर मुझसे समलैंगिक होने की बाबत पूछेगा, यह सोचकर मैं जवाब तैयार करने लगा लेकिन उसने, उसका प्रश्न, वही जाने, पूछा, 'कौन-सा प्रोजेक्ट' और यह भी कि 'काम में मन रमता है?'

मैंने दूसरे प्रश्न का जवाब पहले दिया। नहीं। फिर बताया कि पत्रकारिता की नौकरी करते यह मेरा बीसवाँ साल है और किसी भी दफ़्तर में चार वर्ष से अधिक नहीं रहा। मन नहीं लगता है। नौकरी के काम में तो हरगिज नहीं लगता है।

'मन कहाँ लगता है?' वह ठीक मेरे सामने मेज़ पर बैठकर ये प्रश्न पूछ रहा था।

'किसी जगह नहीं। किसी काम में नहीं। किसी मनुष्य में नहीं।'

मेरे इस आलाप की लड़ियाँ बढ़ती न चली जाएँ, सोचकर उसने मुझे रोका। पूछा, 'दफ़्तर में कौन-सा काम करते हो' और न मालूम क्यों अगले ही वाक्य में 'तुम' से 'आप' पर आ गया, 'आपका काम क्या रहता है?'

'वरिष्ठ उपसम्पादक का पद मिला है लेकिन काम ग्राफ़िक डिज़ाइन का देखता हूँ और जब बॉस की निगाह तनती है तब मुझे फील्ड रिपोर्टिंग

की टीम में डाल देता है। अभी मुझे परफोर्मेंस इम्प्रूवमेंट प्लान पर डाल रखा है यानी नौकरी से निकाला जाने वाला हूँ। इन दिनों उन हत्याओं के आँकड़े इकट्ठा करने वाली टीम में डाल रखा है जिसे भीड़ ने अंजाम दिया हो।'

डॉक्टर के दिमाग़ में न जाने क्या चल रहा होगा, पूछा, 'वेश्याओं के पास जाकर देखते, एस्कोर्ट सर्विसेज लेकर देखते।'

'सर', मैं फिर उसे सर कहता हूँ, 'देखा।'

डॉक्टर मेज से उठकर अपनी कुर्सी की तरफ़ जा रहा है। मैं उसे बता रहा हूँ कि पैसों पर उलपब्ध स्त्रियों से मेरी उम्मीदें बहुत बड़ी थीं और शायद इसलिए भी मैं अपनी इस स्थिति का आकलन करने में देर कर बैठा। मैं डॉक्टर को बताता हूँ कि पहले मुझे लगता था, जब बाजारू स्त्रियों को घर लाने की नौबत नहीं आई थी तब तक, कि पैसों से शरीर और मन को शान्ति, दोनों मिल जाएँगे। लेकिन सुकून नहीं मिलता। नींद तक नहीं आती। मैं अपने उस दोस्त के बारे में बताता हूँ जिसने पत्रकारिता की नौकरी मेरे ही साथ शुरू की थी, समरेश प्रताप, फिर उसने इवेंट एजेंसी डाल ली और दूसरी तरफ़ एस्कोर्ट्र्स सप्लाई भी करने लगा था। पिछले वर्ष, अन्धे को आँख मिले की तर्ज पर वह मिला था।

पसोपेश में पड़े डॉक्टर ने मुझे बीच में रोका, पूछा, 'तलाक़ क्यों हुआ था?'

'अब उन वजहों की समझ धुँधली पड़ने लगी है। लगता है, हम दोनों एक-दूसरे से ऊब गए थे। एक-दूसरे की परछाईं भी बर्दाशत नहीं हो पाती थी।'

'बच्चे?'

'दो बेटे थे। सॉरी, हैं।'

'तुम्हारे साथ बड़ा रहता होगा।'

'मेरे साथ शराब रहती है और जिसे मन होता है वह मेरे साथ रहता है लेकिन जब जिसे मुझे छोड़ना होता है वह शराब पर सौतन होने का इल्ज़ाम लगाकर मुझे छोड़ देता है।'

'नो कविताई, प्लीज़। सीधे-सीधे सवाल हैं और सीधे ही जवाब चाहिए। एस्कोर्ट्स सर्विसेज के बारे में क्या बता रहे थे?'

'नहीं जम सका, सर। एक तो चिड़िया के चुग्गे जितनी मामूली तनख़्वाह जिसमें एक-दो मर्तबा ही वेश्यागमन सम्भव है और दूसरे, वेश्याओं से तसल्ली नहीं मिलती।'

'तुम किसी दोस्त की बात कर रहे थे।'

'जी लेकिन उस मौक़े के बाद वेश्याओं के सहारे जीवन गुज़ारने की सम्भावना ख़त्म हो गई। तलाक़ के बाद लगता था कि ज़रूरत जितना साथ मुझे उस दुनिया से मिल जाएगा।'

'फिर कविताई। सीधी बात करो न भाई।'

'समरेश की बात। उसकी क्लाइंटेल बड़ी और ऊँची चीज़ है। अपनी समस्या उसे बताने में संकोच भी ख़ूब हुआ था। लेकिन उसने हर सम्भव मदद की। ज़रूरी खर्चे ही मुझसे लिये। सभी तरह के कर माफ़ कर दिए थे। लड़की, और सर मुझे अब भी समझ में नहीं आता कि उस दर्जे की नफ़ीस, सुन्दर स्त्रियाँ भी उसके व्यावसायिक सम्पर्क में हैं। अपरूप सुन्दरी थी।'

अमूमन तीन दिन का क़रार होता है लेकिन भाई ने पाँच दिन साथ रहने दिया। पूना से बुलाई गई थी। जहाज़ के खर्चे ग्राहक को देने होते हैं लेकिन मेरे लिए समरेश ने कम्पनी की तरफ़ से यह इन्तज़ाम कर दिया

था। मुझे कुल बयालीस हज़ार देने पड़े थे। लेकिन उम्मीद बड़ी थी।

क़रार यह भी था कि हम किसी युगल की तरह साथ रहेंगे पर वह पहली मुलाक़ात से ही मेरे साथ खुल नहीं पाई। उसकी हरकतों से लगता था कि महज़ साथ सोने का क़रार हुआ है। फ़ोन पर लगी रहती थी। या शायद मेरा घर इतना गन्दा था कि उसे कुछ समझ न आया हो, किस तरह साथ रहना है। पाँच वर्षों की गन्दगी को साफ़ करने में मैंने एक दिन का समय दिया था। एक दिन में कितनी सफ़ाई कर पाता। ऊपर झापर से जो सम्भव हुआ वह किया। सारी बोतलें बेच डाली थीं और उसी पैसे से टैक्सी लेकर उसे लेने हवाई अड्डे गया था। वहाँ भी गफ़लत हो गई थी। मैं टर्मिनल तीन पर पहुँच गया था और वह एक पर मेरा इन्तज़ार कर रही थी।

हम साथ रहे। जैसे कोई युगल रहता है, साथ घूमने जाना, रात के भोजन के उपरान्त साथ टहलना, उस बीच मैं दफ़्तर नहीं गया इसलिए उसे इन्तज़ार करता नहीं देख पाया था लेकिन साथ रहे। पड़ोसियों को लगने लगा होगा जैसे वह मेरी ब्याहता है।

वह साथ, लेकिन, कृत्रिम रहा। शुरू से आख़िर तक। बिस्तर छोड़ हर पल हर जगह वह बेहद विनम्र बनी रही। अब समझ आता है कि वह विनम्रता उसकी निस्संगता थी। तीसरी सुबह मैंने अपना लहजा शिकायती कर लिया था जिससे वह घबरा गई थी। उस घबराहट के बाद, कहाँ तो वह मित्रवत रहती या जैसा समरेश ने कहा था कि पत्नी की तरह रहेगी, वह जैसे डर गई हो और एक प्रश्न से ऐसा माहौल कर दिया था कि मुझे लगा था, काश यह आज ही चली जाए। प्रश्न पूछते हुए उसने मेरा हाथ अपने हाथ में फँसा लिया था और दूसरा हाथ पाजामे की तरफ़ बढ़ाते हुए कहा था : 'कम पड़ रही हूँ क्या?'

मेरे इस एकालाप से डॉक्टर मनहूस दिखने लगा था। कुर्सी में धँसा-धँसा कुछ लिख रहा था। जब मैं चुप हुआ तब देर तक हम दोनों चुप रहे। घड़ी की आवाज़ चुभने लगी थी और उस चुभन से शायद वह भी परेशान हो गया होगा, इसलिए लिखते हुए, मेरी तरफ़ देखे बिना, बोलने लगा, 'कविता। कविता लिखने वाले असीम सम्भावना में यक़ीन रखते हैं। यही आपकी मुश्किलों की जड़ है। दवाइयाँ दे रहा हूँ। कुछ एहतियात भी बरतनी होगी। सामाजिकता बढ़ाइए। दिन में तीन बार स्नान कीजिए। ठंडे पानी से। जिम जाना शुरू कीजिए। थकाइए। ख़ुद से काम लीजिए। और सम्भव हो तो कविता से दूरी बनाइए।'

मुझे शुरू में लगा था कि जब डॉक्टर कविता न करने की बात मुझसे करेगा तब मुझे दुःख होगा, मैंने जवाब भी तैयार करना शुरू कर दिया था लेकिन जब उसने कह दिया तब पाया कि मैं चुप हूँ। डॉक्टर का रवैया देखकर लग रहा था कि उसने मेरी बीमारी में रुचि लेना छोड़ दिया है और छुटकारा पाना चाह रहा है।

मैंने दो बार उसे धन्यवाद कहा और धन्यवाद कहते हुए फ़ोन देखा—आफ़त आई खड़ी थी। बॉस के ग्यारह मिस्ड कॉल थे। मैसेज बॉक्स खोलने जितनी मोहलत नहीं थी।

जब निकलने लगा तब डॉक्टर ने बड़े सधे लहजे से पूछा, 'क्या नाम-नम्बर बताया था अपने उस एस्कोर्ट सर्विसेज वाले दोस्त का?'

दफ़्तर के तीसरे तल्ले पर अपनी मजलिस लगी थी। मीटिंग हॉल कुछ इस तरह व्यवस्थित था कि गनीमत थी। पीछे की दीवार से लगकर एक कुर्सी थी जिस पर मैं चुपचाप बैठ गया होता लेकिन वह कुर्सी भी

बदतमीज़ी पर आमादा हो जैसे कि बैठते ही चरमराने लगी थी। देखा, रजनीश बॉस अनुपस्थित है। फिर वह मुझे सन्देश कहाँ से और किस गुमान में भेज रहा था।

सुनंदा और वसुंधरा एक साथ बैठी थीं और सबकी तरह उन्होंने भी कुर्सी से हुई आवाज़ की तरफ़ ध्यान नहीं दिया। प्रोजेक्टर की छिटकी हुई रोशनी में सुनंदा के चेहरे को देखकर मुतमईन होना चाहता था लेकिन वसुंधरा की झलक मिल रही थी। मदन, चपरासी, चाय लेकर आया था और जैसे मेरा मित्र हो और मुझे इसी संकट से उबारना चाहता हो, मेरे दाहिने कान की तरफ़ झुकते हुए बताया, मीटिंग अभी-अभी शुरू हुई है।

राजबली जी का वक्तव्य चल रहा था। बोलते हुए वे आँखें मूँद लेते थे और अगर आपका सामान्य ज्ञान अच्छा हो तब आप उनकी हर बात पर यह अन्दाज़ा लगा सकते थे कि वे इस कल्पना के मार्फ़त क्या बनना चाहते हैं। आज वे इशारे में नहीं बल्कि अपनी कामना को साफ़ शब्दों में बता रहे थे कि शिकागो ट्रिब्यून ने गोरों की सर्वत्र प्रतिष्ठा वाले दौर में अमेरिका में हुई मॉब लिंचिंग के आँकड़े तब जुटाए थे जब उनकी तह तक जाने का कोई ज़रिया नहीं था।

जिस एक जनवरी अठारह सौ चौरानबे को शिकागो ट्रिब्यून ने वह आँकड़े प्रस्तुत किए थे, उस दिन उसके सम्पादक और अहम पत्रकारों के नाम मौत के फ़तवे जारी कर दिए गए थे। आपको जानकर आश्चर्य होगा कि उस दौर की हत्या करने वाली भीड़, आज के दौर वाली हत्यारी भीड़ की तरह, मनबढ़ थी और उस अख़बार के सम्पादक को पत्र लिखकर न्योता दिया था कि फलाँ तारीख़ को हम एक अश्वेत की हत्या करने वाले हैं, चाहो तो आकर बचा सकते हो...फिर लिखा था, आकर बचा सकते हो, उस अश्वेत को नहीं, अपने आप को।

यहाँ उन्होंने लम्बी एक साँस ली, पानी के दो घूँट लिये और कहा, हम अपने सर्वश्रेष्ठ प्रयास में भी उस दौर का शिकागो ट्रिब्यून ही बन सकते हैं, उससे आगे नहीं जा सकते लेकिन...यह बात ध्यान रहे...और यहाँ राजबली ने उस ख़ाली कुर्सी को देखा जो रजनीश शुक्ल के होने से भरी रहती और कहा...यह ध्यान रहे, हम हत्याओं की तालिका और तारीख़ी अन्दाज़ में दर्ज करने के बाद हर उस आदमी का बयान ऑडियो, वीडियो और लिखित माध्यम से प्रस्तुत करेंगे जो किसी भी सूरत में इन हत्याओं से जुड़ता है या इनसे प्रभावित है। छोड़ना किसी को नहीं है। याद रहे! रहेगा याद?

सबने समवेत स्वर में कहा, रहेगा याद।

कहाँ तो चाय के लिए फ़ुर्सत मिलनी थी और कहाँ अपनी बात ख़त्म करते ही कीर्तिगान को शिकागो ट्रिब्यून बनने का ख़्वाब देखते-दिखलाते राजबली ने नवनीत झा का लम्बा-चौड़ा परिचय पढ़कर मंच पर आमंत्रित कर दिया।

वह बन्दा अपने ताव में था। सत्तर के दायरे वाली उम्र थी लेकिन क्या क़द, क्या चाल-ढाल और क्या खनखनाती आवाज़! उसने शुरू ही यहाँ से किया कि माफ़ कीजिए अगर मैं आप लोगों का बॉस होता तब आप लोगों को इन पचड़ों में कभी पड़ने नहीं देता। उसने बताना शुरू किया कि राष्ट्रीय अपराध रिकॉर्ड समिति का काम आँकड़े दर्ज करना है और वे लोग यह काम बड़ी ईमानदारी से करते हैं। ईमानदारी शब्द सुनते ही मैं सुलग गया और प्रश्न पूछने के लिहाज से हाथ उठा दिया।

मेरे प्रश्न पूछने के कारण एकबारगी लगा, सभा ही बौरा गई है,

जैसे उन्हें प्रश्न की उम्मीद कदापि न हो। सबने मेरी तरफ़ देखा और मैं भी न जाने किस मिज़ाज में था कि जिस-जिस ने मेरी तरफ़ देखा, उस उस का सिर झुकाकर अभिवादन किया। सुनंदा ने भी देखा लेकिन मेरे अभिवादन का भी बुरा मानकर सिर घुमा लिया था। वसुंधरा मेरी तरफ़ देखते हुए, मेरे अभिवादन के जवाब में हँसते हुए, सुनंदा से गुनगुनी आवाज़ में कुछ कह रही थी।

नवनीत झा का ग़ुस्सा लेकिन देखने लायक़ था। मेरा प्रश्न महज़ इतना था कि एन.सी.आर.सी. आख़िर भीड़-हत्याओं को अलग खाँचे में क्यों नहीं रखतीं जबकि उस संस्थान ने छात्रों के आन्दोलन को देशद्रोह के खाँचे में डाल रखा है।

माशा अल्लाह! नवनीत का वश चलता तो मुझे पीट डालता लेकिन उसने सवाल के जवाब में एक सवाल रख दिया। मूर्खतापूर्ण प्रश्न : एनसीआरसी पर प्रश्न उठाने से पहले तुम यह बताओ कि जीवन में तुमने कोई मृत्यु देखी है, आख़िर इतनी हत्याओं पर रिपोर्ट बनाने के लिए पहली शर्त यह होनी चाहिए कि हम समझ सकें, शोक-संतप्त होना क्या होता है और शोक में डूबे परिवार का हाल कैसा होता है?

यह प्रश्न डरावना था। मैंने जीवन भी नहीं देखा था तब मृत्यु कैसे देखता? अगर मृत्यु के क़रीब किसी को देखा था तो ख़ुद को ही देखा था। हर बार मरने की कगार पर पहुँचता और किसी दैवी ताक़त के ज़रिये बच जाता था। घर छोड़े जिसे बीस वर्ष हुए हों, दुबारा जिसने घरवालों से बात तक न की हो, जिसका तलाक़ हुआ रखा हो, जिसके बच्चे उसके साथ न रहते हों—उदय और उजास, लगता है दौड़कर उन तक चला जाऊँ—जिसके पास नफ़रत करने के लिए ख़ुद की आत्मा भी न हो, केवल शरीर हो, वह मृत्यु कैसे देख सकता था और अगर

देखता भी तो उसे ज़ब्त करने का साहस कहाँ से लाता?

ग़ुस्सैल लोग मेरे आसान शिकारों में गिने जा सकते हैं इसलिए मैंने उस भूतपूर्व महान अधिकारी का मज़ाक़ उड़ाना शुरू किया और वह चिढ़ता गया। सानिध्य ने ज़रूर प्रश्न सँभाला। मुझे हँसी आई कि हू-ब-हू वही प्रश्न सानिध्य ने पूछा और यह बुढ़ऊ उसे ख़ूब मज़े से जवाब दे रहा था। लेकिन मुझे सानिध्य का समर्थन अच्छा लगा और इस ख़ुशी में या जाने किस ख़ुशी में अपना आप भूलकर मैं सुनंदा को देखने लगा था और न जाने कब तक देखता रह जाता लेकिन उसी किसी पल में न जाने किस भाव से उसने मुझे पलटकर देखा और ख़ुद की तरफ़ मुझे देखते हुए देख निगाह हटा ली थी।

सुनंदा

'जानते हैं मैडम, अनेति का एहसास इतना जादे रहता है कि गुईयाँ के भाव में कम, वे मजलूम की शक्ल में जादे याद आते हैं। पता नहीं यह कहने की इजाज़त है या नहीं लेकिन जितने लोग वहाँ थे उन्हें माफ़ करने की कल्पना से मितली आने लगती है। मन होता है कि उन सभी लोगों को ठीक उसी तरह मारूँ जिस तरह उन्होंने अंसारी साहब को मार डाला था। (मरहूम तबरेज की बेवा शाइस्ता रोने लगती है। दूसरी स्त्री की आवाज़, यह मैं हूँ—प्लीज़ ख़ुद को सँभालो, वह स्त्री रोना बदस्तूर जारी रखती है, कहती है) सुबह का ख़याल डरा देता है। रात में सोने जाते हुए एक कीड़ा मन को डसता रहता है कि नींद खुलते ही पहला ख़याल अंसारी साहब का होगा। वह ख़याल नींद नहीं आने देता? (एक लम्बी आह के साथ वह आवाज़ को संयत करती है)। हम लोग ग़रीब न होते, कमज़ोर न होते तो क्या तब भी टप्पू मंडल मेरे पति को छूने की हिम्मत करता? सोचती हूँ कि अंसारी साहब की अम्मी होतीं तब वे क्या सोचतीं, क्या वे यह सब देखने के बाद ज़िन्दा रह भी पातीं।'

इस ऑडियो को रोकने के आदेश से कम, उस आदेश को देने वाले के कारण लोग चौंके थे। सनोज थे। फिर जैसे सफ़ाई दे रहे हों कि कहा, 'यह सब बार-बार सुनना मुझसे बर्दाश्त नहीं होता।' यह कहना था कि लोग उनकी कविताई पर पिल पड़े और वे भी मुस्कुराने की कोशिश करते हुए हॉल से बाहर निकल गए थे।

यह रिकॉर्डिंग एन.सी.आर.सी.के पूर्व निदेशक के कहने पर चलाई गई थी। राजबली को अपनी टीम का हुनर दिखाने का मौक़ा मिल रहा था।

सानिध्य ने आग्रह किया था कि बुलंदशहर, उत्तर प्रदेश की उसकी यात्रा के दौरान की रिकॉर्डिंग चलाई जाए जहाँ उसने पुलिस इन्स्पेक्टर सुबोध कुमार सिंह की भीड़-हत्या की पड़ताल की थी। उसी दौरान, जब वह स्वर्गीय सुबोध की पत्नी और बेटे से मिलने उनके घर गया था, सानिध्य पर हमला हुआ था। जानलेवा था या नहीं, नहीं कह सकते लेकिन जिस तरह की हिंसा लोगों के मन में घर कर चुकी है और जिस ख़तरनाक अन्दाज़ के हथियार उपलब्ध हैं वैसे में किसी हमले के जानलेवा नहीं होने का कोई दावा सम्भव नहीं। जो स्थानीय पत्रकार सानिध्य को साथी के बतौर मिला था, वह स्वर्गीय सुबोध के घर में प्रवेश करने से पहले ही निकल गया था। तिस पर भी मेरा बॉस कुछ समझ नहीं सका था। यह इशारा भी हो सकता था।

राजबली ने यह कहते हुए कि सरायकेला खरसावाँ की रिकॉर्डिंग चलाई जाए, सानिध्य पर हुए हमले के बारे में विस्तार से नवनीत झा को बताया। यह भी रेखांकित करने की सूरत में बताया कि उस हमले के बाद हमने टीम की संख्या कम करते हुए हर टीम में दो लोग कर दिए गए हैं। पहले जो एक-एक लोग ग्यारह जगहों पर जा रहे थे, अब वे कुल पाँच जगहों तक ही पहुँच रहे थे। नवनीत चूँकि सेवानिवृत्त अतिथि

थे, जिन्हें अब कम ही इतना मान-सम्मान मिलता होगा, इसलिए राजबली जी की बातों पर उन्हें हुँकारी भरने के अलावा शायद कोई दूसरी इच्छा भी नहीं हुई हो।

रजनीश का ध्यान कहीं और टिका हुआ था और उसका पता तब पड़ा जब उन्होंने सनोज के कमरे से बाहर जाने का प्रश्न उठाया, 'ये नाज़ुकमिज़ाज क्या ही कवरेज करते होंगे।' उनका प्रश्न लोगों ने अनसुना कर दिया क्योंकि शाइस्ता की आवाज़ सुनने के बाद हर कोई चुप था, अगर परेशान नहीं था। इस अनसुना कर दिए जाने को रजनीश शायद बर्दाश्त न कर पाए हों इसलिए कहने लगे कि नवनीत जी का यह विचार उत्तम है, जिन्होंने किसी सगे-सम्बन्धी की मृत्यु देखी हो वही इस आँकड़ा-दल का हिस्सा बने।

रजनीश को इस दफ़्तरी तामझाम में अपनी उपस्थिति दर्ज कराने का मौक़ा मिल रहा था और नवनीत के इस प्रश्न को अपनी आँखों में लेकर वह सबको बारी-बारी से देख रहा था जैसे सबके सामने प्रसाद प्रस्तुत कर रहा हो। सब हाथ उठाकर हामी भर रहे थे, ऐसे जैसे मृत्यु को देखा होना भी कोई दैनंदिन काम हो। दलसिंगार ने ज़रूर इस प्रश्न का जवाब देने से इनकार कर दिया था।

चूँकि वह किसी आँकड़ा दल में नहीं था और उसे इन रिकॉर्डिंग्स को इकट्ठा करने, दुरुस्त करने का काम मिला था और जब भी राजबली कहते थे कि अगले वर्ष की पहली जनवरी को ये दस्तावेज़ कीर्तिगान की वार्षिक रपट के साथ प्रकाशित होने हैं, तब वे सिर्फ़ और सिर्फ़ दलसिंगार से मुख़ातिब हुआ करते थे। राजबली को इस योजना से किस क़दर लगाव था यह इसी बात से जाना जा सकता है कि संवाददाताओं की तो छोड़ दीजिए वे उन लोगों से भी रोज़ सुबह बात करते थे जो

इसकी प्रस्तुति से जुड़े हों।

इस फ़िज़ूल प्रश्न का उत्तर महज़ 'हाँ' में देकर मैंने भी टालना चाहा लेकिन रजनीश को शायद दूसरा कुछ सूझ गया हो। उसी वक़्त सनोज कमरे में वापस आए, वह आना यों हुआ कि लगा रजनीश अपना प्रश्न भूलकर इनसे पूछताछ करेगा लेकिन उसने ज़ोर देकर मुझसे पूछा कि सोचकर बताओ, भारत में देखा था या बांग्लादेश में? सबको पता है कि मेरे पास भारत की नागरिकता है और मेरे माता-पिता की पीढ़ी उत्तरी दिनाजपुर में आकर बसी है लेकिन लोग इस बात को बताना नहीं भूलते कि मेरा कोई बांग्लादेशी जुड़ाव है।

बहरहाल, मैं इस प्रश्न का उत्तर नहीं देना चाहती थी क्योंकि समाधि की तरह स्थिर अपनी उन स्मृतियों के गलियारे में जाने से डरती हूँ। कौन होगा जो भाई की हत्या को तफ़सील से सुनाना चाहेगा? मैं डरती हूँ कि भीड़-हत्याओं की पड़ताल करती कोई टीम मुझ तक आ पहुँचे, मेरे सामने वैसे ही कठिन और दुखी करने वाले प्रसंग और प्रश्न रख दे तब मैं क्या जवाब दूँगी और कैसे जवाब दूँगी?

मैं भी नहीं सुनाना चाहती थी लेकिन कुछ झूठ के वीराने मेरा पीछा कर रहे थे। झूठ भी उन्हें मैंने बना रखा है क्योंकि जब तक यह बात समझ आई कि बांग्लादेश में जन्म होने की बात अपने दोस्तों को न बताई होती तब भी कोई फ़र्क़ नहीं पड़ना था, तब तक यह बात सर्दी की तरह पसर चुकी थी। उसने पूछा कि भाई की हत्या अगर भीड़ ने की थी तब उसे इस योजना में क्यों नहीं शामिल करते? जिसका जवाब मैंने यह कहकर दिया कि तब आपकी इस योजना को बीस वर्ष पहले का समय छूना होगा। वह लेकिन बात की लकीर छोड़ने का इरादा नहीं कर रहा था, कहने लगा, यही वजह है या कोई दूसरी?

मैं नहीं समझ पा रही थी कि उसे क्या चाहिए? क्या वह मेरे भाई का मृत्यु प्रमाणपत्र देखकर ही मानेगा? वह क्या सुनना चाहता है? यह ख़याल भी आया कि क्या पता उसने सब कुछ की जाँच पहले से करवा रखी हो और अब मेरे मुँह से विरोधाभासी कुछ सुनना चाहता हो? एक पल में न जाने कितने ख़याल तैर रहे थे कि सनोज ठीक ही कहते हैं, यह हमेशा किसी न किसी की नौकरी छीनने के प्रयास में रत रहता है। उन्हें पी.आई.पी. में डालकर अब मेरे सितारे गर्दिश में डालना चाहता था।

मैं इतना भर कह पाई कि भाई का मतलब जानते हैं आप? उस हॉल में बैठे सारे लोग हतप्रभ थे, उन्हें शायद यह सब समझने में समय लग रहा हो, लेकिन मुझे इसका दुःख हो रहा था कि कोई भी इस शैतान को चुप क्यों नहीं करा रहा? सानिध्य ने एक आवाज़ उठाई और क्योंकि वह मेरा बॉस था इसलिए उसका बोलना लाजिम था लेकिन उसका चुप हो जाना भी तब उतना ही लाजिम हुआ जब उसके बॉस स्तर के अधिकारी उस रजनीश ने उसे बैठने और चुप रहने का इशारा किया।

राजबली ने तुर्शी में कहा था, 'रजनीश जी, इसे आप बाद में देख लीजिएगा' तब भी वह धीमा भर हुआ था। इस एक अवांछित प्रश्न ने उसे नैतिकता के बड़े ऊँचे पायदान पर रख दिया था इसलिए धीमे स्वर में भी उसने कहना जारी रखा, 'श्रीमान', राजबली के ऊपर कोई टिप्पणी करते हुए इसी सम्बोधन से वे पुकारते थे, 'श्रीमान, जिसने मृत्यु नहीं देखी है वह इन हत्याओं को, जिनकी ऐतिहासिक रिपोर्ट आप बना रहे हैं, शायद गम्भीरता से नहीं ले सकेगा।'

सबके चुप होने के बाद रजनीश ने वही प्रश्न, किसी क़रीबी की मृत्यु देखे होने का प्रश्न, सनोज की तरफ़ उछाला। सनोज ने कहा, 'हाँ।'

रजनीश ने पूछा, 'किसकी?' सनोज ने गर्दन को सीधा करते हुए, अपनी कुर्सी पर तनते हुए कहा, 'शायद अपनी।'

दिन का सूरज पुराना हो चुका था और धूप विदा लेने के इरादे से झाँक रही थी। हॉल में कुल तेरह ही लोग थे जो इस आँकड़ा-दल से जुड़े थे। बात इस पर हो रही थी, और इसी बहाने रजनीश शुक्ल और उनके साथी राजबली पर बढ़त बना रहे थे कि भीड़-हत्या के इस रक्तरंजित इतिहास की प्रस्तुति का प्रारूप क्या हो? कायदन यह सब पहले ही तय हो जाना था और राजबली ने स्पष्ट कर रखा था, जैसा वे हमेशा करते हैं, 'जो भी होगा विस्तृत होगा।'

प्रारूप की बहस गर्म से गर्म होती जा रही थी। रजनीश शुक्ल के तर्कों को मज़बूत करने के लिए दूसरे मीडिया घराने थे जो इस पूरी प्रक्रिया को धता बताते हुए ध्वस्त करना चाहते थे इसलिए रजनीश का यह कथन कि हमारी तरतीब वस्तुनिष्ठ प्रस्तुति की हो, वज़न पा रहा था।

उन्होंने सनोज को वह सूची प्रस्तुत करने के लिए कहा। क्योंकि वह सूची काग़ज़ पर थी इसलिए जब तक सनोज वहाँ मौजूद हर सदस्य को सौंपते तब तक उस तालिका का एक चित्र रजनीश ने व्हाइट बोर्ड पर बनाया। वह पुरउम्मीद थे कि उनकी यह राय भीड़ द्वारा की गई हत्याओं को दर्ज करने के लिए बतौर प्रारूप मान ली जाएगी। राजबली, सानिध्य, वसुंधरा, रमापति राकेश सब इस पर्चे को देखने में डूबे हुए थे लेकिन मेरे पास यह पर्चा तब से था जब इसमें महज़ तेरह नाम थे यानी तब जब यह पर्चा आज से भी अधिक अधूरा रहा होगा। सनोज ने केरल जाते हुए यह पर्चा मुझे दिया था लेकिन यह कहते हुए दिया था कि रजनीश और

राजबली के बीच कोई बड़ी भिड़ंत होने वाली है।

मैंने किसी पर यह ज़ाहिर नहीं होने दिया था कि यह तालिका मुझ तक आ चुकी है। मैं इन्तज़ार करने लगी थी कि सबको पर्चा बाँटते हुए जब सनोज मुझ तक पहुँचेंगे तब वे किस तरह पेश आते हैं। यह एक प्रश्न मैं ख़ुद से भी पूछ रही थी कि मैं इस आदमी से किसी भी प्रकार के जवाब की उम्मीद क्योंकर किए बैठी हूँ। क्यों नहीं इसे अपने ख़यालों से ख़ारिज कर देती।

प्रारूप सम्बन्धी यह मीटिंग हरगिज न बुलाई जाती अगर यह कीर्तिगान पत्रिका के नियमित अंक का काम होता लेकिन राजबली वार्षिकांक जैसा इरादा लिये मचल रहे थे, कभी-कभी वे कहते कि 'किताब बनेगी।'

जब कोई संवाददाता अपनी रिकॉर्डिंग और रिपोर्ट से भावुक कर देता था, तब राजबली संवाददाताओं की आँखों में आँखें डालकर कहते थे, 'मैं चाहता हूँ कीर्तिगान का हर संवाददाता इस हौलनाक प्रक्रिया, जिसमें एक सायास रची गई भीड़, प्रायोजित मुनाफ़ों के लिए, भय पैदा करने के इरादे से लोगों की हत्या कर दे रही है, को दर्ज करे। मेरे हर संवाददाता का नाम उन लोगों में दर्ज हो जिन्होंने इस रक्तरंजित समय को दर्ज करने का काम किया, वह भी तब जब दूसरी सारी एजेंसियों ने भीड़-हत्या को अपराध मानने से इनकार कर दिया हो, उसे दर्ज करने से इनकार कर दिया हो।'

आदमख़ोर भीड़ की कारगुज़ारियों वाला यह पर्चा बाँटते जब सनोज, दलसिंगार तक पहुँचे तब उसी से जुड़ा एक वाक़या याद आया था। जब दलसिंगार को दिल्ली से सटे बल्लभगढ़ भेजा गया था, जहाँ उन्हें हाफ़िज़ जुनैद की हौलनाक हत्या के मालूमात करने थे। नौजवान जुनैद की हत्या चलती रेलगाड़ी में कर दी गई थी।

राजबली को जानने वालों ने इसे 'रिस्क' कहा और जो उन्हें जानकर नहीं जानने का अभिनय करते हैं, दफ़्तर में उनके समानान्तर उभरना चाहते हैं, उन लोगों ने इसे तमाशा कहा। राजबली का मूल सिद्धान्त यह था कि प्रत्येक मनुष्य न्याय का पक्षधर होता है जब तक वह किसी मामले में तीसरा पक्ष होता है और यह भी कि हर आदमी संवाददाता बन सकता है। जब-जब इस आशय की बात यह कहते होंगे और जब-जब इसे सुनते हुए मैं सनोज के पास बैठी रही हूँगी तब-तब सनोज ने इनकी बात ख़त्म होने के बाद कहा होगा, 'घाघ है', लेकिन पता नहीं क्यों तमाम शिकायतों के बाद मैं इनमें ऐसे कोई दोष नहीं देख पाती जो इनसे वितृष्णा पैदा करे।

दलसिंगार, जो अपने नाम को महँगे ब्रांड्स के साथ मेल खाता नहीं देख पाता है और इसलिए ख़ुद को 'एसडी' कहलवाता है, कैमरामैन था। जब बल्लभगढ़ से दो दिनों बाद लौटा तब वह हर वाक्य के बाद यही दुहराता था कि जीवन-भर उसे महज़ कैमरापर्सन ही रहना है। यह बताते हुए दलसिंगार के दाँत बजने लगे थे कि हाफ़िज़ जुनैद की हत्या ग़ुस्से में नहीं हुई थी।

मरहूम जुनैद के बड़े भाई ने बताया था कि हत्यारे किसी शौक़िया काम की तरह उसे अंजाम दे रहे थे, लगभग सौ किलोमीटर प्रति घंटे की बेचैन रफ़्तार से चलती हुई रेलगाड़ी थी लेकिन वह तेज़ रफ़्तार, हत्यारों के चेहरे पर शिकन तक नहीं डाल पा रही थी और वे चाक़ू का हर वार करने से पहले चाक़ू को तोलते थे।

इधर-उधर हर तरफ़ देखते हुए हर हत्यारा चाक़ू को कम-से-कम दो से तीन बार तोलता था तब एक गहरा वार करता था। जिसने दो पसलियों के बीच चाक़ू मारा वह रेलगाड़ी की आवाज़ से अपनी आवाज़ मिलाते

हुए दुष्यंत कुमार का शे'र ज़रा बदलकर पढ़ रहा था, चाक़ू की पसलियों से गुजारिश तो देखिए। अगर रेलगाड़ी अगले स्टेशन पर रुकी न होती तो वे सारे हत्यारे और दर्शक जुनैद की बोटियाँ देखकर गए होते।

जुनैद के भाई का बयान करते हुए दलसिंगार सिहर जाता था। राजबली जी ने जब उसे काँपते हुए देखा तब उसे आश्वस्त किया था कि आगे से उसे कैमरा ही सँभालना है और उन्होंने माफ़ी भी माँगी थी।

माफ़ी माँगने का उनका अन्दाज़ निराला था, वे जिससे क्षमा माँगने को होते थे उसे साथ में लंच पर बुलाते। अपने आलीशान चैंबर में साथ खाते हुए दुनिया-भर की बातें करते और बीच के किसी नुक्ते पर 'सॉरी' बोल देते। उस दिन उन्होंने दलसिंगार से पूछा कि कैमरे के पीछे होकर भी वह उन्हीं सच्चाइयों से रू-ब-रू रहता है फिर यह परेशानी क्यों?

दलसिंगार, जिसे देखकर लगता ही नहीं था कि कपड़ों और फ़ैशन के अलावा भी कुछ सोचता-समझता है, ने जो प्रत्युत्तर रखा था वह न सिर्फ़ उसकी अपनी छवि बदलने वाला था बल्कि हम सब सोचने पर मजबूर हुए थे कि आवरण से व्यक्तित्व का अनुमान कितनी गफ़लत पैदा कर सकता है। उसने कहा था, 'लेंस मेरे लिए वह सुरक्षित दीवार है जो मुझे हत्याओं के इन सिलसिलों से दूर रखती है।'

डर की बात उठी है तब यह बताना शायद सर्वथा ग़लत न हो कि इस आँकड़ा-दल या योजना से जुड़े संवाददाता डरे हुए थे। सरायकेला से लौटते हुए सनोज ने कहा था, और मैंने उनकी बात को अनसुना कर दिया था कि कहीं वह बीती रात के बाद संवाद शुरू करने का नया कोई शिगूफा न हो कि उन्हें कभी-कभी वे लोग दिख रहे हैं जिन्हें वह भीड़-हत्या के मामलों में 'स्क्वीज' कर रहा है। मृतक आदमक़द होकर सामने खड़े हो जाते हैं।

या फिर वह जवाब जो हमें लिख भेजना है। सानिध्य, मेरा बॉस, यह दबाव बनाए हुए है कि मैं ही उन अख़बार के नामुराद सम्पादकीय लेखों का जवाब लिखूँ। तमाम अख़बार अपने सम्पादकीय पन्नों पर ज्ञान उड़ेल रहे थे कि मॉब लिंचिंग बुरी है लेकिन उसे किसी राजनीतिक चश्मे से देखना देश की छवि नष्ट करने की कोशिश है।

कुछ अख़बारों ने हमारी पत्रिका कीर्तिगान की इस घोषणा की तरफ़ इशारा करने के लिए, कि ऐसी एक सूची तैयार की जा रही है जिसमें शहीदों से जुड़ी ज़रूरी सूचनाओं के साथ उस हत्या में शामिल और उससे प्रभावित लोगों के बयान भी होंगे, देश की छवि के साथ बार-बार कीर्ति शब्द का इस्तेमाल किया था। मुझसे यह लिखना नहीं होना था और अगर सनोज के साथ पहले जैसा सम्बन्ध होता तब शायद उनसे राय ले सकती थी। सनोज इन दिनों रजनीश के सुझाए प्रारूप पर काम कर रहे हैं इसलिए वह समय नहीं निकाल पाते या उसे लगता होगा कि माफ़ी माँगने मुझ तक आना ही एक ओछा क़दम होगा या हो सकता है...।

जब मेरे सामने भीड़ द्वारा हत्या की यह सूची लिये सनोज खड़े हुए तब काग़ज़ मुझे थमाते हुए अपनी उँगलियों से उसे छोड़ा नहीं। एक-सवा पल का दृश्य ऐसा था कि हम दोनों ही उस काग़ज़ को पकड़े हुए थे। जब मैंने निगाह उठाई तब उन्होंने काग़ज़ छोड़ते हुए अफ़सोस के अन्दाज़ में मुट्ठी भींच ली थी।

यह सब मुझे पसन्द आया या नहीं लेकिन यह ज़रूर था कि इस सूची में छत्तीस नाम हो चुके थे और यह सूची अफ़राजुल के नाम पर ख़त्म हुई थी। यह नाम मुझे इसलिए कौंधा था क्योंकि राजसमंद जाने वाली टीम में मेरा नाम था और मैं टिकट बनने से पहले उन जगहों की मालूमात हासिल करती रही थी जहाँ शंकरलाल ने अफ़राजुल को

कुल्हाड़ी से काटते हुए ज़िन्दा जला दिया था। मैं ख़ुद को तैयार करती रही थी कि अगर वह हत्यारा मिला, मिलने के लिए तैयार ही हो गया तब सीधे-सीधे कौन से प्रश्न पूछे जाने चाहिए?

यह भी एक बड़ा प्रश्न था कि शंकरलाल के जिस भतीजे ने इस हत्याकांड का वीडियो बनाया था उससे कैसे मिलना होगा? राजसमंद का कोई भी स्थानीय पत्रकार इस बात पर साथ चलने के लिए तैयार नहीं हो रहा था कि दिल्ली के पत्रकार के साथ देखे जाने पर शंकरलाल के चाहने वाले बुरा न मान जाएँ। जहाँ उस हत्यारे शंकरलाल का मन्दिर बनाया था उस जगह भी जाना था। मुख्य दिक़्क़त यह थी कि बीते दिनों जब एच.आर. हेड वीरेन्द्र सलूजा ने मुझे बुलाया था तब तक मुझे ज़रा भी भान नहीं था कि वसुंधरा से इशारों-इशारों में जो बातें मैंने सनोज की नागवार हरकतों को लेकर कही थीं, वह जाकर उन्हें सलूजा से लहरा आएगी।

जितनी देर वह सलूजे का बच्चा मुझसे पूछताछ करता रहा, मुझे सनोज के लिए बुरा लगता रहा था। जिसे कम्पनी ख़ुद-ब-ख़ुद नौकरी से निकालने के बहाने ढूँढ़ रही हो उसकी शिकायत लगा देना कम्पनी की मदद करना ही हुआ। सनोज ने जितना मुझे सिखाया था उतने में यह सीख लगातार वे दुहराते रहे थे कि हमेशा कमज़ोर के पक्ष में रहो।

जब मौक़ा आया तब जाने-अनजाने मैं कॉरपोरेट का 'टूल' बन रही थी। इस एक ख़याल ने सलूजा के सामने मुझे मज़बूत कर दिया और मैंने दृढ़ता से कहा था कि मुझे कोई ग़लतफ़हमी हो गई होगी। अगर सनोज से कोई दिक़्क़त होती तब मैं पिछले तीन वर्षों से उनकी मित्र क्यों रहती? सलूजा भी उस दिन मज़े लेना चाहता रहा होगा इसीलिए कहने लगा था कि वह जानता है, मैं सनोज को बचा रही हूँ लेकिन कम्पनी ख़याल रखेगी।

उसी दिन से मुझे डर था कि न मालूम आगे की यात्राओं में मेरे साथ कौन रहने वाला है। अलवर का टिकट आ चुका था, उसमें सनोज का नाम था लेकिन राजसमंद का टिकट आना बाक़ी था।

सूची देखकर रजनीश बिफर पड़े थे। यह कहते हुए लगभग मारने दौड़े थे कि तीन हफ़्तों से ऊपर हो गए और अभी तक महज़ छत्तीस नाम जोड़ पाए हो। अपनी बात पर ज़ोर देने के लिए उन्होंने यह भी कहा था कि सैकड़ों से ऊपर लोग गाय और धर्म के नाम पर भीड़ ने मार दिए हैं और हज़ारों घायल हैं, तुम महज़ छत्तीस लोगों के नाम पेश कर रहे हो।

सनोज ने अपनी लाइन पकड़े रखी थी कि यह आँकड़े कहीं एक जगह उपलब्ध नहीं हैं इसलिए उन वर्षों के अख़बार और गूगल के ज़रिये यह सूची बना रहे हैं।

राजबली पर अनैतिक कोई दबाव रहा होगा कि वे इस प्रारूप की शिकायत कर बैठे थे वरना अपने कर्मचारियों के किसी भी काम की वे तारीफ़ करने की सूरत निकाल लेते थे। उनका कहना था कि लोगों के सामने एक साथ सैकड़ों लोगों की भीड़ द्वारा एक ही पैटर्न से की गई हत्या की सूची रख दें तब कुछ शानदार लोग पागल हो जाएँगे लेकिन बड़ी संख्या में लोगों के लिए यह एक काग़ज़ का टुकड़ा-भर होकर रह जाएगा।

पागल हो जाने वाली बात पर कुछ लोगों के कान खड़े हो गए थे। रमापति राजेश ने कहा था कि ठीक यही मैं भी सोच रहा था, जिस पर अगर मैं सनोज के बग़ल में बैठी होती तब सनोज मुझसे कान में यही कहते कि भाई राजेश तू हमेशा ही ठीक वही सोचता है जो बिग बॉस के मन-मस्तिष्क में चल रहा होता है।

क्रम	दिनांक	कारण / बहाना	राज्य	ज़िला	गाँव	मृतकों के नाम
1	28/9/2015	गाय	उत्तर प्रदेश	गौतमबुद्ध नगर	दादरी	मोहम्मद इखलाक
2	9/10/2015	गाय	जम्मू और कश्मीर	उधमपुर	उधमपुर	जाहिद अहमद भट
3	15/10/2015	गाय	हिमाचल प्रदेश	सहारण		नोमान
4	31/1/2016	रंजिश	केरल		अत्तिन्गला	मानाकडू वीत्तिल शबीर
5	17/3/2016	गाय	झारखंड	लातेहार	झाबर	मोहम्मद मजलूम
6	17/3/2016	गाय	झारखंड	लातेहार	झाबर	इनाय-तुल्लाह ख़ान
7	11/5/2016	गाय और अपहरण	पश्चिम बंगाल		हरिनडांगा	कौशिक पुरकैत
8	17/8/2016	गाय	कर्नाटक	उडुपी		प्रवीण पुजारी
9	13/9/2016	गाय	गुज़रात	अहमदाबाद		मोहम्मद अय्यूब मेव
10	1/4/2017	गाय	राजस्थान	अलवर		पहलू ख़ान
11	30/4/2017	गाय	असम	नगाँव		अबू हनीफा
12	30/4/2017	गाय	असम	नगाँव		रियाजुद्दीन अली
13	18/5/2017	गाय	झारखंड	सराइकेला खरसावाँ	हल्दीपोखा	शेख नईम
14	18/5/2017	गाय	झारखंड	सराइकेला खरसावाँ	हल्दीपोखा	शेख सज्जू

15	18/5/2017	गाय	झारखंड	सराइकेला खरसाँवा	हल्दीपोखा	शेख सिराज
16	12/6/2017	एक गिलास पानी	उत्तर प्रदेश	गौतमबुद्ध नगर	बादलपुर	सुशील जाटव
17	17/6/2017	खुले में बैठी स्त्रियों का फ़ोटो न खींचने का आग्रह	राजस्थान		प्रतापगढ़	ज़फर ख़ान
18	22/6/2017	मस्जिद के पास बन्दूक़ लेकर जाना	जम्मू कश्मीर	श्रीनगर	नौहट्टा	मोहम्मद अयूब पंडित (पुलिस अधिकारी)
19	22/6/2017	रेलगाड़ी की एक अदना सीट	हरियाणा	फरीदाबाद	बल्लभगढ़	हाफ़िज़ जुनैद
20	22/6/2017	गाय	पश्चिम बंगाल	उत्तरी दिनाजपुर	चोपरा	नसीर उल हक़
21	22/6/2017	गाय	पश्चिम बंगाल	उत्तरी दिनाजपुर	चोपरा	मोहम्मद समीरुद्दीन
22	22/6/2017	गाय	पश्चिम बंगाल	उत्तरी दिनाजपुर	चोपरा	मोहम्मद नसीर
23	27/6/2017	डायन	पश्चिम बंगाल	मुर्शिदाबाद	सकेंद्रा	ओत्तेरा बीवी
24	29/6/2017	गाय	झारखंड	रामगढ़	रामगढ़	असगर अली उर्फ़ अलीमुद्दीन अंसारी
25	6/7/2017	दंगा	पश्चिम बंगाल	चौबीस परगना	बशीरहाट	कार्तिक घोष

26	2/8/2017	अंधविश्वास, चोटी-कटवा	उत्तर प्रदेश	आगरा	मुटनाई	मानदेवी
27	19/8/2017	चोटी कटवा	झारखंड	साहिबगंज	साहिबगंज	अनाम (भिखारन)
28	27/8/2017	गाय	पश्चिम बंगाल	जलपाईगुड़ी	बरहोरिया	अनवर हुसैन
29	27/8/2017	गाय	पश्चिम बंगाल	जलपाईगुड़ी	बरहोरिया	हफिज़ुल शेख
30	27/9/2017	संगीत	राजस्थान	जैसलमेर		अमाद ख़ान
31	30/9/2017	जाति	मध्य प्रदेश	गुना	महूख़ान	नीलम अहिरवार
32	1/10/2017	जाति–गरबा देखना	गुज़रात	आणंद	भद्रानिया	जयेश सोलंकी
33	3/10/2017	जाति, मूँछ, गवाही	गुज़रात	गांधीनगर		दिगंत महेरिया
34	9/10/2017	बाइक	महाराष्ट्र	मुम्बई	मड आईलैंड	सिद्धार्थ सोलंकी
35	9/11/2017	गाय	राजस्थान	अलवर	गोविन्दगढ़	उमर ख़ान
36	7/12/2017	लव-जिहाद	राजस्थान	राजसमंद		मोहम्मद अफ़राजुल ख़ान

सानिध्य ने भी इस सूची की तारीफ़ की थी और जब राय देने की उसकी बारी आई थी तब उसने काग़ज़ पर कैरम के स्ट्राइकर के अन्दाज़ में ठोंकते हुए कहा था, 'डरावनी सूची है। यह किसी को भी भयभीत कर सकती है।' थोड़ी देर ठहरकर उसने एक 'लेकिन' लगाया था, लेकिन इस सूची में उन हत्याओं के पीछे की नीति, उन हत्यारों के जीवन में उनकी प्रगति या शहीदों के परिजनों का हाल-अहवाल नहीं लिख पाएँगे।

सानिध्य जब से इस प्रोजेक्ट से जुड़ा था बिलकुल किसी मार्केटिंग वाले की तरह बात करने लगा था। नाप-तौल कर। वह सचमुच जैसे राजबली के नक़्शे-क़दम पर चलने लगा था। उसकी इस व्याख्या पर राजबली ने एक ऐसा शब्द कहा जिसके बाद इस प्रारूप पर कोई चर्चा सम्भव नहीं थी। यहाँ तक कि शाम ढल जाने के कारण राजबली ने सानिध्य से माफ़ी माँगते हुए कहा कि आपका तैयार किया प्रारूप किसी और दिन देखते हैं। मीटिंग ख़त्म होने और सबके अपने काग़ज़ात समेटने के बाद लोग हर बात पर वही शब्द दुहरा रहे थे जो राजबली ने सानिध्य से कहा था—बिंगो।

सनोज

दिल्ली में होते हुए भी सराय रोहिल्ला रेलवे स्टेशन को हर मर्तबा किसी नई, अनजानी जगह की तरह याद करना पड़ता था। यहाँ से जयपुर जाने वाली डबल-डेकर एक्सप्रेस मिलनी थी जो हमें साढ़े सात या आठ बजे रात में अलवर उतारने का क़रार किए हुए थी। रेलवे स्टेशन पर लोग न के बराबर थे जो इस तरह बैठे या खड़े दिख रहे थे जैसे सबको इसी रेलगाड़ी से जाना हो और सब रेलगाड़ी के बन्द दरवाज़ों के खुलने का इन्तज़ार कर रहे हों। तिस पर भी संख्या इतनी कम थी कि यह स्टेशन निराँव लग रहा था।

शाम की धूप सीढ़ियों पर ही बची हुई थी। झिलमिलाती अतिरिक्त रोशनी में वह सीढ़ियाँ उतरती हुई दिखी थी। हमारा डिब्बा इंजन के पास था। स्टेशन की अतिरेकी लम्बाई के कारण वह आकृति अगर पहचान में आ रही थी तो इसलिए क्योंकि वर्षों से देखते हुए चाल-ढाल का अनुमान सा हो गया था लेकिन एक अचम्भा यह हुआ कि मैं उसका चेहरा याद नहीं कर पा रहा था। बार-बार दूसरी किसी स्त्री का चेहरा याद आ रहा था।

अगर वह मेरी तरफ़ नहीं आ रही होती तब मुझे उसका चेहरा याद करने की जल्दी न होती। इस हड़बड़ी में यह हुआ कि जितना ही मैं सामने से आती हुई स्त्री का चेहरा ज़ेहन में किसी नक़्शे की तरह उकेर रहा था, उतने ही उस दूसरी स्त्री के चेहरे के नुकूश खुलते जा रहे थे। उस नई स्त्री का चेहरा भी इतना ही स्पष्ट हो पा रहा था कि वह हाल-फ़िलहाल के दिनों में देखी हुई कोई स्त्री है। शायद शाईस्ता मस्तिष्क एक टूटा हुआ आईना हो गया था जिसकी किरचों में स्मृति तक लहूलुहान हो रही थी। एक वक़्त ऐसा आया कि मैं परेशान हो गया और देर तक परेशान रहता ही जाता अगर सामने से आती हुई स्त्री ने टोका न होता। टोकना भी क्या था, वह गर्त में जाती हुई मेरी नौकरी को एक धक्का दे आने की सूचना थी।

मैंने पाया कि 'सर' के सम्बोधन से वह दूरी बरत रही है। सिरीमान जी कहने लगी है। धूपी चश्मे को बालों से टिकाए वह पसीने से सराबोर दिख रही थी। रेलगाड़ी की पीली बोगी के बाहर खड़ा मैं उसे आते, दरवाज़े तक जाते, गहरे आसमानी रंग का ट्राली बैग उठाते, उसे दरवाज़े पर रखते देख रहा था। तब उसकी आवाज़ मुझे ढूँढ़ते हुए मुझ तक आई थी, 'मुझसे एक भूल हो गई है।'

आवाज़ की ढीली डोर थामे मैं बोगी के अन्दर आया। डबल-डेकर एक्सप्रेस होने के बावजूद हमें दरवाज़े के पास की जगह मिली थी। सुनंदा को बोगी के भीतर पाकर, मुझे यह सुखद एहसास हर तरफ़ से घेरने लगा कि हमें यह निरापद जगह मिलने वाली है। थोड़ी देर में यह बात सच भी साबित हुई जब रेलगाड़ी चलने लगी। उस हिस्से में महज़ हम दोनों थे। टिकट परीक्षक एक बार आया था, उसकी भी जगह वहीं रही होगी लेकिन थोड़ी देर में, शायद मेरी कल्पना के घोड़ों वाली टापें

उस तक भी पहुँची हों कि उठकर चला गया था।

तब मोहतरमा ने दुहराया, उनसे एक ग़लती हो गई है, जिसकी सज़ा, ज़ाहिरन उन्हें नहीं मुझे मिलने वाली है।

मैं—'ऐसा क्या कर दिया?'

वह (आवाज़ में अपना अपराधबोध छुपाते हुए जिसके बोझ से आवाज़ धीमी हो गई है)—'जाने-अनजाने वसुंधरा के सामने सरायकेला वाली आपकी हरकतों को बता दिया था और उस मूढ़मति ने एच.आर. के सामने सब रख दिया।'

यह कहने के बाद वह चुप होकर मुझे देखने लगी थी। अपराधबोध का भाव अगर तस्वीरों में उकेरा जाता तब शायद सुनंदा का वह लम्हा ही तस्वीर बन जाता।

मुझमें कई ख़याल घर करना चाहते थे और उन सभी ख़यालों में एक अनजानी होड़, भाग-दौड़ मची थी। पहला ख़याल नौकरी के जाने का आया। वह काल्पनिक दृश्य मेरी आँखों के सामने तैयर गया जिसमें एच.आर. ने मुझे बुला रखा है और मेरी बेइज़्ज़ती करते हुए नौकरी से निकल जाने की सलाह दे रहा है वरना उन्हें बर्ख़ास्त करना पड़ेगा।

यहाँ एक मुश्किल यह आ रही है कि एच.आर. हेड वीरेन्द्र सलूजा का चेहरा मुझे अपने ही ख़यालों में पहचानने में नहीं आ रहा, उसका चेहरा बार-बार हमारी पिछली अलवर यात्रा में मिले उन पुलिस वालों से मिल रहा है जिन्होंने घायल, लहूलुहान और मृतप्राय रकबर ख़ान को अस्पताल पहुँचाने में साजिशन और इरादतन देर की थी ताकि वे कहीं ज़िन्दा न बच जाएँ।

ताज्जुब इसका हो रहा था कि सलूजा का चेहरा याद न आकर किसी एक पुलिसवाले का चेहरा उस पर प्रत्यारोपित हो रहा हो यह भी नहीं

हो रहा था। बल्कि तीनों पुलिसवालों के चेहरे एक पर एक बिछलते जा रहे थे। कई बार तो उनका सुनंदा से कहा वह वाक्य भी बजता था, जैसे सलूजा भी मुझसे कह रहा हो, 'पत्रकार हो, थोड़ी औक़ात में रह लोगी तब भी अपना काम कर सकती हो।'

चूँकि रेलगाड़ी चल पड़ी थी इसलिए या जाने किसलिए दूसरा एक असंपृक्त ख़याल उस दृश्य का आया जिसे मैंने सरायकेला से लौटते हुए सुनंदा को सुनाना चाहा था। जिस दृश्य में रेलगाड़ी से उतरकर, किसी अन्य यात्री द्वारा फेंके गए भोजन को वापस उठाकर एक नौजवान रेलगाड़ी के भीतर आ रहा है।

यह ख़याल देर तक टिक नहीं सका क्योंकि इसे ठेलते हुए एक शाश्वत यक्ष-प्रश्न सामने खड़ा हो गया : आज की रात कैसे गुज़रेगी? यह प्रश्न जब दृश्य का आकार लेने लगा तब सुनंदा का चेहरा बाहर और भीतर स्वत: ही स्पष्ट होने लगा। एक क्षणांश ऐसा आया जब लगा था कि मैं मन के भीतर बसी सुनंदा से मुख़ातिब हूँ लेकिन, जैसे कोई नींद टूटती है और स्वप्न का आदमी ही बाहर दुनिया में दिख जाता है वैसे ही, स्वत:, सामने मौजूद सुनंदा को अपनी तरफ़ देखते हुए पाया।

एकटक!

दुबारा जब हम लोग मरहूम पहलू ख़ान के गाँव जयसिंहपुर में उनके घर गए तब यह हठात् सामने आया दृश्य बचपन की ओर ले जाने वाला स्मृतियों का पुल साबित हुआ।

दरवाज़े के बाहर दुआर था। तिकोना। उस पर पक्की बँधी हुई नाँदें थीं। स्मृति ने मेरी कल्पना को चलायमान कर दिया जैसे अतीत से

संचालित कोई भविष्य हो। मैं बचपन में झाँककर देखने लगा था कि प्रत्येक नाँद पर मवेशी बँधे हुए हैं। उत्तर की तरफ़ वाले नाँद पर 'सफेदा' गाय बँधी हुई है। यह नाम वह अपने साथ लेकर आई है जब ख़रीदकर लाई गई थी। उसके ठीक बग़ल में बाईं तरफ़ वाली नाँद पर उसकी बछिया 'काजल' है। चूँकि वह नाँद की ऊँचाई तक नहीं पहुँच सकती इसलिए बाँस की पियराई खाँची में उसका सानी-भूसा-खली और आटे की चाली हुई नमक मिली भूसी—नीचे रखा हुआ है।

उसकी बग़ल में दो नाँदें हैं जिन पर दोनों बैल बँधे हुए हैं, 'राजा' और 'महाराजा'। महाराजा अभी-अभी दुल्लहपुर के मेले से ख़रीदकर लाया गया है, गाँव के लोग उसे देखने आ रहे हैं और राजन बाबा, जिनके पास एक ही बैल है, अपनी मुश्किल मेरे बाबा को बता रहे हैं ताकि लेव लगाने के लिए इस बैल को ले जा सकें। बाबा सानी चला रहे हैं और यह कहते हुए हामी भरते हैं कि दाहिने मत चलाना, अभी बाछा है, दो ही दाँत हैं।

सानी के बाद खली मिलाने के लिए पीछे मुड़ते हैं तब मुझे महाराजा के ठीक पीछे देखते हैं। नए बैल से दूर रहने की हिदायत देते हुए तेज़ क़दमों से मुझ तक आते हैं और मुझे कन्धे से उठाकर पीछे खींच लेते हैं।

उनकी आवाज़ मुझे यहाँ, इतने वर्षों बाद, इस क़दर सामने से आती सुनाई दे रही थी कि मैं पीछे हटने लगा था और तब तक पीछे हटता रहा जब तक हरवीर ने मुझे टोक नहीं दिया। यह मेरी पहली सार्वजनिक झेंप थी। कहाँ पहलू ख़ान का यह गाँव और कहाँ अपने गाँव की याद। कोई तुक नहीं लेकिन मतिभ्रम का हमला था या अपनी इस पारानोइया के पकड़े जाने की झेंप कि हरवीर को मैंने टोक दिया, 'मवेशी कहाँ हैं?' ऐसे पूछा था जैसे मैं अपनी तंद्रा से बाहर न निकला होऊँ और अपने

गाँव के नाँद पर खड़ा होकर अपने मवेशियों के बारे में पूछ रहा होऊँ।

लेकिन इस प्रश्न का प्रभाव उलटा पड़ गया।

पहलू ख़ान के बड़े बेटे इरशाद ने अतीत से जुड़े इस प्रश्न को वर्तमान पर आरोपित समझ लिया था। बारह-पन्द्रह मिनटों की मुलाक़ात रही होगी लेकिन मेरे इस प्रश्न ने जाने कौन सा प्रभाव पैदा कर दिया था कि इरशाद वहीं नाँद पर बैठे-बैठे रोने लगा था। वह सबके सामने रो रहा था लेकिन उसकी रुलाई वैसी ही थी जैसे आप अकेले में रोते हैं। गाँव वाले उस तक पहुँचकर चुप करा रहे थे। मुझे भी उस रोते हुए आदमी तक पहुँचने की तमन्ना हुई थी।

उसका रोना किसी स्मृति-दृश्य की तरह देर तक चला था। रुलाई में सनी अपनी धीमी आवाज़ में उसने बताना शुरू किया :

> 'मैं बता नहीं पा रहा लेकिन दो गायों के हत्यारे उसी दिन अपने साथ ले गए थे जिस दिन अब्बू की गाड़ी रोकी थी और उन्हें मार दिया था। हाँ। पैसे-रुपये भी। काग़ज़? था न। गायों की ख़रीद की पूरी रसीद थी। जितनी भी सरकारी चौकियाँ थीं सब तो उसी काग़ज़ को दिखाकर पार करते आए थे। और भाई साहब, मैं बता नहीं पा रहा।

शुरू में लगा कि यह वाक्यांश उसमें तकिया कलाम है—'मैं बता नहीं पा रहा' लेकिन बाद में मालूम चलना था कि वह सच में जो बताना चाह रहा है, बता नहीं पा रहा। वहाँ यह एहसास शिद्दत से हुआ था कि काश हमें यह रपट दाखि़ल करते हुए वह अभिव्यक्ति हासिल हो सके जिसका इन्तज़ार इरशाद को है।

> आप ही बताओ कि जयपुर के भीतर बिना सरकारी व्यवस्था का आदेश लिये कोई मवेशियों का मेला लगा सकता है क्या?

काग़ज़ पूरे थे और हम हर जगह दिखाते हुए आ रहे थे। हम? जी, आगे की गाड़ी में जिसमें दोनों गायें थीं पिताजी और एक आदमी थे तथा पीछे की गाड़ी में हम दोनों भाई। हमें पहुँचने में देर हुई और दूसरे हम लोग (चेहरे पर हाथ फेरते हुए) सफाचट थे जबकि अब्बू दाढ़ी में थे।

सरकारी नाकों पर सबने उन रसीदों को पर्याप्त माना लेकिन जो नई चौकियाँ या नाके चल निकले हैं। उनका नाम? हम इत्तेफ़ाक़ नहीं रखते लेकिन कोई उसे उगाही का अड्डा कहता है और कोई, जैसे अब्बू के मामले में पुलिस से मिलने जो प्रतिनिधि-दल आया था उसने पुलिस से शिकायत में यह भी लिखाया है कि जयपुर-दिल्ली या मुम्बई-दिल्ली हाइवे पर बहुत सारी 'हिन्दू चौकी' खुल गई हैं, जो लोगों को बेहिसाब तंग कर रही हैं, उन पर पाबंदी लगाई जाए।

आप बहरोड़ थाने में पुलिस रिपोर्ट देख सकते हैं, मैं क्यों उन्हें हिन्दू चौकी या कुछ भी कहने जाऊँ। कौन-सा मेरे कहने से अब्बू वापस आ जाएँगे, वे अब कभी नहीं आने वाले। (फिर वही रुलाई)...(न्याय की उम्मीद? यह अर्धवाक्य-सा प्रश्न सुनंदा पूछती है।)

अब्बू जिस अस्पताल में भर्ती थे वहीं दो पुलिस वाले उनका बयान लेने आए थे। ऊँचा-लम्बा क़द था उनका। सारा कुछ ध्यान से सुना था। काग़ज़ों पर लिखा था। जब वे वापस लौटे तब अब्बू पर ही मुक़द्दमा हो गया। हमारे पास गायों की ख़रीद-फ़रोख़्त की रसीद थी जिसे शुरू में मिले लोगों ने, जिनमें छह मुख्य लोग थे और जिनका नाम पुलिस ने एफ.आई.आर. में शामिल नहीं किया था जबकि वीडियो में भी उनका चेहरा है, ले

लिया था। तिस पर वही लोग हैं जो गाड़ियाँ रोकने और ड्राइवरों की जाँच करने का काम करते हैं। (ड्राइवर की जाँच या गाड़ी की—सुनंदा का प्रश्न)।

ड्राइवर की जाँच मैडम, वरना मवेशी लादे गाड़ियाँ तो न जाने कितनी गुज़रती हैं...तो बता रहा था कि जो छह मुख्य अभियुक्त थे, उनका नाम एफ.आई.आर. में रखा ही नहीं जबकि अब्बू को दाढ़ी से खींचते हुए उन्हीं लोगों ने गाड़ी से उतारा था और उन्होंने ही गाय ख़रीद की सभी सरकारी रसीदें फाड़ दी थीं। उन रसीदों के टुकड़े अब भी हमारे पास हैं। जहाँ से वे कटी होंगी वहाँ उनकी कार्बन कॉपी होंगी...

हरवीर स्थानीय पत्रकार था और हम, कीर्तिगान वालों को अलवर में ज़िला स्तर पर सहायता के लिए मिला था। पच्चीस का रहा होगा लेकिन उसके भीतर वह नैतिकता थी जो आपको कोई धत्कर्म करने से रोकती है, आपको बाँधे रखती है।

इसी उम्र में हरवीर को बड़े-बड़े पत्रकारों का स्थानीय साथी बनने का गौरव और अनुभव प्राप्त हो चुका था। सुनंदा की राय में वह एक पढ़ा-लिखा लड़का था। हमारे साथ उसके दो दिन बीत चुके थे और किसी के भी सामने अतिशय झुककर बात करने की कमी छोड़ दें तो उस लड़के का साथ हमें अच्छा लग रहा था।

कल रात की घटना के अफ़सोस में इस क़दर वह डूबा था कि हमसे कटकर रह रहा था। वह उसे अपनी ग़लती मान रहा था जबकि सूचना-स्रोत का मुकर जाना, नकारात्मक हो जाना कोई नई बात नहीं

थी। अफ़सोसनाक तो क़तई नहीं। वह सफ़ेद कुरते और पायजामे में स्थानीय आबादी का नेता लगना चाहता था लेकिन उसके कुर्ते-पायजामे में कपड़ा इस क़दर अधिक था कि असंख्य सलवटें थीं। इतनी सलवटों के बाद भी उन कपड़ों की किरिच उतरी नहीं थी इसलिए सायास या अनायास जाट युवक लगने के बजाय वह अपनी पहचान खो चुका महज़ एक भारतीय नेता लग रहा था।

स्थानीय लोग, क्या हिन्दू, क्या मुसलमान, क्या जाट, क्या गुर्जर, क्या मेव, सब अपनी चौड़ाई में भले ही अलग हों लेकिन लम्बाई सबकी एक ही जैसी लग रही थी। सब के सब छह फुटे। उनका पहनावा भी कुर्ता-पायजामा ही था लेकिन उन कपड़ों में एक खिंचाव दिख रहा था। सटीक बैठी किरिच। आधी बाजू वाले कुरते। अतिरिक्त कपड़ों से पैदा हुई सलवटें उनके कपड़ों पर नहीं थीं।

कल रात की घटना जिसका सोग हरवीर मना रहा था, मानपुर झिरका के इंद्रजीत सिंह से जुड़ी थी।

पिछली शाम में सिवाय गालियों वाले अतिरेक के बहुत कुछ व्यक्तिगत भी नहीं था। उसका वह वाक्य जब-जब स्मृति की साँकल छू रहा था तब-तब सिहरन पैदा हो जाती थी। साथ ही हँसी भी छूट जाती थी। बात कल रात की थी लेकिन आज सुबह भी जब मैं कार में बैठ रहा था और सुनंदा पर आज़माई अपनी रात की कोशिशों की असफलता के बाद सुबह किसी न किसी सहज लगने वाले बिंदु से शुरू करनी थी इस ख़ातिर मैंने उससे हँसकर कहा, 'बताओ भला कोई मेरी बहन...?' वाक्य पूरा भी नहीं हुआ था कि वह तमतमा गई थी, कहने लगी थी, 'आप उस पर मुक़द्दमा ठोंक दो।' मैं उसे ठीक-ठीक समझा पाया या नहीं यह कह नहीं सकता लेकिन जो मैंने कहना चाहा था वह यह कि

यही उत्तेजना, यही तमतमाहट इंदरजीत चाहता था और कल भी उसे वहाँ से उठना नहीं चाहिए था।

यही उसकी सफलता थी।

बीती शाम वह पहले वाक्य से हमें परेशानी में डालना चाहता था। पहले वाक्य से भी क्यों, पहले दृश्य से मुश्किल पैदा करना शुरू कर चुका था।

अलवर से तीस किलोमीटर दिल्ली की तरफ़ आते हुए उसके पोस्टर दिखने शुरू हो गए थे। हरवीर और ड्राइवर के साथ हम चार लोग थे। शाम किसी ज़िद्दी आदमी की तरह देर से हमारे पीछे पड़ी थी और डूबने का नाम नहीं ले रही थी।

मानपुर झिरका। यह गाँव जब आने वाला था तब से ही सूखी एक बेचैनी हरवीर के चेहरे पर मचलने लगी थी। वह इशारों-इशारों में बताना चाहता था कि यह आदमी, जिससे हम मिलने जा रहे हैं, राष्ट्रीय गौरक्षिणी सभा का सचिव है। यही वह आदमी है जिसने पहलू ख़ान के हत्यारों को भगत सिंह और चन्द्रशेखर आज़ाद के समकक्ष बना चुका था। जब उसे बताया गया था कि प्रमुख हत्यारों में एक तीसरा भी था तब उसने उस तीसरे को सुभाषचन्द्र बोस बता दिया था। इंद्रजीत डंके की चोट पर हत्यारों की रिहाई कराना चाहता है, यह कहते हुए हरवीर ने कहा था कि उससे मुलाक़ात का इरादा शायद अच्छा नहीं है। 'अच्छा' पर ज़ोर देते हुए उसने अपनी हँसी में छुपाकर यह भी कहा था कि वह ख़तरनाक शौक़ पालता है।

उसे हतोत्साहित करते हुए मैंने कहा था कि तुम हमारी तरफ़ से हो या उसकी तरफ़ से? उसने जवाब से लाजवाब कर दिया था, 'मैं अपनी तरफ़ हूँ।'

जिस क्षेत्र से हमारी कार तेज़ रफ़्तार से गुज़र रही थी उसको मेव कहा जाए या मेवात यह मेरी भौगोलिक समझ के बाहर था। सरकारी काग़ज़ों पर मेवात था। वह मेवात जो पहले किसी राज्य या राष्ट्र की तरह एक स्वनिर्मित पहचान, अर्जित की हुई पहचान, सदियों से बनी अपनी बोली, अपना कारोबार, अपना अभूला भूगोल लिये रहा होगा अब एक ज़िले में तब्दील कर दिया गया था।

अगर किसी पुराने मेवाती से मिलेंगे तो वह बताएगा कि ज़िले का नाम मेवात रख देना वास्तविक मेवात की पहचान बचाने के लिए कम उसे धूसर कर देने के लिए अधिक था। इस एक क़दम से मेवात उतना भर रह गया था जिसका मुख्यालय नूह नाम का शहर हो। राजस्थान में, उत्तर प्रदेश में और हरियाणा के दूसरे वे क्षेत्र जो पारम्परिक मेवात में शामिल थे वे अपनी नई पहचान लिये बेताब घूम रहे थे। पुराना उन्हें मिलने नहीं वाला था और नई पहचान का कोई औचित्य नहीं रह गया था, इसका अनुमान उन्हें धीरे-धीरे, चढ़ते ज़हर की तरह हुआ। इस एक बात की झुलस सुनंदा से भी बर्दाश्त नहीं हुई, उसने कहा कि ऐसे इलाक़े तब तो और भी होने चाहिए। मैंने सरगुजा से शुरू किया और जाने क्या सोचकर, कह बैठा, ख़ुद पता लगाओ।

इंद्रजीत का घर। उसे घर कहना हवेली का अपमान होता लेकिन हवेली कहना भी हवेली का अपमान ही था। वह घर हठात् सामने आया जैसे कोई साँप सामने आ जाता हो। राजमार्ग से दाहिने उतरकर उसके घर की तरफ़ जाना होता था। थोड़ी दूर के बाद पक्की सड़क ने हमें कच्ची के हवाले कर दिया और उन दोनों सड़कों के मिलन-स्थल पर धूल के गुबार ने हमारा स्वागत किया। गाड़ी की रफ़्तार धीमी हो गई थी लेकिन धूल और हिचकोले बाहर कुछ देखने देने से मना कर

रहे थे तभी एक गोशाला दिखी। ऐसी तारीख़ में जब गाय से दूध की जगह घृणा का घी निकाला जा रहा हो इसे छोड़कर आगे बढ़ने का कोई औचित्य नहीं था।

गाड़ी रुकी।

दोनों तरफ़ गोशालाएँ थीं। शाम के धुँधलके में देखने के लिए आँखों पर और मस्तिष्क पर ज़ोर देना पड़ रहा था। बाईं तरफ़ की गोशाला आधे एकड़ में होगी जिसमें बारह-तेरह मवेशी थे और दाईं तरफ़ वाली, चारेक मवेशियों वाली, छोटी थी। बोर्ड दोनों तरफ़ थे और दोनों पर अलग-अलग नाम लिखा था। परनामी गोशाला की तरफ़ जब हम लोग आगे बढ़े तब भी हरवीर की खीज झलक रही थी, कह रहा था कि इंदर भाईजी से पहले मिल लेते हैं। उसे रुकने का इशारा करना ज़रूरी था क्योंकि ज़िद्दी शाम ने न डूबकर एक भला काम किया—गोशाला की कोठरी वाली बाहरी दीवार पर लगे वे कैलेंडर हमें दिखा गई जो हम बचपन में भक्ति-भाव से देखते थे।

बचपन से नितान्त अलग भाव में यहाँ वह कैलेंडर दिख रहा था।

कैलेंडर तक पहुँचने के लिए दरवाज़े से गुज़रना था। दरवाज़ा वहाँ अनुपस्थित था, लेकिन उसकी जगह बनी हुई थी। अनुपस्थित दरवाज़े के बग़ल में कोठरी थी जिसमें बिजली के स्विच, बोर्ड और तार थे। कहना न होगा कि बिजली नहीं थी।

उस कोठरी में, सुनंदा को लगा था, कोई सेवक या संरक्षक होगा लेकिन वहाँ भी कोई नहीं था। हमें देखकर तो नहीं लेकिन मानव की आहट पाकर गायें डकरने लगीं। गाँव में बीते बचपन की स्मृति से यह एहसास-भर था कि गायों की इस शामिल आवाज़ में किसी ज़रूरत की बात है, उन्हें चारा चाहिए या उन्हें रोशनी चाहिए या उन्हें उन मच्छरों

से निजात चाहिए जो इतनी अधिक संख्या में थे कि अगर पोस्टर देखने में देर करते तब वे हमें वहाँ से उठा ले जाते और इंदरजीत के सामने पेश कर देते।

दो पोस्टरों में से एक पोस्टर गाय का था। तीन फीट ऊँचा और तीन ही फीट लम्बा। बाहर रोशनी इतनी कम हो चुकी थी कि आप इसे ज्ञान अथवा स्मृति की रोशनी के सहारे ही देख सकते थे। ख़ूब हृष्ट-पुष्ट गाय बनी थी जिसके भीतर चौरासी देवताओं का वास दिखाया गया था। सुनंदा के साथ होने पर आप उन प्रश्नों के जवाब भी देते हैं या देने की कोशिश करते हैं जिनका सामना आप ख़ुद के मन में नहीं करना चाहते।

उसके प्रश्न स्थायी और उचित थे लेकिन उनके जवाब देते हुए कई बार यह महसूस होता था कि आप व्यवस्था के तरफ़दार हैं। मसलन उसने पूछा कि मस्तक पर कौन है? मैंने कहा, 'सूर्य और शंकर भगवान', और फिर चुप हो गया। उसने दुबारा पूछा कि ब्रह्मा कहाँ हैं? उसके इस प्रश्न से लगा कि वह मुझे एकाग्रचित्त होने देने के इरादे में नहीं है इसलिए मैंने एक-एक अंग पर बने भगवानों का नाम पढ़ना शुरू किया। वह क़ाबिल लड़की चौरासी के चौरासी नाम सुनती गई थी।

दिलचस्प यह था कि गाय के भारी-भरकम थनों के नीचे हिन्दू वेशभूषा वाले तीन मनुष्य बैठे थे। उनसे थोड़ी दूर हटकर तीन आदमियों के चित्र थे जो ईसाई, पारसी और मुसलमान थे। इन छह के छह लोगों को इस अन्दाज़ में बैठा दिखाया गया था जैसे इन्हें गाय के दूध देने का इन्तज़ार हो। न सिर्फ़ इन्तज़ार हो बल्कि उसी का आसरा हो। गाय का पगहा भला दिखता एक आदमी के हाथ में था जिसके ऊपर धर्मराज लिखा था। सामने एक दाढ़ी वाला कसाई था जो फरसा लिये हुए दिखाया

गया था। धर्मराज के मुँह से निकलता एक संवाद भी लिखा था : हमारी गाय माता की हत्या मत करो।

सुनंदा कुछ पूछ रही थी लेकिन उसके प्रश्न की गूँज ही मुझ तक आ रही थी। मैं इस पोस्टर को देखकर इस सोच में पड़ गया था कि गाय के नाम पर मचा यह आज के दौर का ख़ून-ख़राबा आख़िर कितना पुराना है? क्या सुनंदा की बात माननी चाहिए कि इस घटाटोप के लेखा-जोखा को हमें अतीत से समझना होगा? मैं याद करना चाहता था कि आर्य-समाज की स्थापना कब हुई थी या स्वामी दयानंद ने गौकरुणानिधि कब लिखी होगी? कोई तो सूत्र कहीं मौजूद होगा जिसने गाय को दी रैडक्लिफ़ लाइन से पहले की विभाजन रेखा बना दिया था?

सुनंदा के प्रश्न में दम था इसलिए वह मुझे ख़यालों से बाहर खींच लाई और दुबारा पूछा कि धोती-कुर्ता वाले हिन्दू वेश में तीन ही लोग क्यों हैं, चार होने चाहिए—ब्राह्मण, क्षत्रिय, वैश्य और शूद्र? मेरे पास इसका कोई जवाब कैसे हो सकता था? पीछे से आवाज़ आई कि जल्दी चलें। वहाँ से निकलते हुए मैंने सुनंदा को बताया कि चित्रकार से छूट गया होगा। वह हँसते हुए आगे की सीट पर बैठ गई।

गाड़ी में बैठ चुकने के बाद उसे याद आया कि दूसरा पोस्टर देखना रह गया था। हरवीर का इरादा गाड़ी घुमाने का नहीं लग रहा था। मैंने सुनंदा को बताया कि उस तस्वीर का नाम यमपट है। यमपट के नाम पर भी वह हँसी थी। जवाब में हरवीर ने बताया था कि यमपट में उन सज़ाओं की तस्वीर होती है जो मृत्यूपरान्त यमराज आत्माओं को उनके पाप के अनुसार देते हैं। मैंने हड़बड़ी में ही नोटिस लिया

था कि इस यमपट में सज़ाएँ आधुनिक हो गई थीं। बचपन की स्मृति में जहाँ यमपट कढ़ाई में आदमी को तलने की तस्वीर लिये रहते थे, दूसरी अन्य सजाएँ होती थीं, यहाँ जो यमपट था उसमें पुरानी सभी सज़ाओं के साथ एक नई सज़ा की भी तस्वीर थी जिसमें मृत इनसान को बिजली के झटके दिए जा रहे थे।

जब मैंने यह बात सुनंदा को बताई तब उसने मेरी तरफ़ पलटते हुए, मुस्कुराते हुए बताया था, 'यही सज़ा मैं आपके लिए मुक़र्रर करती हूँ।'

मुझे वह किसी फूल की तरह खिलती हुई दिखी थी।

सुनंदा

इंद्रजीत के घर पर मजलिस लगी हुई थी। हम पत्रकारों को देखकर भीड़ का जमा होना कोई ताज्जुब की बात नहीं लेकिन वहाँ का नज़ारा दूसरा था। किसी मैदान जितना बड़ा अहाता था। शाम अब रात के कंबल ओढ़े डूब गई थी। दरवाज़े पर पचासों चारपाइयाँ लगी थीं। सबके पास हुक्का रखा था और कुछेक को छोड़कर सब भरी हुई थीं। सफ़ेद कपड़ों की झलक उस घिरते अँधेरे से अकेले लड़ते बल्ब की रोशनी में ख़ूब आ रही थी।

हम लोगों को बैठने के लिए दरवाज़े के पास वाली खाट दी गई। जब हरवीर भी बैठने लगा तब एक आवाज़ ने चौंका दिया, 'तू तो जवान है रे हरवीर, तू भी बैठेगा?' वह लज्जित क़िस्म की हँसी हँसते हुए खड़ा हो गया और आख़िर तक खड़ा ही रहा।

इंद्रजीत आया। तैंतीस-पैंतीस वाली उम्र की दहलीज़ पर खड़ा था। कुर्ते की बाँह मोड़े हुए। सबसे पहले सनोज तक गया, उनसे हाथ मिलाया। जब मैंने हाथ बढ़ाया तब उसने हाथ खींच लिये और मुस्कुराते हुए नमस्कार की मुद्रा पहन ली। इसी एक दृश्य से समझना चाहिए था कि यहाँ कोई मुश्किल आ सकती है। हरवीर दाँत निपोरता रह गया था

लेकिन उसकी तरफ़ उसने झाँका भी नहीं था।

'क्या जानना चाहते हैं आप?'

सनोज : 'जो भी आप बताएँ।'

इंदर : 'गोशाला कैसी लगी!'

सनोज, अपनी झेंप को धूमिल हँसी से छुपाते हुए : 'अँधेरा था, कुछ दिख नहीं रहा था।'

इंदर : 'आप लोगों को हममें से किसी के साथ जाना चाहिए था। अजनबी देखकर चोर समझने में कितनी देर लगती है। अगर कोई सचमुच का चोर आ जाए तब ! छोड़ेंगे तो हम इस बार भी नहीं। सुबह ख़बर लग जाती कि दो तस्करों को गौरक्षकों ने अपने अन्दाज़ में सूता।'

इस बात पर वहाँ बैठे अनेक सज्जन बोल पड़े थे। सब अपनी राय रखना चाहते थे। कुछ की राय रिकॉर्ड की जा सकती थी लेकिन इस बीच इंद्रजीत बड़ी तेज़ गरजा। वह अपने नौकर को बेहद बुरी गालियाँ देते हुए बुला रहा था। माँ की गालियाँ। जब नौकर चाय की ट्रे लेकर सामने आ गया तब भी इंदर ने गाली देकर ही पूछा था कि कहाँ मर गया था? वह नौकर इस सबका इतना अभ्यस्त लग रहा था कि बिना कुछ कहे, बिना मुस्कुराए, बिना उदास हुए, सबको चाय देता रहा था। जब ट्रे में चाय के कप ख़त्म हो गए तब वह नौकर-सा आदमी दौड़कर घर के भीतर चला गया था।

मैं समझ रही थी कि ये गालियाँ किसके लिए हैं? वह हाथ न मिलाना, इतने लोगों की भीड़ जमा करना, बग़ैर मुस्कुराए बात करना हमसे दूरी बरतने और कठोर रहने की सूचना थी। नौकर को दी गई फ़ोहश गालियाँ हमारे भीतर डर पैदा करने के लिए थीं। यह रसूखदारों द्वारा न जाने कितनी बार का आज़माया हुआ तरीक़ा था।

इसके बाद जब इंदर हमसे मुख़ातिब हुआ तब उसने पहली सलाह यह दी थी कि कैमरा और रिकॉर्डर बन्द रहें तो बातचीत में सुविधा होगी। फिर पूछा था, 'क्या जानना चाहते हैं आप लोग? गाय चोर के घर से होकर आए हैं, फिर क्या है, जिसे जी में आए हत्यारा घोषित कर दीजिए।'

मैंने पूछा था, 'आपने हत्यारों को भगत सिंह और चन्द्रशेखर आज़ाद की उपाधि दी है। इसे आप ज़रा समझाइए।'

उसने कहा था, 'आप ख़ुद भी तो पढ़ी-लिखी लगती हो। आपको इतिहास नहीं पता। भगत सिंह और आज़ाद हमारे लिए क्रान्तिकारी थे, अंग्रेज़ों की निगाह में वे हत्यारे ही थे।'

इतिहास के ऐसे अध्ययन इतिहास की ही हत्या कर देते हैं। मैं बौखलाहट से भर गई थी, 'आप हिन्दू-मुस्लिम की राजनीति करनेवाले हत्यारों को भगत सिंह और आज़ाद के समकक्ष रख रहे हैं।'

इससे पहले कि इंदर जवाब देता, वहाँ मौजूद भीड़ से किसी की आवाज़ आई, 'दिल्ली की छोरी है भाई। दिल्ली वाले आधे अंग्रेज़ होवै हैं।'

इंदर ने कहा था, 'और आप भगत सिंह को हत्यारों की कटेगरी में रख रही हैं।'

यह बहस ख़त्म नहीं होनी थी। तुर्रा यह कि इतिहास से कोई लगाव न रखने वाले सिरीमान जी मिस्टर सनोज ने अपने एकसूत्रीय सुर्रे से न सिर्फ़ इंदर को चुप करा दिया बल्कि पूरी बहस को अपनी तरफ़ खींच लिया। उन्होंने कहा था, 'अंग्रेज़ों ने भगत सिंह को हत्यारा नहीं, अतिवादी कहा था।'

सामाजिक वर्चस्व में यक़ीन रखने वाली ताक़तें बहस में कमज़ोर पड़ती हैं तो नज़ारा देखने लायक़ होता है। इंदर की नाक फूलने लगी थी। वह दम साधकर सिरीमान जी को देखे जा रहा था। कह पड़ा था,

'अपना इतिहास अपने पास रखो।'

सनोज ने पूछा था, 'आप लोग आर्यसमाजी हैं क्या?'

हो सकता है यह प्रश्न पहले भी किसी ने पूछा हो क्योंकि इस प्रश्न पर इंदर ने बिफरते हुए प्रतिप्रश्न किया था, 'तुम्हारी बहन किसी छोटी जाति वाले के साथ भाग जाएगी तब भी तुम इतनी ही बड़ी-बड़ी बातें करोगे?'

सनोज चुप हो गए थे। हँसते हुए इधर-उधर देखने लगे थे। हरवीर बार-बार 'जाने दीजिए इंदर भाई' कह रहा था। फिर बातचीत का सिरा मैंने थाम लिया था और अगले कुछ मिनट इंदर ने हत्यारों की तारीफ़ में खर्चे थे। हर वाक्य के बाद वह एक जुमला ज़रूर कहता था कि पत्रकार हमारा पक्ष नहीं रखते।

> जिन्हें आप हत्यारा कह रही हो वे गौसेवक हैं। गौरक्षक हैं। वे भी किसी माँ के बेटे हैं। पत्रकार बने फिरते हैं आप लोग, हमारा पक्ष क्यों नहीं रखते! उन्हें हत्या करना सिखाया नहीं गया है। आप हमारा भी तो पक्ष रखिए। अगर हम गाय पूजते हैं तो किसी को क्या दिक़्क़त? क्यों खाओगे आप गाय का मांस? क्यों काटोगे? हिम्मत है तो हमारा भी पक्ष रखिए। (स्त्री की आवाज़, यह मैं हूँ, लेकिन पहलू ख़ान के पास गाय की ख़रीद के काग़ज़ात थे)। झूठ है। सब झूठ है। सरकार की क्या हैसियत है जो वह गौवंश की ख़रीद-फ़रोख़्त के लाइसेंस दे और ले? सरकार अपने काम से काम रखे। इसे ज़रूर लिखिएगा।

वह देर तक बोलता रह सकता था लेकिन एक वाक़ये या हादसे ने उसे वहीं रोक दिया। गालीनुमा वाक्य सुनने के बाद चुप हो चुके सनोज अचानक अपनी जगह से उठे और हँसते हुए किसी से हाथ मिलाने लगे। सामने कोई नहीं था। वे किसी अदृश्य से मुख़ातिब थे। हवा में हाथ

उठाया और अदृश्य के ऊपर हाथ यों रखा जैसे किसी के कन्धे पर हाथ रख रहे हों, कह रहे थे, 'आइए, पहलू भाई, बैठिए।' और उस अदृश्य को लिये-दिए अपनी खाट पर बैठ गए थे।

पहलू का नाम सुनकर जितनी भी मजलिस थी सब सन्न से खड़ी हो गई थी। कुछ लोग कहने लगे थे कि पागल हो गया है क्या? बाक़ी सबने समझा कि कोई नाटक है जो सनोज खेल रहे हैं। सनोज थे कि हाथों के इशारे से कुछ कह रहे थे और अस्फुट-सा कुछ बुदबुदा रहे थे।

इंदर ने हरवीर को गाली देते हुए कहा था, 'ले जाओगे इसको यहाँ से?'

मैं उनकी खाट के ठीक बग़ल की खाट पर बैठी हुई थी फिर भी मुझसे उन तक जाया न गया। थोड़ी देर में वे चैतन्य हो चुके थे और हँस-हँसकर हरवीर से बातें कर रहे थे। इंदर ने उनकी आँखों के सामने जब उन्हें ले जाने का आदेश दिया तब उनसे रहा नहीं गया। उन्होंने इंदर के परिवार की वह बात जो जनश्रुति में थी पूछने के अन्दाज़ में कहा था, 'इंदरजीत, इस गाँव में कोई ऐसा ज़मींदार भी हुआ है जिसने अपने हलवाहे को ज़िन्दा छील दिया हो? शरीर से चमड़ा उतार दिया हो?'

जवाब में इंदर ने कहा था, 'मेरी बड़ी तमन्ना है।'

मानपुर झिरका से अलवर के पूरे रास्ते मैं सनोज को देखती रही। उनमें उस लमहे का लेशमात्र भी शेष नहीं था जो कुछ देर पहले हमारे साथ बीता था। जिस पल वे पहलू ख़ान की काल्पनिक मूरत से गलबहियाँ किए हुए थे। वे अपनी सरल अदाओं में वापस आ चुके थे। हरवीर के साथ मेवात की दशा-दुर्दशा पर यों बातें कर रहे थे जैसे कोई मर्सिया पढ़ रहे हों। इस बात ने उन्हें हलकान कर रखा था कि कभी अपने आप में

आज़ाद रियासत या मुल्क रहा कोई इलाक़ा अब ज़िले में तब्दील हो गया था और सारी आबादी नई पहचान तलाश रही थी।

मैं उम्मीद में थी कि पहलू ख़ान की हत्या और उसके तथ्यों से हुई नज़दीकी ने जो इनके मन-मस्तिष्क पर प्रभाव डाला था, वह इन पर कुछ देर में फिर तारी होगा। मैं यहाँ तक सोच बैठी थी कि सम्भव है इनसे अगला मुलाक़ाती पहलू न होकर कोई और हो।

दूसरी तरफ़ मैं थी। यह सोचते हुए कि इतनी अतिरिक्त संवेदना के साथ यह साथी मनुष्य कितनी दूर तक जीवन की गाड़ी खींच पाएगा। या सोच रही थी कि राजबली जी से कहकर सनोज को इस योजना से दूर किया जाए। पहले भी यह महाशय शिकायत करते रहे थे कि इन्हें वे लोग दिखते हैं जिन्हें नाजायज़ भीड़ ने मार दिया था या उनके सगे-सम्बन्धी दिखते हैं।

मुझे अगर कभी कोई दिखता था तो वह मेरा बड़ा भाई था। लेकिन इस तरह नहीं कि आए और चेतन-अवचेतन पर थोड़ी देर के लिए बैठ जाए। हम लोगों ने उसकी हत्या को स्वीकार लिया था, जैसे उसके प्यार को स्वीकारा होगा, जैसे उसकी शरारतों को, जैसे उसकी ज़िम्मेदारी कि घर-ज़मीन का अच्छा दाम दिला सकेगा, हू-ब-हू वैसे ही हमने उसकी भीड़-हत्या को स्वीकार लिया था।

भाई भी हर वक़्त मेरे साथ रहता था। उसका साथ इस तरह नहीं था कि लोगों को मैं अस्थिर दिखूँ। उससे एक अबूझ शक्ति मिलती थी। भीड़-हत्या के आँकड़ों को जुटाने की इस योजना से जुड़ने के बाद का अन्तिम परिणाम मैं नहीं जानती थी। लेकिन यह जानती थी कि कम-से-कम उस भीड़ की मानसिकता को समझने का एक मौक़ा तो ज़रूर मिलेगा जिसने भाई की हत्या कर दी थी।

उस दिन दफ़्तर में जब रजनीश ने पूछा था कि मैंने कोई मृत्यु देखी है या नहीं तब उसके जवाब में मेरी इच्छा उसे बांग्लादेश के अपने उस घर, अपने गाँव तक ले जाने की हुई थी, जहाँ से कुछ ही दूर पर भाई को मार दिया गया था और जिसकी सूचना हमें तीन सौ किलोमीटर दूर से यानी ढाका के रेडियो स्टेशन से प्रसारित एक ख़बर के ज़रिये मिली थी।

अपने घरवालों की ही तरह मैंने अपने बड़े भाई निमाई की हत्या देखी नहीं थी लेकिन हम सबका जीवन भाई की हत्या से बिंध चुका था। मैं बहुत छोटी रही हूँगी। उसकी भीड़-हत्या होने तक हम लोग बांग्लादेश में ही थे। उसे छोड़ने का इरादा बन चुका था और तैयारी भी हो चुकी थी लेकिन जाने कौन से कारणों से पिताजी देर करते रहे और जब भाई हमसे हमेशा के लिए छूट गया, तब हम लोग भारत के उत्तरी दिनाजपुर ज़िले में आ बसे थे।

मैंने हरवीर से जब यह पूछा कि 'अलवर में हमारे आख़िरी दिन का भोजन वह हमारे साथ करे' तो वह मान गया था। लेकिन जवाब के साथ उसने एक चुहल भी की थी, 'आख़िरी कहाँ, एक यात्रा हम लोगों को और करनी होगी। जब माहौल शान्त हो जाता है, जो कि लगता नहीं है क्योंकि गौरक्षक अब सरकार में भी घुस गए हैं, तब मैं आप लोगों को नूह और फिरोजपुर झिरका की बिरयानी खिलाऊँगा।'

मेरे इस प्रश्न पर कि अभी क्यों नहीं चलते, उसने कहा था, 'रात हो गई है। दूसरे, अभी वे सारे होटल बन्द चल रहे हैं। आए दिन सरकारी कर्मचारी या गौरक्षक या दोनों उन होटलों पर छापा मारते थे और किसी भी मांस को गौमांस बताकर मार-पिटाई करते थे या मुक़द्दमा करते थे या दोनों।' उसने थोड़ी लम्बी एक साँस ली और कहा, 'इसलिए सब

बन्द हैं। लेकिन कभी मौक़ा मिले तब वहाँ जाइएगा ज़रूर।'

मैंने कहा था, और उसे उकसाते हुए कहा था। ताकि वह भी साथ हो ले, लेकिन कल के दिन उसकी व्यस्तता थी और वैसे भी बतौर सहायक वह हमारे साथ तीन दिनों के लिए ही था, 'कल मैं नूह जा रही हूँ।'

यह वही नूह था, जो कभी मेवात की राजधानी थी।

रात का भोजन हमने अलवर के बीचोबीच स्थित प्रेम पवित्तर भोजनालय में किया था। दरअसल हम लोग लेमन ट्री में ठहरे थे और वहाँ सुबह का नाश्ता ही क़रार में था। बाक़ी के भोजन के लिए इतनी महँगाई थी कि दो दिन वहाँ खा लेते तो जेब कट जाती। हमारी नौकरियों की एक मुश्किल यह भी थी कि पैसे-पैसे का ध्यान रखकर ठहरना होता था, अगर कीर्तिगान की तय सीमा से अधिक खर्च हो गया तो बिल पास न होने का ख़तरा रहता था।

लेकिन महज़ यह वजह नहीं थी। पिछले तीन दिनों से हरवीर इस प्रेम पवित्तर भोजनालय का बखान किए जा रहा था, इसलिए यहाँ जाना ज़रूरी था। दूसरी बात, यों तो मैं थकी हुई थी और सीधा होटल जाकर लम्बा पड़ जाना चाहती थी लेकिन मैं न मालूम क्यों, सनोज के लिए डर रही थी।

उस भोजनालय में जाने का एक मक़सद यह भी था कि सनोज का मन फिर सके। कुछ माहौल बदले, नई चीज़ें हों तो शायद वे वर्तमान में वापस लौट सकें। हालाँकि वर्तमान भी कोई सुखद नहीं था। इसलिए अपना ख़याल बदला और सोचा कि नए तरीक़े के भोजन से शायद उनके विचार की धारा बदले। वहाँ हमें उड़द की दाल, देशी घी में चुपड़ी

रोटियाँ और कुंदरू की सब्ज़ी मिली। क्या स्वाद था! हमारी ख़ुशी से राजवीर दोगुना ख़ुश हो रहा था। उसे यह अपनी सफलता दिख रही थी और साथ ही सन्तुष्टि भी हो रही थी।

भोजन से ख़ुश होकर मीठे में हमने मखाने की खीर मँगवाई थी। खीर, प्लेट में ही जैसे फ्रीज़ में रखी हो कि जब वह सामने आई एक बूँद भी छलकने का अंदेशा नहीं था। सब बड़े चाव से खीर खा रहे थे। तभी सनोज ने बताया कि आदमी के शरीर में हर जगह ख़ून नहीं है, दिमाग़ के इस पिछले हिस्से में अगर वार किया जाए, जैसे तबरेज को हॉकी के डंडे से मारा गया था, और अगर माथे में छेद हो जाए तब ऐसा ही उजला पदार्थ बाहर आता है।

हम दोनों, मैंने और हरवीर, ने खीर की प्लेट छोड़ दी थी। सनोज माफ़ी माँगते रह गए थे कि उनसे ग़लती हो गई। भोजन करने के क्रम में उन्हें ऐसी बात नहीं करनी चाहिए थी लेकिन हमने आगे एक चम्मच भी नहीं खाया। उन्होंने ज़रूर एक चम्मच से खीर उठाई लेकिन होंठों के पास लाकर यह कहते हुए छोड़ दी थी कि इसमें वसा बहुत ज़्यादा होती है।

होटल शहर के बाहर था। जब हम लोग वहाँ पहुँचे तो पाया कि कोई सूत्रीय रात (थीम नाइट) है। जो राजस्थान के होटलों की परम्परा नहीं जानते उन्हें, जैसे सनोज को लगा था, लगता कि बड़े शहरों की सस्ती नकल है। वहाँ चारों तरफ़ जो अस्त-व्यस्तता थी, उसे ध्यान से देखने पर एक पैटर्न बनता था। कपड़े चाहे जिसने जो डाले हों लेकिन पगड़ी सबने बाँध रखी थी। बीचोबीच दो जने बैठे थे जो फ़रमाइश पर ग़ज़लें

गा रहे थे। दो लार्ज व्हिस्की का आदेश देकर हम दोनों भी वहीं बैठ गए। मैं कुछ सनोज के लिए बैठी थी और कुछ अपने लिए। मैं देखना चाहती थी कि आज इनकी हरकतें कैसी हैं। मैं तैयार थी कि आज अगर कपड़ों में हाथ डाला तो हाथ तोड़ देना है।

लेकिन वे देर तक चुप रहे। ग़ज़लें सुनते रहे। पीते रहे। एकाध शब्द से अधिक कुछ भी जो उचारा हो। जब सब अपने में मगन हो गए और ग़ज़लगो अपनी पसन्द की फ़िल्मी ग़ज़लें गाने लगे तब इन्होंने बेयरे को बुलाया। वह तैयार रहा होगा इसलिए काग़ज़-क़लम लेकर आया था। उससे काग़ज़ का एक टुकड़ा लेकर अपनी फ़रमाइश लिखी, 'शायर लखनवी की ग़ज़ल---जो थके-थके से थे हौसले वे चिराग़ बनके मचल गए।' फिर ज्यों लगा हो कि गाने वालों को गायक के नाम से यह ग़ज़ल पता होगी इसलिए लिखा, 'मेहंदी हसन।'

ग़ज़लगो ने विनम्रता से इनकार कर दिया था। वह अपनी जगह से ही माफ़ी की मुद्रा में हाथ जोड़े हुए था। सनोज ने शराब के गिलास को ऊँचा उठाकर उनकी माफ़ी को तस्दीक़ किया था। वे लोग फिर वही ग़ज़लें गाने लगे थे जो वे एक के बाद एक गा रहे थे।

हम जब तक वहाँ बैठे रहे तब तक सनोज पीते रहे। जब वहाँ से उठे, वे आहिस्ता-आहिस्ता चलते हुए लिफ़्ट तक आए थे। शान्तचित्त दिख रहे थे लेकिन ख़यालों में गुम। तीसरे माले पर मेरा कमरा था लेकिन मैं उन्हें छोड़ने चौथे तक गई थी। उनके कमरे का दरवाज़ा खोलने में दिक़्क़त आई थी। जब मैं वहाँ से लौटने लगी तब उन्होंने, अतीत की चादर से ढके उस बीते सोमवार की निस्पृहता सरीखी—जो हमारे बीच वर्षों पहले आया था और हमारी सारी सम्भावनाओं पर पानी फेर गया था—अदा से गुड-नाइट कहा था।

मैं भी कमरे तक आई थी। आते ही सो जाना था लेकिन दो पलों का इन्तज़ार आँखों को करना पड़ा क्योंकि नींद का ध्यान फ़ोन देखने के क्रम में कैटी फेरिस की एक कविता पंक्तियों पर पड़ गया था :

Why write love poetry in a burning world?
To train myself in the midst of a burning world,
To offer poems of love to a burning world.

सनोज

जैसे सब कुछ के बावजूद कोई उम्मीद बची रह जाती है वैसे ही मेरे जीवन में प्रशांत बच गया था। दिल्ली में बैठकर अगर उसका परिचय देना हो तो यही कहा जाएगा कि मेरा भाई था लेकिन गाँव के रिश्ते से दूर का नाता था। चार पीढ़ी पहले हम एक परिवार के रहे होंगे। मेरे परदादा छह भाई थे और उनमें से एक प्रशांत के परदादा भी थे। उन छह भाइयों में उम्र का अन्तराल इतना अधिक रहा होगा कि आगे की पीढ़ियों में वह अन्तराल एक पीढ़ी जितना रहने लगा। यह प्रशांत मेरे जीवन में क्यों बचा रह गया था, उसके अनुशासन और व्यावसायिक सफलता से इसका अनुमान लगा सकते हैं। महज़ बत्तीस की उम्र और अपनी रेस्तराँ-शृंखला में वह छठे 'आउटलेट' का उद्‌घाटन करने वाला था। उसने ढूँढ़कर मुझे आमंत्रित किया था।

उससे पूछकर ही लेकिन पता नहीं किस उम्मीद से रेस्तराँ-उद्‌घाटन के इस सत्र के लिए मैंने सुनंदा को भी बुला लिया था। शायद सुनंदा को यह जतलाना हो कि मैं जितना दिखता हूँ उतना अकेला नहीं हूँ, कि मेरा भी एक गाँव है या हो सकता था या क्या पता अब भी कभी हो जाए जो

कि बीस-बाईस वर्षों के इस अन्तराल के बाद सम्भव दिखता नहीं था। वजह स्पष्ट नहीं थी लेकिन मैंने उसे वहाँ बुलाया था। प्रशांत ने इतना-भर पूछा था : भाभीजी हैं क्या?

यह प्रश्न किसी दिल्लगी के लिए नहीं था, उसकी आवाज़ में बराबर पर छूटने की कोई गाँठ नहीं थी। वह महज़ जिज्ञासा के लिए पूछा गया था। उसे लगा होगा कि ग़लत प्रश्न पूछ लिया गया है इसलिए उसने मुझे जवाब देने ही नहीं दिया था। अलबत्ता लाजवाबी के इस आलम से कोई चुप्पी न पैदा हो जाए इस ख़ातिर उसने आग्रह करते हुए कहा, "भइया, अपने कुछ अन्य मित्रों को भी बुला लीजिए। पढ़े-लिखे लोग आएँगे तो दूसरी ही शान होगी।"

गाँव छोड़े, घर छोड़े, रिश्ते-नाते छोड़े मुझे बीसियों वर्ष हो रहे थे। यहाँ तक कि मेरे अपने घर के लोगों ने एक वक़्त के बाद, और कोई तय वक़्त के बाद नहीं—बस अपने हिसाब से, मुझसे सम्पर्क रखना छोड़ दिया था। वजह भी मैं ही था। मैं एक बार जो गाँव से निकला, दुबारा कभी गया ही नहीं। अपनी तसल्ली के लिए या ख़ुद को ऊँचा रखने के लिए या फिर अपने अकेले के आत्मसम्मान या उस पर लगी ठेस या कभी-कभी लगता था आलस्य से उपजी आदतों के मद्देनज़र वर्षों तक यही यक़ीन करता रहा कि मुझे घर से निकाला गया।

हाल तक मैं ख़ुद को सही लगता रहा।

लेकिन पहलू ख़ान, तबरेज अंसारी, अफ़राज़ुल, अख़लाक़ आदि के परिवारों से इधर मिलना हो रहा था। मनुष्यता को पराजित कर देने वाली स्थितियों का शिकार होकर भी जिस तरह से परिवार के लोग एक-दूसरे को थामे हुए थे वह मुझ दिल्ली वाले के लिए सबक था। अपने असफल जीवन का प्रमाणपत्र।

पूरे गाँव की तरह, घर की तरह, अख़लाक़ का बेटा अपने बाप को मरने के लिए नहीं छोड़ सकता था। बचा तो आख़िर नहीं ही पाया लेकिन अपना जीवन दाँव पर लगा बैठा था। हत्यारी भीड़ ने उसको भी पीट-पीटकर अधमरा कर दिया था। या अलीमुद्दीन की पत्नी, जो अपने पति का मृतक-प्रमाणपत्र पाकर उसे मरणोपरान्त सम्मान देना चाहती है। शाइस्ता का संघर्ष, अपने पति तबरेज की मौत के बाद हर रोज़ नया होता होगा। ये सभी लोग जतला रहे थे कि अपने मूल में हो सकता है परिवार में तमाम ख़ामियाँ हों लेकिन जिस तरह की दुनिया हो चुकी थी या यह देश जिन हालात में पहुँचा दिया गया था वहाँ अगर किसी समूह से मनुष्य को मनुष्य समझने की कोई राह निकलनी थी तो वह परिवार ही था। और यह मैं बीस-बाईस वर्षों की दूरी से समझने की कोशिश कर रहा था।

'सौतन का ढाबा'।

पटेलनगर मेट्रो स्टेशन से बाईं तरफ़ क़रीब दो किलोमीटर पैदल चलने पर यह साइन बोर्ड दिखा था। इसे रेस्तराँ कहना शायद उचित नहीं, यह एक आउटलेट था। भीतर ही भीतर यह जगह लम्बी ज़रूर थी लेकिन प्रवेश या कह लीजिए सामने का हिस्सा महज़ बारह-तेरह फीट चौड़ा रहा होगा। बाईं तरफ़ सफ़ेद पत्थरों की तराश के साथ बनाया गया काउंटर था। अन्दर पतली कुर्सियों को देखकर लग रहा था जैसे उन्हें भी पता हो कि जगह तंग है। सजावट का वही प्रचलित ढंग। हर जगह नीले-उजले गुब्बारे चिपका दिए गए थे। अगर कहीं कोई नई या उम्मीद जगाने वाली बात थी तो वह प्रशांत की आँखों की चमक थी।

मैं आज बेवजह ख़ुश था। उसने आदतन मेरे पैर छू लिये। उसके

झुकने के पार एकबारगी मुझे अपना गाँव दिख गया। चलता-फिरता दृश्य। जैसा आजकल मेरे साथ होने लगा था। गाँव के जो भी लोग दिख रहे थे, और जो भी से मतलब अनेक-अनेक लोग, सब बीस-बाईस वर्ष पहले की उम्र में दिख रहे थे। जो-जो नाम मन की सीढ़ियाँ चढ़ पा रहे थे, सब दिखे। भइया-भाभी, मझले भइया-भाभी, चाचा, चाची, ओमप्रकाश—जो हमेशा से हम लोगों के यहाँ मज़दूरी करते रह गए थे और जिनके बाबूजी हमारे यहाँ हरवाह थे, न जाने कितने लोग दिखे थे।

और हाँ, माई और बाबूजी भी। मुझे समझ नहीं आ रहा था कि रोने को कैसे रोका जाए। प्रशांत से अभी ऐसा जुड़ाव नहीं था कि उसकी सफलता पर ख़ुश होकर ख़ुशी के दो आँसू बहा लिये जाएँ। गला था कि रुँधा जा रहा था। माई और बाबूजी, साफ़-साफ़ दिख रहे थे। यह कौन-सी बीमारी मुझे होती जा रही थी कि लोग मेरी आँखों के सामने आकर बैठ जाते थे।

कभी-कभी लगता, वे लोग मेरे ठीक बग़ल में आकर खड़े हो गए हैं। इस पर मैं ठीक से सोच पाता कि तभी मुझे गाँव का बग़ीचा दिखा था। दस-दस बारह-बारह मीटर के फ़ासले पर लगे आम के तमाम पेड़, महुआ के दो पेड़ छोड़ दें तो बाक़ी के सभी सत्तर-अस्सी पेड़ आम के ही दिख रहे हैं। उस बाग़ में दो बच्चे खेल रहे हैं। क्या खेल रहे हैं? इसे दिखलाने के लिए मेरा रोगी मस्तिष्क उनके क़रीब ले जाता है। दोनों बच्चे कोइना चुन रहे हैं। महुए का बीज। जैसे मुझे परेशान करने की कोई बात हो कि दोनों एक साथ मेरी तरफ़ देखते हैं। देखकर हँस देते हैं—उदय और उजास।

कई दिनों से लगने लगा था कि सुनंदा को अपने बच्चों के बारे में ख़ूब बताऊँ। यह ख़याल किसी स्वार्थ के वशीभूत नहीं आया था।

अब तो मैं मान चुका था कि हमारे बीच प्रेम का पुल नहीं बदा था लेकिन बस बताने के लिए बताना था। मैं किसी से भी अपने बच्चों के बारे में बात करना चाहता था। जिस दिन सरायकेला के मरहूम तबरेज अंसारी को जानने के दुर्भाग्यशाली क्रम में यह जाना था कि तबरेज की पत्नी गर्भवती थी, उसी दिन से मुझे उदय और उजास का ख़याल रहने लगा था।

बदलती नौकरियों और किसी को मित्र न मानने की अपनी लाचारी के कारण अपने बच्चों के बारे में आज तक मैंने शायद ही किसी को बताया था। यह बताना कहाँ तक उचित होता कि बच्चे मेरे पास नहीं रहते। इसलिए कई जगह, जहाँ लगता था कि मैं दुबारा नहीं आ पाऊँगा या दुबारा जिनसे मिलना नहीं होगा उन्हें मैं यही बताया करता था कि मैंने परिवार कभी बसाया ही नहीं। तलाक़शुदा बतला देने में कोई हर्ज नहीं। तथ्य है और दुनिया में क्या-क्या नहीं होता की तर्ज पर यह भी होता है कि लोग तलाक़ लेते-देते हैं लेकिन यह उचाट कर देने वाली बात लगती कि जिनसे घंटे दो घंटे की मुलाक़ात होनी है उन्हें आधे घंटे अपने तलाक़ के बारे में और उसके बाद के जीवन के बारे में बताओ। कहीं-कहीं तो उसके पहले के जीवन के बारे में भी।

दूर कहीं फिरोजी एक आभा झिलमिलाने लगी थी। आप यक़ीन नहीं करेंगे उसके नज़दीक आते हुए मुझे लगने लगा था कि शाइस्ता परवीन, तबरेज की पत्नी, चली आ रही है। मेरी सारी तैयारियाँ यहीं, इसी दृश्य से ख़राब होना शुरू हुईं। जब उससे हक़ीक़त में मिला था, सरायकेला के उस गाँव में जहाँ वो तबरेज की बेवा थी या जब कभी वो रात-बिरात

घर के आईनों में आकर बैठ जाती थी, तब मुझे डर लगता था कि सब कुछ सुनाए बस अपने गर्भ में पल रहे बच्चे के बारे में कुछ न बताए।

उसके गर्भ से जुड़ा वह हिस्सा सुनते हुए कान से ख़ून निकलने लगता था कि सात महीने हो गए हैं।

> हरकतें यों तो बढ़ी हुई लगती हैं लेकिन कभी किसी-किसी दिन पूरे दिन में तीन-चार बार भी हरकत नहीं होती। किसी-किसी दिन एक भी हरकत नहीं होती। पहले यहीं नज़दीक डॉक्टर रजनी को दिखा रही थी फिर सरायकेला की डॉक्टर दीपा घोष के जच्चा-बच्चा अस्पताल जाने लगी। जब डॉक्टर साहिबा ने जाना कि जिसे भीड़ के बहाने लोगों ने मार दिया था उसकी बेवा हूँ तब उसने फ़ीस लेने से मना कर दिया। मेरे सामने अपनी नर्स को हिदायत दी, एक बार मेरे सामने और एक बार तब जब मैं उनके कमरे से निकल रही थी तब, उन्होंने नर्स से कहा कि इनसे एक भी पैसा नहीं लेना है।

पेट में बच्चे की हरकत कम है और ऐसा कहते हुए शाइस्ता ने प्रत्यक्ष में भी अपने पेट के ऊपरी हिस्से पर हाथ रख लिया था जैसे मुझे और सुनंदा को पेट किसी दूसरी भाषा का शब्द लगता हो। जब कभी दिमाग़ में वह हावी हो जाती है तब भी यह कहते हुए कि पेट में बच्चे की हरकत कम है, अपने पेट के ऊपरी हिस्से पर हाथ धर लेती है।

> पूछने पर दीपा मैडम ने कहा था कि जब कभी पूरे एक दिन तक हलचल न लगे तुरन्त अस्पताल आ जाना और यह भी कहा था कि कुछ बेहतर ख़याल दिल में हर वक़्त रखा करो।

यह सलाह देना भी बड़े हिम्मत की बात होती होगी वरना जिसकी

तकदीर बिगड़ जाए, जिसके पति को अनेक घंटों की अनवरत पिटाई, कुंद हथियारों से, मतलब यह सोचिए कि हॉकी स्टिक से कितना वज़नदार प्रहार किया गया होगा कि सिर के पिछले हिस्से में सूराख हो जाए, मारा गया हो उसे आप बेहतर ख़यालों के लिए कैसे कह सकते हैं। डॉक्टर के सामने भी यह प्रश्न आया होगा तभी उसने निकलती हुई शाइस्ता परवीन से कहा था—

अपने लिए नहीं, इस आने वाले मेहमान के लिए।

नज़दीक आती वह फिरोजी छाया अब आकृति में बदल गई थी। मैं शाइस्ता के आने से कम, इस डर से अधिक घबराया हुआ था कि प्रशांत पर मेरी मानसिक स्थिति का राज़ न फ़ाश हो जाए। ऐसा न हो कि जब यह गाँव जाए तब अपने बचे-खुचे घरवालों को बताने के लिए मैं बस कोई क़िस्सा बन गया रहूँ। वह आकृति मेरी तरफ़ देखकर मुस्कुरा रही थी और मैं कोशिश कर रहा था, काश! प्रशांत या कोई भी शख़्स मुझ तक आ जाए। मुझे थाम ले।

यही हुआ। क़िस्मत का धनी था मैं कि यही हुआ। प्रशांत बड़ी नफ़ासत से, जैसे किसी पाँच सितारा होटल का प्रशिक्षित बेयरा हो, एक तश्तरी के साथ प्रकट हुआ। उसके इस तरह सामने आ जाने के कारण शायद शाइस्ता सामने से हट गई थी और अब रेस्तराँ के दरवाज़े तक पहुँचकर उस फिरोजी आकृति ने सुनंदा की शक्ल पहन ली थी। वह दरवाज़े तक पहुँचकर मुड़ी और अपना छाता बन्द करने लगी। इस दरमियान मैं इस ख़ुशी से या बच जाने के भाव से भरकर पसीना-पसीना हो गया। इस क़दर कि वातानुकूलन के बावजूद मेरी कनपटी पर पसीना, मसल दिए जाने के ठीक पहले किसी कीड़े की मानिंद रेंग रहा था।

प्रशांत कुछ बोलने को हुआ लेकिन मैंने सामने की तरफ़ इशारा किया। इसके आगे कुछ बोलने की ज़रूरत नहीं हुई। मैं बैठा रहा, मुस्कुराता रहा लेकिन प्रशांत दो-ढाई क़दम आगे बढ़ गया था और जिस ख़ूबसूरत तरीक़े से कोई 'डेट' या कोई प्रेमिल मुलाक़ात शुरू होनी चाहिए थी, वह शुरू हो चुकी थी।

अलबत्ता इस बात से बेचैनी होने लगी थी कि प्रशांत मुझसे बाहरी आदमी की तरह बरताव कर रहा है। मैं उसके गाँव-घर का आदमी था। उससे कहा था कि दूसरे मेहमानों पर ध्यान दे। मैं अगर सुनंदा से जुड़ी उधेड़बुन में न होता तो अब तक ख़ुद को बाहरी मान भी चुका होता।

हर उम्र की अपनी शरारत होती है और कुछ इसी अन्दाज़ में प्रशांत ने मेरे सामने से प्लेट उठाकर सुनंदा के सामने रख दी थी। सरसों की कढ़ी थी। सुनंदा से यह पूछकर कि आपने बेसन की ही कढ़ी अब तक खाई होगी और उस प्रश्न के उत्तर में हाँ सुनकर, फिर मन मुताबिक़ जवाब सुनने के कारण थोड़ा ख़ुश होकर, मुस्कुराकर अपने रेस्तराँ की इस नई रेसिपी के बारे में बताने लगा था।

सुनंदा, देखने से यही लग रहा था कि निमग्न हो सुन रही थी। यह मेरे लिए मुफ़ीद एक मौक़ा था कि एक तीसरा शख़्स सुनंदा को तल्लीन किए हुए है और मैं उसे निहार रहा हूँ। मैंने देखना जारी रखा लेकिन एक स्मृति किसी 'स्ट्रोक' की तरह आई। यह मन:स्थिति या मेरी अबूझ बीमारी का हमला नहीं था जिसमें भीड़-हत्या के शिकार लोग आकर मेरे कन्धे पर बैठ जा रहे थे, मेरे बिस्तर पर बैठ जा रहे थे, मेरे दफ़्तर में बैठ जा रहे थे मेरी कविताओं में बैठ जा रहे थे।

यह निरी स्मृति थी :

बाबूजी ने चौका सँभाला हुआ है। क्या संयोग रहा होगा कि घर में

बस तीन लोग हैं, बाबूजी, माई और मैं। मैं आठ वर्ष का हूँ और अगले महीने मेरा उपनयन संस्कार, या जिसे आप नहीं जानने की भाषा में जनेऊ कहते हैं, होना है। घर के बाक़ी लोग सम्भवत: सरजू माई, सरयू नदी को निमंत्रण देने गए हैं। पहला न्योता सरयू नदी में प्रवाहित किया जाता है ताकि देवी-देवता भी आएँ, हमारे उत्सवों में शरीक हों। कार्ड प्रवाहित करते हुए चलन है कि जो नदी न्योतने गया होता है वह उस नदी में नहाकर आता है इसलिए घर के लगभग सभी लोग जाते हैं। तो फिर हम तीनों क्यों नहीं गए होंगे? क्योंकि यह उपनयन संस्कार का यज्ञ था और इसमें पूजा पर हम तीनों को ही बैठना रहा होगा इसलिए हम लोग बहुत पहले सरजू-स्नान कर आए रहे होंगे।

लेकिन अभी जो दृश्य, ब्लर होने की सम्पूर्ण सम्भावना के साथ, मन में बज रहा है वह यही है कि बाबूजी चौका सँभाले हुए हैं। माई और मैं चौके से बाहर बैठे हुए हैं। माई जनेऊ का गीत गा रही है लेकिन उस गीत की लय ऐसी है जैसे तकलीफ़ की कोई बात हो या जैसा गीत बुआ की विदाई के वक़्त गाया गया था। उस लय के कारण मुझे रोना आ रहा है। तभी बाबूजी नमूदार होते हैं।

ऐसे नहीं जैसे प्रशांत उपस्थित हुआ बल्कि ऐसे जैसे बता रहे हों कि जाकर देखो क्या बना है। माई अन्दर जाती है। जब तक वो कटोरा लेकर आती है तब तक के अन्तराल में बाबूजी मुझे बता रहे हैं कि आपके लिए सरसों की कढ़ी बनाया हूँ, बालक। यह दृश्य किसी चोट की तरह लगा है। पिछले एक वर्ष से जिन लोगों से मैं मिला हूँ वे सभी के सभी उन शख़्सियतों के परिवार से जुड़े लोग थे जिन्होंने दायित्व का दामन नहीं छोड़ा था।

वह चाहे तबरेज की बेवा हो, अख़लाक़ का भाई हो, पहलू का परिवार हो, इनके परिवार में भी तो अन्दरूनी रस्साकशी मौजूद रही होगी लेकिन

उन्होंने लड़ाई जारी रखी जो उन शहीदों की मौत के बाद की मर्यादा बचाए रखने के लिए ज़रूरी लड़ाई थी। यह कोई तुलना नहीं लेकिन पिछले कुछ महीनों ने मुझे बार-बार याद दिलाया है कि बीस-बाईस वर्षों की यह दूरी मुझे आने नहीं देती थी।

प्रशांत मुझे बार-बार वर्तमान में पुकार रहा है लेकिन कोई गाँठ है जो मुझे इस दूसरी एक हौलनाक स्मृति की ओर धकेल रही है। जहाँ आँगन में संयुक्त परिवार के लोगों का मजमा जैसा है, दसियों लोग हैं। एक पिता है जो अपने बड़े भाई के बेटों की सफलता से अपने बेटे की असफलता की तुलना सुन रहा है। वह शायद बता नहीं पा रहा है कि उन सफलताओं के पीछे बड़े भाई की सरकारी नौकरी है, शहर-दर-शहर का अनुभव है जबकि यहाँ खेती में नुक़सान के बाद बचा पैसा ही फ़ीस और पढ़ने की रुचि पर दिया जा सकता था। और बालक, पिता द्वारा मेरे लिए यही पुकार का नाम था, अगर बी.ए. की एक परीक्षा में फेल कर गया है तो कोई बड़ी बात नहीं, या बुरी बात नहीं।

या पिता शायद तंगी की बात उचारते हैं तभी बड़े बाबूजी के बड़े बेटे यानी हम सबके बड़े भइया दालान के दाहिनी तरफ़ जाते हैं। बड़े भइया, जो बीडीओ बनने की तैयारी में लगे रहे और इतने वर्ष तक लगे रहे कि वीडीओ यानी ग्राम विकास अधिकारी बन ही गए। उसमें भी साक्षात्कार के वक़्त सांसद से पैरवी लगानी पड़ी थी। यह मुझे इसलिए याद है कि मुझे ही बाबूजी को लेकर सलेमपुर जाना पड़ा था। जैसा कि छोटे-छोटे लालच के लिए अपना समय और ऊर्जा नष्ट करना शगल है, उस दिन भी बाबूजी के साथ जाने के लिए इसलिए तैयार हुआ था कि इसी बहाने बड़े बाबूजी की मोटरसाइकिल चलाने को मिलनी थी।

बड़े भइया दालान के उस कोने की तरफ़ पहुँचते हैं जिसे घेरकर

‘बालक’ ने अपना स्पेस या अपना कमरा जैसा बना रखा है। वहाँ से कुछ उठाकर आँगन में लाकर उसे यों पटकते हैं जैसे चुराए हुए धन की कोई पोटली है या जैसे नशे का कोई सामान है और उसे पटकते हुए जो वाक्य कहा था वह हू-ब-हू याद है—‘पढ़े के पइसा नइखे आ हई कबिता-कहानी खरीदे खातिर बा। सब अनाज बेंचि बाचि के बहाना बनावल जा ता।’

यह बाबूजी पर किया गया वार था। चोरी का आरोप लगाया जा रहा था।

बाबूजी ने चाहा होता तो इस मजलिस को महज़ एक वाक्य से ध्वस्त कर दिया होता कि सांसद जी से उनकी नौकरी की पैरवी उन्होंने ही की थी। लेकिन संयुक्त परिवार का लिहाज करने के कारण उस अपमानित करने वाली मजलिस का केन्द्र मैं ही बना रहा। भइया ने जो आँगन के बीचोबीच पटका था उसमें बाबूजी पर अनाज बेचने के या चुराने के आरोप से इतर एक किताब थी, कविता की किताब, ‘चाँद का मुँह टेढ़ा है’। इसे माँ ने एक मौक़े की तरह इस्तेमाल कर लिया था।

दिल्ली की इस अकेला कर देने वाली दोपहर से देखने पर कितना तो स्पष्ट दिख रहा है कि माँ मुझे इसलिए भला-बुरा कहे जा रही है ताकि कोई दूसरा न बोले। वह जो बोल रही है उसमें महज़ इतनी ही बातें हैं कि पढ़ता नहीं हूँ, घूमता हूँ। अगर कोई दूसरा कुछ बोलता है, जैसा माँ ने सोचा होगा, तो ऐसा न कुछ कह दे जिससे मन छलनी हो जाए। परन्तु उस समय यही लगा था कि जैसे गुस्से में जल रहा होऊँ। यह भी कि बी.ए. पास कर भी मुझे गाँव में ही रहना था।

वह दिन मेरे जीवन में कुछ भी अच्छा करने नहीं आया था। कभी-कभी यों भी होता है कि पूरा जीवन किसी एक दिन के धागे से सिल जाता है। माँ के बोलने से बाबूजी यह सोचकर डर गए रहे होंगे कि बड़े

बाबूजी और उनका भरा-पूरा सफल परिवार, माँ के कहने पर बखेड़ा न खड़ा कर दे—उसकी हिम्मत कैसे हुई मर्दों के बीच बोलने की!

यह बात मैं अब दिल्ली की दोपहर में समझ रहा हूँ। उस बीते समय में बस यही दिखा था कि कुर्सी पर बड़े बाबूजी बैठे हैं। बाबूजी दालान के दासे पर बैठे हैं और माँ की आवाज़ से अपनी गति मिलाने जितनी फुर्ती से उठते हैं। बड़े बाबूजी के पैर से काला जूता उतार लेते हैं। इस हरकत पर बड़े बाबूजी भी चौंक जाते हैं। इसलिए नहीं कि उनके पैर से जूता क्यों उतारा बल्कि उनका आश्चर्य उनकी आँखों में समा गया हो और उनकी वो सफल आँखें बाबूजी, जो उनके छोटे भाई हैं, छोटे भाई, जिसे प्यार करने का चलन इस दुनिया में बताया गया है, के पैरों की तरफ़ देखती हैं।

जैसे इसने अपने पैर से जूता क्यों नहीं उतारा। जैसे वो जानते ही नहीं कि इस शख़्स ने जो मेरा पिता है और जिसने मेरे होश सँभालने से आज तक कभी जूता पहना ही नहीं, जो गेहूँ-कटे खेत में, बैसाख के दिनों और भादों और पूस की अनगिनत रातों में नंगे पाँव ही रहा। बड़े बाबूजी मेरे बाबूजी को, अपने छोटे भाई को 'तुम' के अन्दाज़ में देखते हैं कि इसने अपने पैरों से जूता क्यों नहीं उतारा और जब वह जूता लेकर बाबूजी मेरी तरफ़ आगे बढ़ रहे हैं तो कविता की वह किताब, उन्हें लाँघनी पड़ती है। जबकि दूसरे रास्ते सम्भव हैं लेकिन समय नहीं है, समय हो भी तो मुनासिब मौक़ा नहीं है इसलिए किताब उन्हें लाँघनी पड़ती है। जो कि अगर मैंने किया होता तो सुनना पड़ सकता था लेकिन जिस पल वो किताब के पास से गुज़र रहे हैं, ठीक उसी पल मुझे ख़याल आता है कि जितने रुपयों में इलाहाबाद से यह कविता-संग्रह लिया था उतने में बाबूजी के लिए जूता भी तो आ सकता था। उस चिमटे की तरह।

मेरी तरह वहाँ बहुत से लोग इस नज़ारे की ज़द में थे लेकिन सब कुछ बीत जाने के बाद माई ही बाहर तक आई थी। वो मुझे या मेरी ज़िद को, जीवन के व्यर्थ व्यतीत होने के बाद मालूम चला कि मैं बस अपनी ज़िद का होकर रह गया—जानती रही होगी इसलिए मेरा हाथ पकड़कर लगभग घिसटने लगी थी। मैंने उसे झटककर अपना हाथ छुड़ा लिया था। उसके बाद वो मेरे पीछे दौड़ी क्योंकि उसको और बाक़ी सबको पीछे छोड़ने के लिए मैं दौड़ पड़ा था। कहीं कोई रास्ता नहीं था। खेत की मेंड़ थी और उसके रुकने तथा मुझे पुकारते रहने की आवाज़ तब तक आती रही जब तक मैंने अरहर के कई खेत पार नहीं कर लिये। भविष्य के अन्धकार की तरफ़ जाते उस रास्ते पर पहुँचकर मुझे कई बार याद आया था कि माई की पकड़ छुड़ाने के लिए मैंने उसका हाथ झिड़का था...जैसा मेरे साथ होता था कि सोचते-सोचते मेरा शरीर 'एक्शन में' आ जाता हो, वही हुआ। अतीत में झिड़का हुआ हाथ वर्तमान में इतनी तेज़ झिड़का कि प्रशांत के पेट में जाकर मेरा पंजा लग गया।

जैसे मुझे याद आया हो कि सुनंदा आ चुकी है और यह याद आना कुछ इस तरह था जैसे अभी, बिलकुल अभी आई हो। थोड़ी देर पहले की उसकी उपस्थिति जिसमें वो छाता बन्द करते हुए दिखी थी, अनुपस्थित हो। प्रशांत ने मेरा हाथ पकड़ लिया, 'कुछ सोच रहे हैं भइया?' मैं वर्तमान से इस क़दर ग़ायब था कि उसके इस प्रश्न और हाथ पकड़ने के माध्यम से वर्तमान में आने के बजाय सोचा, पूछ लूँ, आख़िरी बार गाँव कब गया था? या वही प्रश्न जो मेरे मन में पिछले कुछ महीनों से, जब से केवल दूसरों के परिवारों से मिलना हो रहा है, बारूद की तरह सुलग रहा है : माई-बाबूजी कैसे हैं? कोई ख़बर है क्या उसके पास?

मैं मुस्कुरा-भर सका। वे दोनों मुझे देखे जा रहे थे। यह देखना मुझे इस अनोखी दोपहर में फटे हुए साइलेंसर वाली गाड़ी की आवाज़-सा लग रहा था। खटकता हुआ। सोचा, मौक़ा मिलते ही सुनंदा को अपनी इस बीमारी के बारे में बता दूँ। यह मैं कई दिनों से सोच रहा था लेकिन फिर लगता कि यह जो मन की बीमारी का बढ़ा हुआ तेवर है वह दरअसल भीड़ की शक्ल में की गई हत्याओं की इस परियोजना से जुड़ने के बाद का है। जब इस काम को पूरा कर लें, रिपोर्ट प्रकाशित हो जाए तब समय के साथ जो निस्संगता मिलती है उसमें यह बीमारी दूर हो जाएगी। कम से कम, पहले की तरह हो जाएगी जिसमें महज़ बॉस और लड़कियों तक मेरे ख़याल सीमित थे। लेकिन आज तय किया था कि बता दूँ। जब तक इन बीमारियों को बताते हुए 'पागलपन' या 'मानसिक असन्तुलन' शब्द न उचारो तब तक लोग इनके मरीज़ों से दूरी नहीं बनाते, ऐसे आरामतलब ख़याल मैं बुन रहा था। लेकिन बतलाता भी तो क्या-क्या बतलाता? शादी के बारे में बतलाता तो क्या? हाँ, बच्चों का ज़िक्र मैं करना चाहता था। पता नहीं क्यों लेकिन मुझे लगता था कि बच्चों का ज़िक्र सुनंदा को अच्छा लगेगा। टूटने वाले इन तमाम धागों के दरमियान एक रेशमी धागा पनपेगा जो इस छोर मैं सँभाले रहूँगा। मुझे यह भी नहीं याद था कि पहले कभी सुनंदा से बच्चों का ज़िक्र किया है या नहीं।

प्रशांत ने फिर कहा : भइया! यह जतलाने के लिए कि मैं यहीं हूँ, उसका हाथ पकड़कर साथ वाली कुर्सी पर बिठा लिया। जब मैं ख़यालों में गुम हुआ था तब से और अब के बीच भीड़ बढ़ गई थी। मेहमान आए जा रहे थे। मैंने उसे कहा कि बाक़ी के मेहमानों को देखे लेकिन वह मुझे सरसों की कढ़ी के अलावा विशेष क़िस्म की दम-बिरयानी दिखलाने और खिलाने पर आमादा था। दम-बिरयानी की हाँडी बीचोबीच थी और

उसकी ख़ुशबू से हम कब सराबोर हो गए, पता ही नहीं चला। परोसते हुए उसने बताया कि इस बिरयानी का नाम उसने 'नूह दम बिरयानी' रखा है। उसने सामान्य ज्ञान बघारने की कोशिश जैसा मिज़ाज बनाया और बताने लगा कि गुड़गाँव ज़िले में एक क़स्बा है, नूह। वहाँ की दम बिरयानी मशहूर है, वहीं से कारीगर उठाए हैं।

इस बिरयानी को हम जानते थे और यह नूह नामक शहर पिछले ही दिनों हमारे जीवन में आया था। वहाँ जाने के पहले जो 'ब्रीफ़ मीटिंग' राजबली जी से हुई थी शायद उसमें उन्होंने अलबत्ता सड़क किनारे वाले कुछ होटलों का ज़िक्र किया था। वह ज़िक्र अब याद आ रहा है, और याद आने के क्रम में यह याद नहीं आ पा रहा है कि उन्होंने नूह की बिरयानी बताई थी या फिरोजपुर झिरका की? मैंने सुनंदा से पूछा। उसे भी याद नहीं था कि किस शहर के होटल की बात हुई थी। उसने बताया कि डायरी देखनी होगी और अपना पर्स उठाने की क़वायद में लगी।

स्वाद था।

तारीफ़ करने के लिए कुछ नए भाव ढूँढ़ रहा था और वो भी एक स्त्री के समक्ष तारीफ़ करना था इसलिए कहा : कहाँ-कहाँ से ढूँढ़ निकालते हो!

सुनंदा ने सधे हुए प्रचलित शब्दों में ही बढ़िया बताया और कारीगर से मिलने की बात कही। इस पर प्रशांत ख़ुश हुआ। कार्यक्रम ज़रा निबट जाए तब मिलवाता हूँ, यह कहते हुए वह अन्दर की ओर गया। वहाँ दरवाज़े पर प्लास्टिक का सफ़ेद पर्दा लगा हुआ था जिसके भीतर रसोई का कामकाज चल रहा होगा।

अब हम दोनों थे। आमने-सामने।

तब? उसने पूछा। जवाब में मैं मुस्कुरा उठा। उसे यह नाकाफ़ी लगा होगा इसलिए दो-सवा दो पल ठहरकर उसने फिर पूछा—तब, सिरीमान

जी? मैं अपने अतीत को सोचते हुए और उसके प्रभाव से थक गया था! ढलती दोपहर में कोई रहस्य था कि बिरयानी का कौर भी उठाने में थकान महसूस हो रही थी। आँखें मुँदी जा रही थीं।

यह नहीं याद कि कब सुनंदा ने मुझे सिरीमान जी पुकारना शुरू किया था। शायद कुरुक्षेत्र यात्रा के दौरान, जहाँ हम दोनों लोग मुस्तैन अब्बास की लिंचिंग यानी भीड़-हत्या की दरयाफ़्त करने गए थे। कुरुक्षेत्र थाना से इतर हरियाणा के उन दोनों थानों, पीपली और शाहाबाद से सूचनाएँ लेने में काफ़ी मशक़्क़त करनी पड़ी थी। या सहारनपुर ज़िले में उसके गाँव गए थे जहाँ मुस्तैन की पत्नी, जब तक हम सब वहाँ रहे, सुनंदा का हाथ पकड़े रही थी। उसी किसी यात्रा में सुनंदा ने मुझे सिरीमान जी के सम्बोधन से पुकारा था। सहारनपुर वाली यात्रा में शायद यह सम्बोधन न पनपा हो क्योंकि जब हम लोग शाहाबाद थाने गए थे जहाँ के थानेदार ने मिलने से पहले दो दिन का इन्तज़ार करवाया और जो रिपोर्ट अन्ततः दी वह सरकारी मोहरों वाले काग़ज़ों की नक़ल न होकर एक सादे पन्ने पर तुरत-फुरत में हाथ से लिखी गई थी।

इस मनगढ़ंत रिपोर्ट में संगठित-सुविचारित भीड़ द्वारा होने वाली हत्याओं पर उस बात का कोई ज़िक्र नहीं था जिसकी वजह से यह मुस्तैन अब्बास की हत्या का मामला एक अलग स्वरूप ले रहा था। यह दुखद है कि शब्दों की इस क़दीमी दुनिया में हत्या के मुक़द्दमे के लिए भी 'मामला' शब्द ही प्रयोग में लाया जा रहा था। इस हत्या के सन्दर्भ में, जिसमें हत्यारों ने मुस्तैन को रात-भर पीटा था।

उस रिपोर्ट में समाचार-पत्रों से भी ठस जानकारी थी जैसे यह कि मुस्तैन गायों की तस्करी कर रहा था और यह कि इसका गैंग था और यह कि वो जानवरों को हरियाणा-पंजाब से उठाता था और यह कि

सहारनपुर के कसाइयों को बेचता था और यह भी कि एक 'दुर्घटना' में इसकी मौत हो गई। यह बात ज़िक्र लायक़ नहीं लगी होगी कि उच्चतम न्यायालय ने इस मुक़द्दमे की जाँच केन्द्रीय जाँच आयोग को सौंप दी है। उच्चतम न्यायालय ने तो ख़ैर उन सभी अधिकारियों और सिपाहियों के तबादले का आदेश भी जारी किया था लेकिन सारी बातें कौन मानता है इसलिए तबादले नहीं हुए। हाँ, यह ज़रूर था कि राज्य-प्रशासन ने उच्चतम न्यायालय को सीधे-सीधे मुँह पर नहीं बोला कि तबादले का आदेश नहीं माना जाएगा। इस आदेश को लागू न करने के लिए, और न्यायालय की आबरू भी सलामत रहे इसलिए, प्रशासन ने ठीक-ठीक लगती बहानेबाज़ियों की सूची दी थी।

इसी थाने में एक सिपाही अपने सूबेदार को 'सिरीमान जी' के सम्बोधन से पुकार रहा था। यह मुझे इसलिए भी याद है क्योंकि सूबेदार ने रिपोर्ट मेरे हाथ में न देने के बजाय सुनंदा के हाथ में सौंपी थी और उसे थामते हुए नहीं बल्कि एक सरसरी निगाह में उसे पढ़कर उसकी व्यर्थता समझकर ही उसने सूबेदार को कहा था : धन्यवाद, सिरीमान जी। फिर शाहाबाद से दिल्ली लौटने के रास्ते में इन मोहतरमा ने इस सम्बोधन की धज्जी उड़ा दी थी। ड्राइवर, पानीपत पार करते ही जो टोल-टैक्स बूथ आता है उस पर खड़े लड़के, मुरथल के सुखदेव ढाबा पर भोजन का निर्देश लेते हुए लड़के और इस नाचीज़ से—सबसे और सबको सिरीमान जी पुकारा जा रहा था। अन्ततः जब हम सब उसके घर पहुँचे और कुछ सोचकर उसने कहा कि मैं भी वहीं रुक जाऊँ तब तक यह सम्बोधन सार्वजनिक प्रयोग में लाया जाता रहा।

यहाँ ज़रा मुझे दिक़्क़त हुई। मैं वर्तमान की तरफ़ वापस लौटना चाहता था। सुनंदा मेरे सामने बैठी थी और नौकरी के सिलसिलों के

अलावा जो मुलाक़ातें सम्भव थीं उनमें से एक घटित हो रही थी। अतीत के हिंसक देवताओं ने मुझे अपने पाश में कस लिया था। मैंने अपने आप को उबारना चाहा। एक सिगरेट शायद मुझे अपने जीवन में, अपने वर्तमान में वापस ला दे इस उम्मीद में जब बाहर निकल रहा था तब उस रेस्तराँ के दरवाज़े से पलटकर सुनंदा को देखा।

सुनंदा

'सौतन का ढाबा' से निकलते हुए उन्होंने पलटकर मुझे यों देखा जैसे सिगरेट के लिए बुला रहे हों। बाहर धूप आग की शक्ल में आसमान से बरस रही थी। कुछ वक़्त पहले, ए.सी. कमरे में सनोज की काँपती कनपटी से चूता पसीना और लटपटाती उनकी आवाज़ से परेशान प्रशांत ने मुझसे पूछा था, भइया बीमार हैं क्या? मुझे लगा था कि भारी मात्रा में शराब पीकर आए होंगे। पाया ़कि शराब की गंध नहीं थी।

उन्होंने ख़ुद-ब-ख़ुद दो नेवी कट लिये। उस दिन बहुत दिनों बाद यह हुआ था कि मेरे लिए सिगरेट उन्होंने ही न सुलगाई हो बल्कि मुझे सिगरेट थमाकर गुमटी से दो क़दम आगे बढ़ गए थे। वे इस क़दर मेरे ख़यालों में या अपने आप में गुम रहे होंगे कि उस सिगरेट-साथ के दौरान एक शब्द भी नहीं उचारा था। वे सिगरेट का धुआँ छोड़ने के लिए अपना पूरा सिर आसमान की ओर कर लेते थे जैसे सूरज को अपनी क्षमता-भर जवाब दे रहे हों।

किसी कामना से नहीं, बस उस गम्भीर माहौल को हल्का करने के लिए मैंने चाहा था कि धुआँ छोड़ते हुए तनी हुई उनकी गर्दन छू ली जाए।

लेकिन मैंने ऐसा कुछ भी नहीं किया था। न ही यह पूछा था कि तबीयत क्यों नासाज़ है? ना ही यह बता पाई थी कि भीड़-हत्याओं को दर्ज करने का मैंने अपना प्रारूप लगभग तैयार कर लिया है, अगर कीर्तिगान सहमत हो जाए तब बाक़ी की हत्याओं को दर्ज करूँ।

एक इच्छा यह भी हुई कि इसी पीली धूप में इन्हें अपना प्रारूप दिखाऊँ जिसमें अभी मात्र एक सौ बीस हत्याएँ ही दर्ज कर सकी थी। भीड़-हत्याओं की तारीख़वार अपनी प्रस्तुति पर इनकी राय लेनी ही थी, साथ ही वह एक दायित्व-सा भी दिखा। चूँकि इन्होंने अपना प्रारूप सबसे पहले मुझे दिखाया था, इसलिए मैं भी इन भीड़-हत्याओं के आख्यान रूपी आँकड़ों पर इनका नज़रिया जान लूँ।

लेकिन मैं चुपचाप सिगरेट के धुएँ में ख़ुद को गुम रखे रही थी। काश! उस दिन मैंने वह फ़ॉर्मेट दिखा दिया होता क्योंकि आगे के दिनों में दफ़्तर की एक संगोष्ठी में उसके वाचन का काम उन्हें ही मिलने वाला था।

जब हम वापस 'सौतन का ढाबा' के भीतर आए तब प्रशांत रसोइये के साथ हमारा इन्तज़ार कर रहा था। उसका नाम आरिफ़ था और जो अगली जानकारी थी, वह दिल दहला देने वाली थी। पहलू ख़ान का रिश्तेदार था। वह भी पहलू के गाँव जयसिंहपुर, ज़िला नूह का रहने वाला था और मेव मुसलमान था। बातचीत में पहलू ख़ान का ज़िक्र आरिफ़ ने नहीं, सनोज ने किया था। जैसे ही आरिफ़ ने कहा था, जयसिंहपुर, ज़िला नूह...सनोज ने कहा था, पहलू ख़ान। बेसाख़्ता। बिना एक पल गँवाए। जैसे उस वक़्त पहलू ख़ान ही उनके मन-मस्तिष्क पर छाया हुआ हो।

पहलू का नाम सुनते ही आरिफ़ खुल गया था। शेफ़ की वेशभूषा उस पर जँच रही थी लेकिन उसने बताया कि नूह में, शहर से आगे निकलकर, चित्ता बाज़ार में उसका अपना होटल था। शुरुआत उसने

बिरयानी का ठेला लगाने से की थी। बिरयानी और चिकेन सूप—यही दो चीज़ें वह बनाता और बेचता था। धंधा तारों की मानिंद चल निकला और अपना ढाबा बना लिया था। लेकिन दो वर्षों से स्थानीय गुंडे और उन गुंडों की दोस्त सरकारी संस्थाएँ तंग करने लगी थीं। धार्मिक गुंडे और अधिकारी आते थे, बिरयानी का तसला ज़मीन पर पलट देते थे। जब सारी बिरयानी धूल खा लेती थी तब जाँचते थे कि इसमें गाय का मांस तो नहीं है?

'ऐसा क्यों' के जवाब में उसने धीरोदात्त नायक की तरह शान्तचित्त होकर बताया था कि नूह की बिरयानी का कारोबार बहुत बड़ा है। पचासों दुकानें हैं। इन गुंडों को बर्दाश्त नहीं होता कि यह कारोबार मुस्लिमों के हाथ में है, इसलिए तंग करते-करते इतना तंग कर दिया कि दुकानें सारी बन्द हो गईं और अब हम यहाँ आपके सामने मज़दूर बने खड़े हैं। इस वाक्य पर प्रशांत सकपका गया था। उसे उद्घाटन में बट्टा लगता नज़र आया होगा इसलिए आरिफ़ की पीठ को दोस्ताना लहजे में झकझोरते हुए कहा था, 'नहीं मेरे भाई, तुम कलाकार हो, तुमको मैं जल्द ही पार्टनर बनाऊँगा।'

प्रशांत की इस कोशिश के बावजूद आरिफ़ के दुख की बात वहाँ गूँज रही थी। ऐसे अप्रिय संवादों के बाद तो बस विदा लेना बाक़ी रहता है।

प्रशांत से विदा लेकर हम जल्द निकल पड़े थे लेकिन पिलखुआ जाने वाली बस शाम को थी, इसलिए सनोज मुझे लेकर यमुना आ गए थे। नदी का यह किनारा सनोज को पसन्द था, यह बात मुझे दो वर्ष पहले से पता थी, जब हम अपने बीच के नाज़ुक अंकुरण को सहेजने में नाकाम

रहे थे। उन दिनों भी वे मुझे यहाँ लेकर आए थे।

जहाँ हम लोग बैठे वहाँ से पिछली मुलाक़ात की याद नहीं आई, ज़रा भी नहीं, बल्कि राजसमंद की झील याद आई। जब मैंने कहा था कि यहाँ से यमुना राजसमंद की झील की तरह दिख रही है तब उस पूरे दिन में पहली और आख़िरी बार प्रफुल्लित दिखे सनोज ने कहा था, 'डिट्टो! मुझे भी उस झील की याद आई।'

इसके बाद जो सनोज ने कहा था वह दरअसल राजसमंद पर लिये गए बयानों वाली फ़ाइल में दर्ज होना चाहिए था। आश्चर्य इसका था कि जब हम लोग राजसमंद से लौट आए थे और अब आख़िरी कुछ यात्राएँ बची थीं, सनोज अब भी इतिहास में इन हत्याओं के कारण ढूँढ़ने के बजाय इतिहास की राह से विचलन को इन भीड़-हत्याओं का कारण बता रहे थे।

राजसमंद के बारे में बोलते हुए उनके होंठ, जबड़े, मस्तिष्क सब बोलने के काम में लगे पड़े थे। इतिहास की डाल से टूटकर उस शहर के झूलने की बात वह धाराप्रवाह बोलते जा रहे थे और ऐसा नहीं कि यह उनकी चिन्ता का सबब न हो। था, ज़रूर था। यह उनकी परेशानियों का कारण रहने लगा था। मुझे यक़ीन नहीं होता है लेकिन कभी-कभी कहते थे कि उनकी आँखों के सामने मृत लोग और उनसे जुड़े लोग किसी तेज़ रोशनी की तरह उपस्थित हो जाते हैं। और फिर ग़ायब। हम दोनों पर यह यात्राएँ विकट प्रभाव डाल रही थीं :

'राजसमंद ने अपना पक्ष चुन लिया था। वह राजसमंद जिस पर इतिहास की सीधी परछाईं पड़ रही थी, जो अनेक इतिहासविहीन शहरों की तुलना में भाग्यशाली था, जिस शहर पर 1857 के पाँव निशान छोड़े हुए थे, जहाँ तात्या टोपे ने इतनी बड़ी लड़ाई लड़ी कि राजसमंद पर

किसी भी आलेख या किताब का हौसला उसी लड़ाई के जिक्र से बुलंद होता है, उस शहर ने इतिहास से अलग मिथकों को अपने अविवेकी विवेक का आधार बना लिया था। उसे शंकरलाल रैगर नामक नृशंस में अपना मुक्तिमार्ग दिख रहा था।

सभी के लिए हत्यारा ही प्रश्रय था वरना हम कीर्तिगान के लोगों को कहाँ तो मालदा जाना चाहिए था, जहाँ का निवासी अफ़राज़ुल था और जिसकी हत्या राजसमंद में हुई थी और कहाँ हम लोग हत्यारे के आसपास कोई सुराग ढूँढ़ रहे थे।'

मैं अपने फ़ोन में शंकरलाल के नज़दीकी मित्रों के बयान ढूँढ़ रही थी जिनमें उन लोगों ने शंकरलाल को निर्दोष बताया था। उसको निर्दोष बताया था जिसने अपने हत्यारे होने की वीडियो रिकॉर्डिंग करवाई थी और उस रिकॉर्डिंग को पूरी दुनिया में भेज चुका था।

अफ़राज़ुल पर ही अनैतिकता और लव जिहाद जैसे आरोप लगाए थे। उनका बयान नहीं अलबत्ता शंकरलाल के वकील का बयान मिल गया था जिसे किसी बेतैयारी के कारण हमने ऑडिओ रिकॉर्ड किया था। मैंने ईयरफ़ोन का एक प्लग अपने दाहिने कान में लगाया और बिना इसकी परवाह किए कि सनोज बाबू को क्या सन्देश जाएगा अगर मैं उन्हें छू लेती हूँ, दूसरा प्लग सनोज के बाएँ कान में ठूँस दिया था। वे हँसते, अपनी बात पूरी कर पाते कि दफ़्तर के बाहर भी तुम दफ़्तर ही जी रही हो, उससे पहले ही शंकरलाल के वकील का बयान बजना शुरू हो गया था :

> जी, जी, जी, सही कहा आपने। अगर वह ग़लत नहीं है, उसने अपराध नहीं किया है तब अदालत से क्यों डरना। न्याय की देवी

आपकी तरह घूम-घूमकर केवल एक धर्म का विरोध कर रही हों ऐसा तो है नहीं, उनकी बन्द पलकों के सामने सब समान हैं, (स्त्री की आवाज़—यह मैं हूँ, लेकिन अफ़राज़ुल अब ज़िन्दा कहाँ हैं कि मुक़द्दमा लड़ने आएँगे) आप अपनी भाषा देख लीजिए, अफ़राज़ुल के आदरसूचक वाक्य और हमारे शंकरसा के लिए तुम-तड़ाक। (हँसने की आवाज़—यह मैं हूँ, पुरुष की आवाज़। सनोज है, 'भाई साहब, आप अपनी बात कहिए', यह बात सनोज ने उस वकील को कन्धे से हिलाते हुए कही थी) जी जी जी, वही कह रहा हूँ, इसे आप लोग वीडियो रिकॉर्डिंग करते तब मेरे लिए भी अच्छा रहता, वैसे इसमें मेरा नाम आएगा, उसके नीचे वरिष्ठ वकील एवं क़ानूनी सलाहकार लिखिएगा, जी तो मैं कह रहा था कि अदालत फ़ैसला करेगी कि वह लव जिहादी था या नहीं, और हाँ, मीडिया के यह कहने से क्या हो जाता है कि शंकरसा ने गफ़लत से दूसरे को मार दिया, धर्मयुद्ध है, जब जब होहिं धरम की हानी, धर्म की लड़ाई में आप किस ओर हैं देख लें, और उस मुसल्ले पर मुक़द्दमा दर्ज क्यों न हो, फिर आप क्या चाहती हैं कि शंकरसा टाँग दिए जाएँ, कौन लड़ेगा मुक़द्दमा, सरकार उचक-उचककर मुआवज़ा किसे दे रही है, लेकर आए अपना वकील, इस शहर के वकील तो उस मुसल्ले की वकालत नहीं...

सनोज को लेकर मेरे विचार बदलने लगे थे और इसका एहसास मुझे राजसमंद यात्रा में ही हुआ था। ख़रगोश के बच्चे की तरह एक ख़याल मेरे भीतर मचलने लगा था कि आत्मा पर मिली खरोंच को न भूलते हुए भी इस आदमी के साथ आगे के जीवन की कल्पना की जा सकती है। यह सनोज के कारण नहीं, मेरे अपने कारण हुआ बदलाव था। अतीत से सावधान

करती मैं ख़ुद अतीत की गिरफ़्त में जा पड़ी थी, मुझे पुराने सनोज की याद बराबर रहने लगी थी। यहाँ तक कि इस सनोज के साथ रहते हुए भी।

मैं ख़यालों की इस नाव से उतरना नहीं चाहती थी लेकिन सिरीमान जी ने शंकरलाल रैगड़ के मन्दिर की याद दिला दी थी। उसका मन्दिर बन सके इस ख़ातिर एक मूर्तिकार ने उसी संगमरमर की खदान से पत्थर लिये थे जिनकी दलाली में वह हत्यारा शख़्स जुटा रहता था।

जिस दिन हम लोग राजसमंद पहुँचे थे, शंकरलाल के नाम पर बन रहे मन्दिर में मूर्ति-स्थापना होनी थी। उसी की शोभायात्रा थी। किसी को हत्यारा नहीं मानने का सबसे बड़ा प्रमाण आपका अपना आपराधिक मंतव्य हो सकता है। आप नहीं मानते कि वह हत्यारा है, पूरा शहर नहीं मानता कि वह हत्यारा है, हो सकता है जाति-बिरादरी भी उसे अपराधी नहीं मानती हो, आख़िर जिसकी करतूत के वीडियो-साक्ष्य हों, उसे भी घातकी मंतव्य के समर्थन से ही नकारा जा सकता है।

होटल में उस दिन मैंने सनोज को बताया था कि हत्यारों द्वारा न्याय माँगने की इस पुरपेच तैयारी से मुझे अपने पिताजी का रेडियो याद आ गया था। वह रेडियो उन्हें दादाजी से मिला था। जेठू, मेरे बड़े पिताजी ने उसे क़ब्ज़े में नहीं लिया था तो इसलिए कि वह रेडियो मनहूस माना जाता था। उसी पर मेरे भाई की हत्या वाली ख़बर घरवालों ने पहली बार सुनी थी।

जब रेडियो पर गाने बजते थे तब भी मैं यही सोचती थी कि भीड़ बनाकर लोग अपनी पसन्द के गाने सुनने की फ़रमाइश करते थे। जिन्हें वह गाना नहीं पसन्द हो उनके पास रेडियो बन्द करना या आवाज़ को धीमा कर देना ही उपाय है। हत्यारों का अदालतों से फ़रमाइशी न्याय माँगना भी उन्हीं लकीरों पर बढ़ता हुआ दिख रहा था। फ़र्क़ सिर्फ़ इतना कि रेडियो-प्रस्तोता ध्रुवीकृत नहीं रहता होगा।

सिरीमान जी ने अलबत्ता मेरी इस तुलना को ख़ारिज कर दिया था। यह कहते हुए कि ज़मीन-आसमान का फ़र्क़ है। यह तुलना कमअक्ली का नतीजा है। इस शब्द से मैं चिढ़ गई थी और इन्हें गेट-आउट भी कह सकती थी। उन्होंने कहा कि यह तुलना अपराधियों के पक्ष में खड़ी होती है। रेडियो पर फ़रमाइशी गानों की चिट्ठी लिखना इतना निर्दोष कार्य है कि इससे जिस किसी की भी तुलना होगी वह इस निर्दोष होने की परछाईं में आ खड़ा होगा। थोड़ी देर रुककर, इतनी देर कि चाहती तो सोच सकती थी कि सनोज की अगली बात का इस पूरे तर्क-प्रकरण से कोई सम्बन्ध नहीं है, उन्होंने कहा था, सचेत न रहे तब हक़ीक़त की समुचित परख में अलंकार और अन्य भाषाई 'टूल' बाधा बन सकते हैं। जब लड़ाइयाँ तेज़ और अप्रत्याशित हों तब दृष्टान्त या उपमान ख़तरे की आहट कम कर आँकते हैं।

इस घामड़ में इतनी ही दिक़्क़त है कि मुँहफट हैं। बात समेटने के लिहाज से मैं इनकी ही एक बात को पकड़कर पीटती रही थी, 'सिरीमान जी, लड़ाई तेज़ हो या कम यह पता नहीं लेकिन अप्रत्याशित हरगिज़ नहीं।' वे इस बात पर तर्क-वितर्क करने की बजाय सहमत-सा हो गए थे। वह सहमति इतनी कोमल थी कि लगा था, जिसे आप जून की धूप समझते हों वह आपके जीवन में दिसम्बर की धूप है।

यहाँ, नदी के किनारे, हम दोनों चुप थे। इतने चुप जितना ख़ुद से बात करने वाला आदमी रहता है। सामने नदी का बृहद पाट था लेकिन पानी जितना भी था, हमारी तरफ़ वाले किनारे पर था। दूर कुछ नावें थीं। हमारी तरह ही चुपचाप।

मैंने देखा कि हम दोनों की परछाइयाँ पानी पर शान्त पड़ी हुई हैं। मन की हलचलों से अनभिज्ञ। अतीत की डाल से बिछड़ी, छिटकी परछाइयाँ। वे दोनों आकृतियाँ इस तरह आगे बढ़ी दिख रही थीं जैसे हमें रास्ता दिखा रही हों कि अतीत की सूखी केंचुल उतारकर आगे बढ़ जाना चाहिए। कहना नहीं चाहिए लेकिन मुझे पानी से ईर्ष्या हुई थी। सनोज क्या कभी मुझे उस तरह शान्त टिकने दे सकते थे जिस तरह पानी ने परछाइयों को टिका रखा था।

सवाल थे लेकिन जवाब कहीं नहीं थे। जवाब तक पहुँचने की ज़िद थी। मुझसे परछाइयों की ख़ुशी देखी नहीं गई और उनके भीतर भी समान हलचल पैदा करने की ग़रज़ से एक कंकड़ उछाल दिया था। तत्पश्चात् वे दोनों हमारी परछाइयाँ हमारी ही तरह बेचैन हो गई थीं। जैसे अहर्निश डोलना ही उनका किरदार हो।

मेरी इस हरकत से या जाने क्यों सनोज ने मेरी तरफ़ देखा था। अगर मैं ख़ुद में गुम न होती तब मैं चेहरे पर उपजे तनाव से भाँप सकती थी लेकिन ख़ुद मुझे भी कोई मुश्किल काट खाए जा रही थी।

मैंने उनके बाएँ हाथ के पंजे को उठाया और उठाकर अपने दोनों हाथों में उसे सहेजते हुए गोद में रख लिया था। मैं ख़ुद ही ख़ुद को जैसे पहचान न रही होऊँ। मैंने निगाह सामने कर ली थी। साँवली नदी की तरफ़।

सनोज की दो उँगलियों ने मेरे चेहरे की तरफ़ उठना जारी रखा था और ठुड्डी को एक ज़रा ऊँचा उठाकर मेरा चेहरा अपनी ओर किया था लेकिन...। लेकिन जब चेहरा उनकी तरफ़ घूम गया तब वे चिहुँक गए थे और मेरा नाम पुकारा था—शाइस्ता।

नदी हमसे दूर होना चाहती थी।

मैंने हँसते हुए, अपने हाथ से उनका हाथ उन्हें वापस देते हुए कहा था, 'शाइस्ता नहीं, सुनंदा।' उनकी किसी अदा से यह भान नहीं हुआ जैसे वे मुझे सुन रहे हों। मानो कुछ देर तक समय भी हम दोनों के अगले किसी क़दम का इन्तज़ार करता रहा हो, सनोज रोने लगे थे। धारासार। आवाज़ और आँसुओं वाली रुलाई। जब मैंने उन्हें अपने कन्धे से लगाया तब उनका बिलखना बढ़ गया था। रुलाई की उसी धुन में उन्होंने कहा था कि मेरे और उनके बीच में फाँक जितनी जो जगह है उसमें अनगिनत मृतात्माएँ उनसे संवादरत हैं। उन्होंने बताया कि उन्हें लग रहा है जैसे वे पागल हो रहे हों।

फिर वे चुप हो गए थे। जितना वे रो चुके थे उसके बाद हल्का होना ही था। वे अब फिर उसी चिरपरिचित सनोज की भूमिका में वापस लौट आए थे। रुलाई से उबरकर उन्होंने बताया कि पिलखुआ जाने की बस छूट सकती है।

मैंने कहा था, मेरी बला से। मैंने यह नहीं कहा था कि ग़ैरों की भीड़-हत्या से अगर यह आदमी इस क़दर परेशान है तब यह अपने भाई की हत्या पर क्या करता। मैं क्या कर रही थी? क्या भाई की भीड़-हत्या को स्वीकार कर लेने के बाद मेरे लिए ये बाक़ी की सैकड़ों हत्याएँ किसी ख़बर मात्र की तरह थीं?

हम देर तक वहीं बैठे रहे होते, पिलखुआ जहाँ क़ासिम की हत्या गाय के नाम पर की गई थी, जाने की बस छोड़ चुके होते अगर थोड़ी देर बाद सनोज ने मुझे दुबारा शाइस्ता न समझा होता।

सनोज

रक्ती!

यह शब्द सुनकर मेरी आँखों के सामने सुचिता का चेहरा घूम गया था। हम लोग उत्तर प्रदेश के पिलखुआ बाज़ार से जुड़े गाँव बजहेड़ा ख़ुर्द में थे। उस अधेड़ शख़्स ने यह शब्द, रक्ती, एक निर्णायक वाक्य के अन्तर्गत कहा था। आठ-दस वर्ष पहले महज़ एक बार सुना यह शब्द जैसे याद आने के लिए तैयार बैठा था और किसी स्मृति को सँभालने के लिए मन-मस्तिष्क को जितना वक़्त लगता है उतना भी समय इसने नहीं दिया।

इनके यहाँ बच्चों को यह विशेष प्रिय है।

यह वाक्य जो यह अधेड़ पत्रकार साथी कह रहा था वह मुझे सुचिता की आवाज़ में सुनाई दे रहा था। दस वर्ष पहले का दृश्य सामने खुल रहा है—दो कमरे के अपने, हाँ अपने, फ़्लैट के दरवाज़े पर वह खड़ी है और कह रही है कि हमारे यहाँ बच्चों को यह विशेष प्रिय है और अपने बचपन में मैंने भी खाया है। वहाँ उस पल की उबकाई मुझे याद है। लेकिन यहाँ जैसे मैं ही था जो इस साथी का वाक्य उन बीसियों लोगों के

समक्ष पूरा कर रहा था जो वहाँ बैठे हुए थे। गजेंदर नाम का यह पत्रकार साथी, सुनंदा और मैं—हम तीनों खाट पर बैठे हुए थे।

पुलिस के दो लोग प्लास्टिक की कुर्सियों पर अनमने से मौजूद थे। बारिश से धुली-पूँछी सुबह की तीखी धूप उनके चेहरों पर गिर रही थी जिसका असर वे चेहरे को हाथों की कटोरी से ढककर कम करना चाहते थे। क़ासिम का बचा हुआ परिवार, उनकी मुसम्मात बेवा, तीनों बेटे जिनका अपना-अपना परिवार बस चुका था और गाँव के कई लोग भी थे।

मैं इस ग़रज़ से भी बोल रहा था क्योंकि गजेंदर नाम का यह प्राणी जिसे हमारी मदद के लिए स्थानीय पत्रकारों में से चुना गया था, किसी और को बोलने नहीं दे रहा था। हम लोग, सुनंदा और मैं, क़ासिम के परिवार को सुनने आए थे। और सच कहूँ तो हापुड़ ज़िले में पत्रकारिता करने वाला यह साथी गजेंदर अपने आप में स्पष्ट नहीं था कि वह किसकी बात कहना चाहता है? घंटा बीत चुका था लेकिन मूल बात पर वह आने ही नहीं दे रहा था।

उसे चुप कराना था और बात का सिरा मरहूम क़ासिम के परिवार के लोगों के हाथ में देना था इसलिए मैं सिर्फ़ वहीं नहीं रुका कि रक्ती के बारे में मैं जानता हूँ। या यह कि यहाँ बच्चों को यह विशेष प्रिय है बल्कि उसके बनाए जाने की प्रविधि भी बताने लगा जो सुचिता ने मुझे आख़िरी झगड़े के दौरान बताई होगी कि तुरन्त कटे मवेशियों का ख़ून देर तक खौलाना होता है। जब वह फेनुस की तरह दानेदार होने लगे, तब उतार लेना होता है।

इसका इस्तेमाल मैंने सुचिता के विरुद्ध किया था। मुझे लगा था कि अदालत एक शाकाहारी का दर्द समझेगी और जानने की कोशिश करेगी। ऐसा भोजन जो किसी के रक्त से बना हो उसे बच्चों को खिलाने की

ज़रूरत नहीं। मैंने अदालत को अपना आख़िरी तर्क यही दिया था कि रक्ती नाम का भोजी पदार्थ चरवाहा और पशुपालन केन्द्रित जातियों में प्रचलित रहा होगा लेकिन अब के ज़माने में इसे अपने बच्चों को खिलाने की क्या ज़रूरत है। मेरे नाक़ाबिल वकील ने यह जानना चाहा था कि बच्चों के पिता से छुपाकर ना जाने कब से इनके बच्चों को वह रक्ती खिलाई जा रही थी। मेरे इस हमले का जवाब सुचिता के मायके वालों ने मेरे शराबी होने और शराब पर मेरे ख़र्चों को अदालत में पेश करके दिया था और मुझे लाचार कर दिया था।

बातों की हाईजैकिंग शायद सुनंदा भी समझ रही थी तभी उसने गजेंदर से सीधा प्रश्न पूछा था कि आप बार-बार खानपान पर क्यों ज़ोर दे रहे हैं? इतने दोटूक प्रश्न की उम्मीद किसे होती है जो उसे रही होगी। इसका फ़ायदा यह हुआ कि वहाँ मौजूद सभी लोग चैतन्य हो गए, ऐसे जैसे मुलाक़ात अभी-अभी शुरू हुई हो और पहली बात कही जानी हो। शुरू से शुरू करना हो। सुनंदा ने इस अन्दाज़ में बात आगे बढ़ाई जैसे नई बात की सूरत हो और यह भी लगे कि पुराने प्रश्न का जवाब है। आवाज़ को थिराकर। कहे जाते शब्दों की गति बदलते हुए और सिर्फ़ गजेंदर से न मुख़ातिब होकर वहाँ मौजूद भीड़ का सामना करते हुए। इस व्यंजन को न जानने की उसकी स्थिति ने भी उसे अविचलित बनाए रखा।

इधर मेरी स्थिति यह थी कि अब मैं सच में नहीं जानता था, मेरे बच्चों को क्या खिलाया जा रहा था। सुचिता से मेरे सम्बन्ध टिकने नहीं थे, यह शादी के शुरुआती वर्षों में ही पता लग गया था लेकिन आख़िरी तिड़कन रक्ती के नाम पर होगी यह मैं नहीं जानता था। जब हम प्रेम-व्यवहार में थे तब भी उसने कई दफ़ा मुझे यह 'डिश' खिलाने की बात कही थी। लेकिन मैं इस रक्ती की कल्पना भी करता तो उबकाई आने लगती थी।

जब अदालत में आख़िरी बार मुझे पुलिस की मौजूदगी में अपने बच्चों से मिलने का मौक़ा मिला था तब उदय ज़रूर मुझसे लिपट रहा था लेकिन उजास इतना छोटा था कि मेरी तरफ़ देखने के बजाय पुलिस वालों की तरफ़ देखे जा रहा था। शायद उनकी वर्दी से वह विकर्षित हो रहा हो। भय खा रहा हो। मैंने दोनों को गोद में लेना चाहा था। उदय मुझमें सिमट आया था, जैसे वह कुछ-कुछ समझ रहा हो कि आगे क्या होने वाला है। जब वे हमेशा के लिए जाने लगे थे तब एक बार फिर मैंने उदय को सीने से लगा लिया था। मेरी भर्राई आवाज़ से घबराकर वह मेरा चेहरा देखने लगा था। मैंने इतना भर कहना चाहा था, 'ठीक से रहना।' लेकिन नहीं। मैंने अपने शब्द, लाचार पिता की तरह, अपने पास रख लिये थे।

पिलखुआ से लौटने के बाद कभी नहीं जान पाया कि हर रात डेढ़-दो बजे जो मेरी नींद उचटती है वह लीवर की बीमारी से उचटती है या महज़ पेशाब लगने से। होता यह है कि ग़ुसलख़ाने से निकलते ही प्यास लग आती है। पानी पीते ही दाब बढ़ने लगता है।

उस रात भी यही हुआ।

नींद खुली। अँधेरे बन्द कमरे में रोशनी तो ख़ैर क्या ही आती, खिड़की के दरके हुए निचले हिस्से से रोशनी का आभास हो रहा था। उस आभासी रोशनी में बिस्तर से सटे अंडाकार आईने में मेरे हिलने-डुलने की हलचल समझ आ रही थी। अकेले घर में डरता हूँ और स्वभावत: भी बेहद डरपोक हूँ वरना इस घर का ऐसा अभ्यस्त हो चुका हूँ कि ग़ुसलख़ाने तक जाने की ख़ातिर बिजली के पीले लट्टू जलाने की ज़रूरत नहीं।

जब तक, और यह सातेक वर्षों पहले की बात है, पत्नी सुचिता और दोनों बच्चे साथ रहते थे तब तक मैं अँधेरों का या इस घर का अभ्यस्त नहीं हुआ था। उनकी उपस्थिति रात के अँधेरों में भी मौजूद रहती थी। आए दिन पैरों के नीचे कोई खिलौना, कोई पेन्सिल, कटी-फटी गेंद आ जाया करती। अब मुझे अपना फैलाया कूड़ा भी ध्यान में रहता और पैर अपने आप उसे पार कर निकल जाते थे। फिर भी बत्ती जलाना आदत में शामिल हैं और बत्ती जलाते ही मुझे दिन में अपने एच.आर. मैनेजर सलूजा से होने वाली सम्भावित मुलाक़ात का ख़याल आया। ग़ुसलख़ाने की तरफ़ बढ़ते हुए भी मैं यही सोच रहा था कि न जाने आज कौन सा काम सौंप दे।

आईना देखना मुझे पसन्द है। नशे की तरह। मसलन घर के एक कोने में, जिसे मैं जिम कहता हूँ और ज़ंग लगे महज़ दो डम्बल जहाँ रखे हैं, जिन्हें आज़माए बरसों बीत चुके हैं, कमर जितनी ऊँचाई के दो आईने हैं। उनके नीचे मोढ़े फँसाकर उन्हें सिर की ऊँचाई तक लाया गया है। दफ़्तर के लिए निकलते हुए उनमें ख़ुद को न निहारूँ तब दिन भन्नाया-सा बीतता है। उनमें ख़ुद को देखकर, जी हाँ, दोनों आईनों में एक साथ ख़ुद को देखकर, घर से निकलूँ तो लगता है किसी को विदा करके निकल रहा हूँ। या कोई मुझे विदा कर रहा है। ख़ुदा-न-ख़्वास्ता अगर कभी ख़ुशनुमा रहा तो अपने दोनों प्रतिबिम्बों को 'बाय-बाय, शाम को मिलेंगे' भी करता हूँ।

लेकिन यह सब तब होगा जब सुबह होगी अभी तो रात है। मेरी नींद भी दो बजे खुल गई है, अँधेरे बन्द कमरे में खिड़की से रोशनी तो क्या ही आएगी उसकी परछाईं आ रही है जिससे रोशनी का आभास होता है लेकिन उसी आभासी रोशनी में नींद खुलते ही बिस्तर से सटे

अंडाकार आईने में एक आदमी को बिस्तर पर देखता हूँ। वह मैं हूँ। यह मुझे मालूम है वरना जितनी धुँधली रोशनी है और अगर मुझे मालूम नहीं होता कि मैं अकेलेपन के लिए अभिशप्त हूँ तब शायद उस हिलती-डुलती छाया को देखकर चौंक जाता।

बिस्तर से उतरते, खड़े होते हुए भी मैं ख़ुद को देखे जा रहा था और उसी नीमअँधेरे में कमरे से बाहर निकल आया।

नींद और आलस्य से लिपटा ग़ुसलख़ाने तक पहुँचा, बत्ती जलाई और जैसे पेशाब करना कोई दफ़्तरी काम हो, किसी दूसरे के लिए किया जाने वाला काम कि अनमनेपन में ऊपर देखते हुए आँख मूँद ली। यह सब पल, सवा पल में हुआ होगा। गर्दन बाईं तरफ़ घूमी और देखा कि आईने के भीतर से मधु चिंदकी मुझे देख रहा है। मेरा पेशाब अटक गया। अटकने से पहले मेरे काँप जाने के कारण धार बिगड़ गई और मेरा पैर भीग गया। अपने ही घर में मैंने चिल्लाने की कोशिश दो बार की। लेकिन नहीं। आवाज़ फँसी रह गई। भय के वशीभूत होकर और उसके चेहरे को आईने से पोंछ देने के लिए मैंने काँच पर हाथ दे मारा और अब यह तय करना मुश्किल हो रहा था कि मैं भय से अधिक घबराया था या हाथ की उस चोट से जो आईने पर मारने से लगी थी!

पाजामा ऊपर चढ़ाने जितनी देर में मैं पसीने में डूब-उतरा रहा था। सिनेमा के किसी शॉट के डिजॉल्व होने की तरह मधु का चेहरा आहिस्ता-आहिस्ता आईने में घुल गया। उसका चेहरा जब आईने से पूरी तरह हट गया तब मैंने दुबारा कोशिश की। इस बार शीशे की तरफ़ देखते हुए, क्योंकि यह घर मेरा है और चालीस की उम्र में प्रेतों से, परछाइयों से कोई नहीं डरता, मैंने पेशाब करने की दुबारा कोशिश की। पेट के निचले हिस्से में दबाव होने के बावजूद पेशाब नहीं उतरा। करक समा गया था।

यह कहना नामुनासिब होगा कि मैं निर्भय हो गया था। ग़ुसलख़ाने से निकलते हुए, बत्ती बुझाते हुए और फिर कमरे के नीमअँधेरे में आते हुए मैं ख़ुद को यह यक़ीन दिलाने में सफल हो गया था कि यह अपना ही घर है और डरने की कोई वजह नहीं है। ठीक है कि इन दिनों अकेला हूँ, अपत्नीक हूँ लेकिन घर तो वही है। ठीक है कि किराए का घर है लेकिन बारह वर्षों से मेरा है। ठीक है कि पिछले सात वर्षों से अकेला हूँ और शरीर की, एक स्त्री की ज़रूरत से मानसिक स्तर पर अनवरत जूझ रहा हूँ लेकिन उससे पहले तक पत्नी सुचिता साथ थी, बच्चे साथ थे और यह घर, एक कमरा, एक ही हॉल और एक ग़ुसलख़ाना, जिसमें अभी मधु दिखा था, सब अपना ही रहा। यहाँ मुझे क्यों किसी से डरना चाहिए।

नींद फिर किसे आनी थी लेकिन बची-खुची रात का दस्तूर समझते हुए बिस्तर पर फैलने लगा और देखा कि आईने में मेरी परछाईं भी फैल रही है। ख़याल आया कि अँधेरे कमरे में होने के कारण कोई भी खटका लग सकता है इसलिए बत्ती जला ली जाए। सोते हुए अँधेरा रखना है यह न जाने कब से आदत में है लेकिन आज की रात अब अँधेरे में सोने की इच्छा नहीं हो रही थी।

ख़ुद को मैंने चाहे जितना समझा लिया हो लेकिन डर से पैदा होने वाले डर को लेकर मन में शंका थी इसलिए सामने, पैताने के आईने की तरफ़, देखते हुए हाथ पीछे बढ़ाया। लगा, रोशनी फैलने के साथ वह वहाँ आईने में मौजूद होगा। मेरी तरफ़ देखता हुआ। नज़र से नज़र मिलाए, एकटक देखता हुआ। लेकिन नहीं, वहाँ मुझ आत्ममुग्ध को अपना ही चेहरा दिख रहा था। फिर भी किसी मनोवैज्ञानिक दबाव के कारण मुझे उसकी आकृति, विशेषकर उसकी आँखें, बनती हुई दिखतीं और फिर बिगड़ जातीं। बीच में मैंने ख़ुद को यहाँ आईने से दूर बैठा हवा में यों

हाथ मलता हुआ पाया, तेज़-तेज़ रगड़ता हुआ, जैसे आईने से उसकी और अपनी शक्लें पोंछ रहा होऊँ। बाहरी कोई शख़्स इसे देखता तब यही कहता कि सिरफिरा हूँ। यह सब कुछ इस तरह घट गया था कि यह सोच पाना मुश्किल हो रहा था कि कल तक मैं किस मुश्किल से दो-चार था?

अगर उसके बारे में बीते दिनों में जाना न होता तब उसके प्रेत होने का गुमान मुझे होता। उस निगाह में ऐसा कुछ भी नहीं था जिसे घूरना कहा जाए। उस निगाह में कृतज्ञता हो, यह भी नहीं कहा जा सकता था। निरीहता थी लेकिन उसे परिभाषित करने का अधिकारी मैं नहीं था। वह अपरिचय से आत्मीय परिचय की तरफ़ बढ़ता कोई दायरा था जो उसकी आँखों के पानी में झलक रहा था।

जब तक मुझे नींद नहीं आ गई तब तक लगता रहा कि मधु मुझे देख रहा है।

मधु चिंदकी। एक मुट्ठी भारत को भींचे हुए।

लाल क़िला मेट्रो स्टेशन पर स्वचालित सीढ़ियाँ काम नहीं कर रही थीं, उनकी मरम्मत का काम चल रहा था इसलिए इस गर्म सुबह पैदल चढ़ने के क्रम में साँस ऊपर-नीचे होने लगी थी। सीढ़ियों से निकलते ही जो धूप मिली वह इतनी तेज़ थी जैसे थप्पड़ हो। ध्यान बरबस ही भीड़ की तरफ़ चला गया। उम्मीद नहीं थी फिर भी एक बार देख लेना चाहता था कि शायद कहीं सुनंदा मेरा इन्तज़ार न कर रही हो। नहीं कर रही थी। वो साथ होती है तो कई बार दफ़्तर तक पैदल ही चले जाते थे। पन्द्रह-सत्रह मिनट की टहलक़दमी और दफ़्तर हाज़िर। गर्मी और अकेलेपन को देखते हुए ऑटो से जाना मुनासिब समझा। इससे पहले कि मैं उसे

बताता, उसने कहा, 'कीर्तिगान के दफ़्तर'।

'कैसे पता?' मुझे उस ऑटो वाले पर ग़ुस्सा आया। ग़ुस्से से अधिक चिड़चिड़ाहट थी। लेकिन सच कहूँ अगर, तो मेरा ध्यान उसके 'फ्रंट व्यू मिरर' पर गया। रात की बात याद आते-आते रह गई। जब पहली-दूसरी दफ़ा यह बात मालूम पड़ी थी कि हमारी पत्रिका के लोगों का पीछा किया जा रहा है या उन्हें तंग किया जा रहा है तब डर का जो माहौल था वह तो था ही लेकिन मन के कोने में विशिष्टता का भाव भी उभरने लगा था। बाद में जैसे-जैसे यह विशिष्टता बोध कम होने लगा, अकेले कहीं घेर लिये जाने का डर बढ़ता गया।

दरअसल, अपने काम को नए सिरे से देखना मैंने तभी शुरू किया था जब यह दबाव आने लगा था कि भीड़ द्वारा की गई हत्याओं पर जो रिपोर्ट हमने तैयार की है वह प्रकाशित नहीं होने वाली। वह अचम्भे वाले दिन थे।

ऐसे भयभीत पल में मुझे सुनंदा का यहाँ मेरे लिए न ठहरना बुरा लगा लेकिन साथ ही उसकी देह याद आ गई थी। उसका पूरा शरीर गोलाई लिये हुए था यहाँ तक कि ठुड्डी भी कुछ इस तरह गोल थी जैसे उलटा रखा हुआ हँसिया। जब कभी नज़दीक से देखने का मौक़ा मिलता तो कोई न कोई नया अंग मेरी कल्पना में शामिल हो जाता। और जहाँ देख नहीं सका था वहाँ कल्पना ही कल्पना थी जैसे उसकी किसी छाती पर मैंने एक बाल, महज़ एक बाल, उगा रखा था और मन मुताबिक़ उसे दाएँ-बाएँ करता रहता था।

मेरे दुबारा पूछने पर ऑटोवाले ने बताया कि कुछ दिनों पहले वह मुझे और एक मैडम को दफ़्तर तक छोड़ने गया था। हँसी आई और लगा कि कहीं यह न बताने लगे कि आपका नाम सनोज कुमार है। आप

भूमिहार हैं। आपको यह नौकरी भी भूमिहार होने की वजह से मिली है और आप कवि होंगे अपने घर के लेकिन संग्रह आपका इन्हीं कारणों से छप सका है। आपका तलाक़ हो चुका है और आपके दोनों बच्चे अब बड़े हो गए हैं जिन्हें आपकी याद नहीं आती।

बच्चों के ख़याल पर मैं ठहर गया। सात साल! मायने रखते हैं। सात साल! बड़ा बेटा उदय अब सातवीं-आठवीं में पहुँच गया होगा। कितना बड़ा हो गया होगा। यह प्रश्न मुझे हरकत में ला देता है। जैसे मैं अपने बेटे की ऊँचाई नाप रहा होऊँ कि मेरा हाथ ऑटो रिक्शे की छत से जा टकराता है। गले में कुछ तिड़कने की आवाज़ आई। रुँध गया।

यह हरकत मैं इन दिनों करने लगा हूँ : बात-बात पर रो देने वाली हरकत। सुनंदा कहती है, जो रिपोर्ट हमने तैयार की है यह उसका प्रभाव है। मैं उसे अपनी कविताएँ दिखाता हूँ तब भी वह कहती है : यू आर टू मच इन टू प्रेजेंट।

आज अगर वह मेरे साथ इस ऑटो रिक्शे में होती तब उदय की ऊँचाई मापने की मेरी हरकत पर भी कुछ न कुछ कहती। हालाँकि उसके कहने भर से मैं अपने बेटे की लम्बाई नहीं जान पाता और न ही यह जान पाता कि छोटा बेटा उजास कैसा दिखता होगा। अगर कोई तुलना हो तो पाऊँगा कि मुझे उसकी याद अधिक आती है। वह महज़ स्मृति है या अपराधबोध जो स्मृति की शक्ल में आता है। अगर वो कहीं अकेले दिख जाए तब शायद मैं उसे पहचान भी न पाऊँ। अजनबियों के सामने जिस विनम्र अजनबीयत से पेश आता हूँ शायद अपने छोटे बेटे से भी उसी तरह मिलूँ।

सुनंदा

कीर्तिगान के दफ़्तर में प्रारूप से अधिक इस बात पर चर्चा होने लगी थी कि इसे पढ़कर सुनाएगा कौन? सानिध्य का कहना था कि सबके पास एक-एक कॉपी दे दी जाए, जैसा सनोज ने किया था। इस बात पर रजनीश शुक्ल बिफर गए थे। उनका कहना था कि सुनंदा ने लिखा है तो क्यों न सनोज से कुछ काम लिया जाए और उनसे ही पढ़वाया जाए। अगर राजबली ने हस्तक्षेप न किया होता तब सनोज को यह पूरा पर्चा सस्वर पढ़ना पड़ गया होता।

यह क़रीब बीस पन्ने थे जिनकी कॉपी सबको बाँटी गई थी। कॉपी देखते ही रजनीश ने कहा था कि इस रफ़्तार से इन हत्याओं का सिलसिला दर्ज करना मुश्किल हो जाएगा। हमें कोशिश करनी होगी कि नई कोई भीड़-हत्या हो उससे पहले सारा रिकॉर्ड दर्ज हो जाए और जो भी इसका बनना है, किताब, पत्रिका, उसे बनाकर रफ़ा-दफ़ा किया जाए। इस पर राजबली ने पहली बार कोई ढीली-ढाली प्रतिक्रिया दी थी, कहा था, भीड़-हत्याओं के इस सिलसिले को आराम से दर्ज करते हैं। उन्होंने यह भी कहा था कि पत्रिका के विशेषांक में इसे देने के

बजाय कोशिश रहेगी कि ऑनलाइन प्रस्तुति तक ही सीमित रखा जाए।

इस बीच वह घटना घटी थी। सनोज ने रजनीश की बात को दिल पर ले लिया था। कोई कुछ और कहता, इससे पहले ही सनोज ने किसी विद्यार्थी के अन्दाज़ में इस प्रारूप का वाचन शुरू कर दिया था।

जून 2014

मोहसिन शेख़ को पुणे में उसके फ़्लैट के पास भीड़ ने मार डाला था। 21 में से 3 हत्यारोपियों को जमानत देते हुए अदालत की जज साहिबा ने कहा था, 'मृतक की इकलौती ग़लती यह थी कि वह विधर्मी था। इसे मैं आरोपियों के पक्ष में मानती हूँ। तिस पर, हत्यारोपियों का आपराधिक रिकॉर्ड नहीं रहा है और ऐसा लगता है कि धर्म के नाम पर उद्वेलित होकर इन लोगों ने हत्या कर दी थी।'

5 मार्च, 2015

डीमापुर, नागालैंड के केन्द्रीय कारागार में सात से आठ हज़ार लोगों की भीड़ पहुँची थी। उस भीड़ ने शासन के व्यवस्था को धता बताते हुए सैयद फ़रीद ख़ान को जेल से बाहर खींच लिया था। फ़रीद को पीटते हुए नंगा किया था। पत्थरों से मारा गया था। हत्यारों ने उन्हें नंगा घुमाया और फिर मोटरसाइकिल से उसकी कमर बाँधकर उसे घसीटते हुए सात किलोमीटर दूर ले गए थे जहाँ घंटाघर था। उस अमानवीय यातना में ही कहीं फ़रीद की मौत हो गई थी। घंटाघर पर भीड़ ने फ़रीद की लाश को किसी झंडे की तरह या उनके पिता के गमछे की तरह फहरा दिया था।

29 सितम्बर, 2015

बक़ौल जिया-उस-सलाम, 'पड़ोसियों ने अख़लाक़ का वह हाल कर दिया था जैसा भेड़िये अधखाए हिरण का करते हैं।' उत्तर प्रदेश स्थित दादरी के अख़लाक़ का एक कान पूरी तरह काट लिया गया था और दूसरा कान झूल रहा था। एक होठ कट चुका था, दूसरे में भारी सूजन थी। दाहिनी आँख ख़ून में डूबी हुई थी। उसकी खोपड़ी टूट गई थी। बायाँ हाथ टूटकर झूल रहा था। गर्दन, पँजरी, कलाई, घुटने, सारे टूटे हुए थे। शरीर का एक भी अंग मुकम्मल नहीं था।

मृतक के भाइयों ने माथे में हुए बड़े से छेद का पता तब पाया था जब वे अख़लाक़ को जनाज़े के पहले ग़ुस्ल दे रहे थे।

14-15 अक्टूबर, 2015

सहारनपुर, उत्तर प्रदेश के नोमान की भीड़-हत्या का सारा आरोप जैसे उसकी बहन ख़ुशनुमा ने ख़ुद पर ले लिया था। वह हर आने-जाने वाले से कहती थी कि बड़ा भाई जब घर पर रहता था तब मैं उससे लड़ती थी। अगर पता होता कि एक दिन ऐसा होगा जब वह कभी नहीं आएगा तब कभी न लड़ती।

नोमान की हत्या भीड़ ने हिमाचल प्रदेश के सिरमौर ज़िले में की थी। वह चार साथियों के साथ अपने ट्रक में मोल देकर ख़रीदे मवेशियों के साथ पंजाब के मलेरकोटला से उत्तर प्रदेश जा रहे थे। यह उनका व्यवसाय था। रास्ते में सामाजिक अपराधियों ने उनके ट्रक को घेर लिया। फिर नोमान को मार डाला था।

अक्टूबर 2015

नब्बे वर्षीय चिम्मा अपनी पत्नी, भाई और बेटे के साथ मैदानी बाबा का दर्शन करने गए थे। एक दुर्जन को यह बात बुरी लग गई थी। पता नहीं इसे भीड़-हत्या में शामिल करेंगे या नहीं क्योंकि उस अकेले दुर्जन ने सर्वप्रथम दलित चिम्मा को भला-बुरा कहा, फिर थप्पड़ों से उस बुज़ुर्ग को पीटा, तत्पश्चात् कुल्हाड़ी उठाकर हमला किया और जब लगा होगा कि सन्तुष्टि मिल गई है तब केरोसिन डालकर जला दिया।

चिम्मा की पत्नी ने बहुत मदद माँगी। जिन लोगों ने अकेले हत्यारे को पकड़ लिया था, वह हत्यारा जो जाति-व्यवस्था की हनक पर सवार था, वे लोग चाहते तो उस हत्याकांड को रोक भी सकते थे। लेकिन भीड़ धीरे-धीरे अपना पक्ष तय कर रही थी।

12 नवम्बर, 2015

हरीश पुजारी को मुस्लिम से दोस्ती के कारण मार दिया गया था। वह घर से दूध लेने के लिए निकला था। रास्ते में शमीउल्लाह मिला और उसके साथ हो लिया। उसी रास्ते में मौत मिली और फिर उसके साथ भी होना पड़ा। शमीउल्लाह किसी तरह बच गया था लेकिन हरीश पुजारी को चाकुओं के चौदह वार पड़े थे। उसकी अँतड़ियाँ बाहर निकल आई थीं, इस उम्मीद में शायद कि जब कोई नहीं बचा रहा तब कम-से-कम वे तो हरीश को बचा लें।

पुलिस ने बाद में बजरंग दल के चार कार्यकर्ताओं को गिरफ़्तार किया था।

19 मार्च, 2016

बालूमठ, रामगढ़ के पशु-व्यवसायी आज़ाद उस जगह तक पहुँचकर दहल गए थे जहाँ भीड़ उनके ग्यारह वर्षीय बेटे इम्तियाज़ को फाँसी पर लटका रही थी। आज़ाद के साथ निज़ामुद्दीन थे जिन्होंने मुनव्वर को फ़ोन कर बुलाया था क्योंकि इम्तियाज़ के साथ बत्तीस वर्षीय मज़लूम अंसारी थे। भीड़ इतनी बड़ी थी कि ये तीन कुछ कर नहीं सकते थे इसलिए अपनी, ख़ास अपनी, नंगी आँखों के सामने अपने बेटे और अपने भाई को भीड़ द्वारा फ़ाँसी पर चढ़ाया जाना देखते रहे थे। पोस्टमॉर्टम रिपोर्ट में मज़बूत और कुंद धार वाले हथियार से पीटे जाने की बात भी आई है।

पशु व्यवसायी आज़ाद बात कम करते हैं रोते अधिक हैं कि अगर उनका पैर न टूटा होता तब उन्होंने अपने ग्यारह वर्षीय बेटे को मवेशियों के साथ न भेजा होता।

आठ के आठ अभियुक्तों ने न सिर्फ़ अपना अपराध क़बूला था बल्कि विस्तार से बताया था कि उन लोगों ने इस दोहरे हत्याकांड की तैयारी किस तरह की थी। पुलिस ने यह ज़रूर किया कि अभियुक्तों के इस बयान को अदालत के समक्ष दर्ज नहीं करवाया जिससे मुक़द्दमा कमज़ोर होता गया। जब वे अपराधी अदालती कार्रवाई के लिए आते हैं तब दो से तीन सौ लोगों की भीड़ उनके जयकारे लगाते आती है।

पुलिस, कैसी कल्पना है यह कि समय रहते गतिशील हुई होती तब यह हादसा टाला जा सकता था। मुख्य अभियुक्त एक वर्ष पूर्व दो लोगों के साथ यह हरकत कर चुका था। भीड़ साथ हो तो कौन-सी अनैतिकता आपसे दूर है। बालूमठ से मवेशी ला रहे एक अन्य व्यवसायी की गाड़ी रोककर एक लाख रुपए माँगे थे। न देने की स्थिति में ड्राइवर

समेत व्यवसायी को बेतरह पीटने के बाद जंगल में फेंकते हुए पुलिस को बेशर्मी से फ़ोन किया था कि वे आएँ और इन दोनों की मुठभेड़ दिखा दें। पुलिसवालों ने उन दोनों की जान बचा ली थी लेकिन अगर उस अपराधी पर तभी कोई शिकंजा कसा होता तब दो मजलूमों को वे फाँसी न चढ़ा पाते।

सनोज बार-बार पन्ने देख रहे थे। कितना पढ़ चुका? कितना पढ़ा जाना बाक़ी है? लेकिन नहीं, वे यह देख रहे थे कि कब यह सूची ख़त्म होगी। पहली हत्या के बारे में पढ़ते ही इस वातानुकूलित कमरे में उनकी कनपटी पसीने से भर गई थी। थोड़ी ही देर में वे बैठ गए थे और आख़िरी हिस्सा पढ़ते-पढ़ते उनकी आवाज़ लटपटाने लगी थी। जब तक लोग समझ पाते कि उनके साथ कुछ गम्भीर मसला है, सनोज वहीं गिर पड़े थे।

सनोज

शाइस्ता मेरा हाथ थाम लेती है जब मैं कहता हूँ, 'उदय से मिलना है, सुनंदा से मिलना है, उजास से मिलना है।' वह हँसती हैं। कोई बदमाश डॉक्टर अगर सामने रहा जिसने पहलू ख़ान की तबरेज की पोस्टमॉर्टम रिपोर्ट ग़लत बनाई थी तब भी वह मेरी बात पर हँसती हैं।

इस अस्पताल के बहरों को मेरी आवाज़ सुनाई क्यों नहीं देती। यहाँ के कर्मचारी और ये मेरे साथ के लोग हिलने भी नहीं देते। लोहे के इस पतले बिस्तर पर यों ही जगह कम है उस पर ये सारे के सारे पड़े रहते हैं। जिस रस्सी से मुझे बाँध रखा है तबरेज उसके मज़े लेता है। कहता है—

> ख़ामख़्वाह चीख़ रहे सिरीमान जी, इससे कहीं ख़तरनाक तरीक़े से मुझे बाँधा था। उस बंधन से मेरे हाथ कट गए थे। ये देखो ख़ून। देखा? तुम्हारी जेब में भी रस्सी के वे टुकड़े मौजूद हैं जो मुझे मार डालने के बाद सब लोगों ने प्रसाद की तरह बाँट लिये थे।

तीस बिस्तरों वाले इस हॉल में मरीज़ महज़ आठ हैं लेकिन यहाँ मेरे साथ हर वक़्त रहने वालों की संख्या सौ से कम क्या ही होगी। हॉल से

बाहर निकलते ही दाहिनी तरफ़ वे कमरे हैं जो उन मरीज़ों को मिलते हैं जिनके पास 'प्राइवेट पेशेंट' का बैज होता है। जिनके कमरों में डॉक्टर भी पूछकर जाते हैं। बाईं तरफ़ एक सीढ़ी नीचे उतरती है जो रजिस्ट्रेशन काउंटर तक जाती है और जाकर ख़त्म हो जाती है। हमें उधर जाना मना है। हॉल से पीछे का दरवाज़ा जो जब खुलता है, क्योंकि कभी खुलता है कभी नहीं खुलता, एक बाग़ की तरफ़ खुलता है। अपने हाल पर रोता हुआ यह बग़ीचा बित्ते-भर घास और कुछ यों ही उग आए पौधों से बना है।

तीनेक आम के पेड़ हैं जो अस्पताल से आख़िरी सीमा पर खड़े ख़ुद को बचते-बचाते दीखते हैं। जैसे वे भी मानसिक रोगियों के अस्पताल वाले बग़ीचे के ठप्पे से बचना चाहते हों। मैं बार-बार कहता हूँ, मुझे कुछ नहीं हुआ है। आज भी उस बग़ीचे में जब मुझे जाने की अनुमति मिली तब लँगड़े आम के पास वह पीला साँप दिखा, सुबह की धूप सेंकता हुआ। मुझे देखते ही अपने आप को पत्तों के नीचे खींच लिया। एकदम पीला। इतना पीला कि किसी को बताऊँ तो यक़ीन न हो कि इतना जर्द भी कोई साँप होता है। पर बात आख़िर यही है कि जब मैं साँप को साँप कह पाने में सक्षम हूँ तब ये अस्पताल वाले और ये मेरे जानने वाले मुझ पर क्यों इस तरह की बीमारी थोप रहे हैं।

कभी मैं अकेला होना चाहूँ तब भी मेरे साथ मँडराते ये लोग अकेला नहीं होने देते। उन्हें लगता है कि मेरा अकेलापन मेरी बीमारी पर हावी हो जाएगा। वे पगलू लोग, जो मुझे पागल साबित किए दे रहे हैं, नहीं जानते कि अकेलापन मेरा इलाज है। दवा है। मेरे ख़यालों की रोटी है मेरा एकान्त।

इनकी नासमझी का सबूत ये रस्सियाँ हैं और तिस पर जुल्म यह कि नरकुल की रस्सियाँ। चुभती हैं। पटुए की बँटी हुई रस्सी होती तो चुभती

नहीं या कम चुभती लेकिन नरकुल की रस्सियाँ? इनसे तो बीते ज़माने में जानवर भी नहीं बाँधे जाते थे, आदमी कौन बाँधता है भाई? वैसे कोई बताए कि आदमी को बाँधना ही क्यों? मैंने क्या बिगाड़ा था? लोग कह रहे थे, वह रजनीश शुक्ला था जिसमें मुझे मुबारक अंसारी के हत्यारों की शक्ल दिख रही थी और जिसे मैं उन्हीं नामों से पुकार रहा था।

तो? मुझे मार डालोगे? मेरा भी एक घर है, जिसने मुझे बाहर फेंक दिया, लेकिन मेरा भी एक गाँव है, जिसने मुझे नहीं रोका, मेरा परिवार था, पत्नी थी, जो है लेकिन मेरी नहीं है, मेरे बच्चे हैं जो जाने मुझे अब कितना अपना सकेंगे या फिर मामाओं के पैसे पर पल रहे वे दोनों किस अपमान से गुज़र रहे होंगे? देखिए, मुझे सब याद है, सबके नाम याद हैं, सबके क़िस्से, सबके हिस्से की मैं याद हूँ, जब मैंने यह सब डॉक्टर से कहा तो उसने कहा कि तुमने जो कहा वाजिब कहा सनोज, लेकिन तुम भूतों की संगत में पड़ गए हो, तुमसे चेहरे नहीं पहचाने जाते। तुम्हारी बीमारी यह है कि तुम्हें हर कोई किसी और की तरह दिखता है।

महीना होने जा रहा और शराब छूने को भी नहीं मिली है। इसलिए भी मैं मस्तिष्क के उस डॉक्टर से जिरह नहीं करता। वह नहीं मानने को तैयार होगा कि उसी ने पहलू ख़ान की पोस्टमॉर्टम रिपोर्ट तैयार की थी। वह कभी नहीं मानेगा कि उसने कितनी रिश्वत ली। ली भी या नहीं। या महज़ जातीय कीर्ति के लिए यह सब कर बैठा और हत्यारों की तरफ़ से खेल गया। जाति का गौरव। धर्म की कीर्ति एक बहाना-भर थी इस डॉक्टर के लिए, वास्तव में यह अपने जाति-भाइयों को बचा रहा था और मेरे सामने नैतिकता के ऊँचे पासे फेंक रहा है। साला!

मुझे शराब छूने को नहीं मिली है और यह सब मुझे अपनी मौत का 'रिहर्सल' लगता है। एक दिन बहरोड़ का डॉक्टर मिलने आता है जिसने

पहलू ख़ान का पोस्टमॉर्टम किया था और बाद में विधानसभा का चुनाव भी लड़ा था। अगले दिन सराइकेला का डॉक्टर मिलने आता है जिसने तबरेज का ऐसा पोस्टमॉर्टम किया कि सारे हत्यारे बरी हो गए थे। उसके आते ही तबरेज खड़ा हो जाता है जैसे उसे अब भी कोई उम्मीद हो।

मुबारक का पोस्टमॉर्टम करने वाला डॉक्टर जिस दिन भी आता है और वह शायद बुधवार को आता है, उस दिन मुबारक मियाँ मेरे मन की आँखों के सामने से ग़ायब हो जाते हैं। डरते हैं। मेरी अपनी उम्मीद भी इन्हीं सब डॉक्टरों से है। डॉक्टर से कहता हूँ कि अपने बच्चों से मिलना है तब वह और उसकी टीम न जाने क्या गोल-मोल बातें करने लगती है लेकिन मुबारक अंसारी हँसने लगता है। मैं डॉक्टर से कहता हूँ, इसे हँसने से रोको। वे लोग मुझे दवाइयों की नियमित ख़ुराक लेने की सलाह देते हैं। मैं दुबारा कहता हूँ तब वे लोग दवाइयों की ख़ुराक बढ़ाने की बात करते हैं। मैं उनसे कहता हूँ कि साहब मुझे कुछ नहीं हुआ है, कुछ भी नहीं हुआ है, मैं बीमार नहीं हूँ, मैं पागल नहीं हूँ, आप लोग क्यों नहीं समझते। इस लम्बे जवाब के जवाब में डॉक्टर मुझे बिजली के झटके वाले कमरे में लिये जाने की बात करते हैं।

मिलने आने वालों में जिन्हें भी ढूँढ़ता हूँ वे ही नहीं आते। शाइस्ता को सुनंदा तथा अपनी पत्नी का नम्बर लिखाया है। लेकिन उसे फ़ोन करना नहीं आता और मेरा फ़ोन ये अस्पताल मुझे इस्तेमाल नहीं करने देता। फाँसी के फंदे से झूलता इम्तियाज़ ख़ान, टूट चुके गले से कहता है, अंकल ये महज़ सात अंक हैं, फ़ोन नम्बर दस अंकों का होगा। मुझे पता नहीं कि जो मैंने नम्बर लिखाया है उसे लिखकर पहलू ने कहाँ रखा है लेकिन मैं इम्तियाज़ से, जो अपने गले में मौत का फंदा लिये घूमता रहता है, कहता हूँ, अपने गले से फंदा हटाओ बालक, महज़ बारह साल

के थे और अब हमेशा के लिए बारह के ही रह जाओगे, कभी बारह से तेरह नहीं हो पाओगे वरना तुम्हें पता होता कि मोबाइल के अलावा दूसरे नम्बर भी होते हैं। मेरे जवाब से वह सहमकर पीछे हट जाता है और मज़लूम अंसारी की क़मीज़ पकड़ लेता है, मज़लूम कभी मुझे देखता है कभी इम्तियाज़ नाम के इस बालक को जो उसके पार्टनर का बेटा है और उसे अपनी जान से ज़्यादा इम्तियाज़ की जान की फ़िक्र हो रहती है। अभी बोल पड़ेगा कि प्रमोद, बच्चे को छोड़ दो। मैं प्रमोद को देख नहीं पाता और मैं ही क्यों, कोई भी उसे नहीं देख पाता क्योंकि वह इन दोनों की हत्या के बाद से ही फ़रार है।

मुझे उदय से मिलना है, सुनंदा से मिलना है, उजास से मिलना है।

नींद में खलल डालने अलीमुद्दीन अंसारी और उनकी बेवा मरियम ख़ातून आ गई हैं। सज्जाद, उनका बड़ा बेटा, साथ में है जो दीवार से लगकर खड़ा है और हाथ में एक बोतल लिये हुए है। मैं बोतल की तरफ़ विहँसते हुए इशारा करता हूँ तो वह बकलोल घबरा जाता है। कहता है, साहब को पानी चाहिए। मेरे भीतर वह इतना शोर करता है कि नर्स चली आती है। रात के इस वक़्त में जगना किसे अच्छा लगेगा? मुझे बेरुख़ी से उठाती है, पानी की प्यास नहीं है लेकिन पानी ही पिलाती है। उस नर्स का चेहरा मैं चाहकर भी याद नहीं कर पाता।

दो पल पहले सज्जाद मुझे साहब कह रहा था लेकिन नर्स की इस बेरुख़ी से उसे हौसला मिलता है, कहता है—

> क्या है न सनोज बाबू, अब्बू का मृतक-प्रमाणपत्र नहीं मिल रहा। साल-भर मरे हुए हो गए, क्यों अब्बू, आपको गए साल-भर से अधिक ही हो गए होंगे। (अलीमुद्दीन अपनी मौत को इकलौते गवाह की तरह स्वीकारते हुए हाँ के इशारे में सिर घुमाते हैं)

लेकिन पुलिस वह प्रमाणपत्र नहीं दे रही। रामगढ़ पुलिस थाने के न जाने कितने दौरे लगे लेकिन पुलिस हर बार एक ही बात कहती है जैसे उन्होंने शब्द-दर-शब्द याद कर रखा हो कि तुम्हारे पापा की मौत पुलिस की गाड़ी में ज़रूर हुई है लेकिन वैन उस वक़्त साठ या पैंसठ की रफ़्तार में थी, इसलिए कहा नहीं जा सकता कि किस जगह, ठीक-ठीक किस जगह, उनकी मृत्यु हुई और जब जगह का ही कोई अन्दाज़ा नहीं तब मृतक-प्रमाणपत्र कैसे दिया जाए। मैंने कहना चाहा कि जिस जगह उन्हें सैकड़ों लोग पीट रहे थे, उनकी गाड़ी रोककर पीट रहे थे, उनके अपने व्यवसाय के लिए ले जाने वाले मांस को गौमांस का झूठा आरोप लगाकर हत्या कर रहे थे, जिस जगह उनकी गाड़ी जला दी उस जगह के हिसाब से मृतक का मृतक-प्रमाणपत्र बनना चाहिए। लेकिन मेरी इस बात पर एक सिपाही ने कहा कि गाँड़ में गोली मारे हुए महीनों हो गए हैं मियाँजी, फूट लो नहीं तो अभी दाग दूँगा। साला, भाग यहाँ से। बताइए सर यह कोई जवाब है।

आपको वह सर्टिफ़िकेट आख़िर क्यों चाहिए? मरहूम अलीमुद्दीन की बेवा तो नहीं लेकिन सज्जाद ढीले-ढाले अन्दाज़ से कहता है कि अब्बू की हत्या के बाद जो मुआवज़ा घोषित हुआ था वह तभी मिल सकेगा जब इनका 'डेथ सर्टिफ़िकेट' हो। और 'बर्थ सर्टिफ़िकेट' भी। वह मैं ले आया। वहाँ के किरानी ने पैसे लिये लेकिन काम कर दिया और काग़ज़ आने में देरी हो रही थी तब उसने दो बातें कही थीं, एक तो यह कि तुम्हारे अब्बा ने यह मांस बेचने का काम क्यों किया। इससे पहले कि मैं उसे जवाब देता वह मांस उनकी गाड़ी में रख दिया गया था, वह शायद अपना जवाब अपने मन में तैयार कर चुका था और उस किरानी बाबू

> ने अपनी वह दूसरी बात कह दी, अजीब लगता है न, मरे हुए आदमी का जन्म-प्रमाणपत्र जारी करना! उसने प्रमाणपत्र को मेरे हाथ से ले लिया और जाँचा-परखा फिर वापस देते हुए कहा कि वह नाम का हिज्जे देखना चाहता था। यह भी कि जन्म-प्रमाणपत्र में कहीं नाम के आगे उसने मरहूम तो नहीं लिख दिया!

मेरे कुछ कहने से पहले अलीमुद्दीन अजीबोग़रीब हरकत करने लगे, अपनी गर्दन नीचे झुका देते और फिर एक झटके से, इतने तेज़ झटके से कि गर्दन टूट जाए, अपना सिर आसमान की तरफ़ उठा देते थे। आश्चर्य कि यह हरकत उन्होंने दसियों मर्तबा की और करते ही जा रहे थे लेकिन उससे भी बड़ा आश्चर्य यह कि मरियम ख़ातून और सज्जाद को उनकी यह हरकत आश्चर्यचकित नहीं कर रही थी। मेरे आश्चर्य को ध्वस्त करने के लिए मरियम ने कहा—

> जब हत्यारों को लग गया कि सज्जू के अब्बा अल्लाह को प्यारे हो जाएँगे तब उन्होंने इनकी फ़ोटो निकालने के लिए ऐसा ही झटका दिया था। इनकी गर्दन की हड्डी उसी वक़्त टूटी थी लेकिन पोस्टमॉर्टम रिपोर्ट की मानें तो किसी रॉड से मारने से टूटी थी। उन लोगों ने उसी तस्वीर को चारों तरह फैलाया। आपने देखा होगा, एक आदमी अपनी बाजुओं में इनकी गर्दन कसे हुए है, सिर के बालों को ऊपर की ओर खींचे हुए है। ज़रूर देखा होगा आपने।

मरियम के बयान से मुझे घुटन होने लगी थी इसलिए मैंने बातों की इस आँधी का रुख़ मोड़ना चाहा, आपने हत्यारों को लेकर इतना दयालु बयान क्यों दिया? वह कुछ कहना चाहती थीं लेकिन सुबह हो चुकी थी

और जिस बेंच पर वह बैठी थीं उसे सफ़ाई कर्मचारी ने खींचकर हटा दिया, उसे आता देख तीनों जने ओझल हो गए थे।

मुझे उदय से मिलना है, सुनंदा से मिलना है, उजास से मिलना है।

अस्पताल के कर्मचारी मेरे साथ बेहूदा मज़ाक़ करते हैं। आकर बताते हैं कि मुझसे मिलने राजबली वत्स, दलसिंगार आए हैं। मिलने जाओ तो वहाँ हत्यारा अल्फाजोज तिमुग बैठा रहता है और कभी-कभी प्रमोद प्रजापति और कभी-कभी टप्पू और कभी-कभी अलवर का वह ज़मींदार इंद्रजीत और कभी-कभी शाहाबाद का वह पुलिसवाला वहाँ बैठा होता है।

उन सबके साथ और कोई हो न हो शाइस्ता ज़रूर होती है। अल्फाजोज जानना चाहता है कि मैं किस हालत में हूँ। क्यों भाई? मुझे भी मारना है क्या? और तुम शाइस्ता? तुम क्यों चली आती हो? प्रमोद प्रजापति, जो कि भगोड़ा है, पूछता है कि भीड़-हत्या के शिकार लोगों पर मैं जो लेख लिख रहा था उसकी क्या स्थिति है? यह भी कहता है, कविता लिखो। कीर्तिगान का नया अंक दिखाता है। शाइस्ता उस मग़रूर को 'सर' कहती है।

मुझे उदय से मिलना है, सुनंदा से मिलना है, उजास से मिलना है। सुचिता से भी मिलना है।

माफ़ी कई बार चंद शब्दों और मन के परिष्कार का समुच्चय होती है। इस बार भी वही हो। मेरे लिए। इसलिए सुचिता से मिलना है। उदय से, उजास से। मैं उनके पास जाना चाहता हूँ। मैं बीमार नहीं हूँ। मैं लौटना चाहता हूँ। शायद सुचिता के पास नहीं। एक माफ़ी की दरकार ही वह बंधन है जो मुझे सुचिता से जोड़े हुए है। माफ़ी माँगी और वह

बंधन ख़त्म हो जाएगा। एक बार माफ़ी माँगी और स्मृतियों के रेशे उड़ जाएँगे। मन जब उड़ते फाहों की तरह हल्का, ढीला होगा तब उसमें से सबसे पहले सुचिता की उपस्थिति गुम होगी जैसे आँख में लगी चोट से ख़ून का जमना तो यक-ब-यक होता है लेकिन वह ख़ून जब उतरता है तो धीरे-धीरे उतरता है, वैसा ही कुछ उसकी उपस्थिति के साथ होगा।

चौतरफ़ा मची हत्याओं के इस बीच जो देखा वह यही कि परिवार एक धागा है और वह मृत व्यक्ति को उस धागे से अलग नहीं होने देता। जिस परिवार के लिए मुझ मध्यवर्गीय बनावट वाले मनुष्य के मन में एक अजीब-सी घृणा थी, जो ज्ञानार्जित था कि परिवार शोषण की आदिम जगह है और जो ख़ुद पर बीता-देखा-भाला था उससे अलग दूसरी जगहों पर जहाँ-जहाँ मैं गया, पाया कि वही परिवार इकलौते संबल की तरह सँभालता दिख रहा है। परिभाषाओं में परिवार भले ही समाज की इकाई हो लेकिन जब वह समाज विषाक्त हो चुका हो तब व्यक्तियों के अलावा परिवार नाम की स्थापना ही समाज के मुक़ाबिल खड़ी हो पा रही थी। यह अवधारणा मेरी समझ पर चोट की तरह पड़ी थी कि अन्यायग्रस्त जो व्यक्ति विषाक्त इस समाज से लड़ना चाहता है उसे सर्वाधिक समर्थन परिवार से मिल रहा है। कोई मृतक ऐसा नहीं पाया जिसके लिए उसकी पत्नी, उसका घर, उसके भाई, उसके माँ-बाप अदालतों के चक्कर नहीं काट रहे हों।

और एक मैं था, जिसे दूर हो जाना इकलौता इलाज लगता था।

माफ़ी के दो शब्द बोल दूँ और वह मनुष्य मेरे ज़ेहन से धीरे-धीरे उतर जाए जैसे बाढ़ का पानी उतरता है। ऐसा सुचिता से जुड़े ख़यालों के बारे में सम्भव हो सकता है लेकिन ऐसा कोई एहसास उदय और उजास के लिए मेरे पास नहीं है। मैं उनके साथ रहना चाहता हूँ। एक

असफल पिता। परवरिश के उनके वर्षों से दूर रहा उनका पिता, जिसके पास उन्हें देने के लिए न भविष्य है, न अतीत और वर्तमान इतनी हत्याओं से भरा हुआ है कि वह ढंग की एक कहानी तक नहीं दे सकता। फिर भी मैं उन दोनों के साथ होना चाहता हूँ। मैं, सच बताऊँ, हालाँकि यह सच बताने का साहस अदालत, समाज और परिवार ने मुझसे छीन लिया है, कि मैं उन दोनों अपने सितारों को साथ रखना चाहता हूँ।

मुझे इस बात से भी तसल्ली मिल जाया करेगी कि साथ रहते हुए मैंने उनकी बेहतरी के लिए हर सम्भव प्रयास किया और वे प्रयास न सिर्फ़ असफल हुए बल्कि उन दोनों ने मुझे असफल होते हुए देखा। मेरी लाचारी देखी पर मेरे साथ रहे। फिर भी मेरे साथ रहे। मैं उन्हें तब ही नहीं छोड़ना चाहता था जब अजब एक आत्महंता नशे में सुचिता, उनकी माँ, के साथ उन्हें जाने दिया था। उनका भविष्य हमारी अन्तहीन जुदाई का बहाना था। इस धनिक परिवार ने मेरी शराब को अपनी ढाल बनाया। इम्तियाज़ को जब से जाना था मुझे बार-बार उदय, उजास की याद आती थी। याद भी वैसी जिसमें जीवन-मृत्यु जैसी चिन्ता शामिल होती है। आप जानना चाहते हैं कि जो आपका प्रियतम व्यक्ति आपके मन-मस्तिष्क पर छाया हुआ है वह अब कहाँ है।

वह अब कहाँ है!

कहीं उस तेज़-दर-तेज़ दौड़ती रेलगाड़ी में तो नहीं जहाँ बैठने की जगह के बहाने जुनैद नामक एक बच्चे की टोपी उछाली जा रही है और फिर उस बच्चे को चाक़ुओं पर उछाला जा रहा है। कहीं उस पेड़ पर तो नहीं जहाँ मजलूम अंसारी बार-बार चिल्लाए जा रहा है कि मुझे मार डालो, मेरे परिवार को मार डालो लेकिन इस बच्चे को छोड़ दो, यह इम्तियाज़ मेरे दोस्त का बेटा है, महज़ ग्यारह साल का, मैं इसके बाप

को बुलाता हूँ उसे मार डालो लेकिन इसे छोड़ दो। भीड़ न्याय करती है कि यह मियाँ बच्चे की हत्या से कुछ ज़्यादा ही घबराया हुआ लग रहा है इसलिए इसकी आँखों के सामने बच्चे को टाँग दो, भीड़ उस मजलूम अंसारी को फंदे वाली रस्सी थमाकर उसे ही खींचने पर मजबूर करती है। हालाँकि यह हत्यारों वाला तथ्य जाने बिना ही मजलूम भी सूली पर चढ़ जाएगा कि इम्तियाज़ के घरवाले, उसके पिता और उसके चाचा, को जब ख़बर मिलती है तब वे आते हैं लेकिन भीड़ देखकर और भीड़ की ख़ूनी प्यास देखकर दूर ही दूर थम जाते हैं।

मुझे उदय, उजास से मिलना है लेकिन हत्यारों के पक्षधर ये डॉक्टर मेरी बात नहीं सुनते। आज सुबह मुझे बड़े डॉक्टर के पास ले जाया गया। इसी ने अख़लाक़ की, तबरेज की हत्या को हृदयगति रुकने से हुई मौत बता दिया था और जिसकी बिना पर सारे हत्यारे छूट गए थे। जो हत्यारे कभी भी मेरे लिए आ सकते हैं और मुझे यहाँ कोई नहीं बचा पाएगा। उस डॉक्टर के चेम्बर में आश्चर्यजनक रूप से देखा कि शाइस्ता बैठी हुई है, तबरेज बैठा हुआ है, न सिर्फ़ बैठा हुआ है बल्कि मुझसे बातें भी कर रहा है। जब मुझे रास्ता देने के लिए वह कुर्सी हटाने लगता है तब मैं उसे आराम से रहने के लिए कहता हूँ, उसका कन्धा छूना चाहता हूँ। शाइस्ता उस कपड़े को छूती है जिससे मेरा हाथ बाँधा गया है।

जब उस कमरे में निगाह जमनी शुरू हुई तब पाया कि डॉक्टर के साथ पाँच अन्य डॉक्टरों की फ़ौज है। ये लोग मुझे रिहा नहीं करना चाहते। ये लोग हत्यारों का इन्तज़ार कर रहे हैं और क्या पता इस बार यह ज़िम्मा यहाँ की दंगा पार्टी ने इन्हें दे रखा हो। डॉक्टर शाइस्ता से मुख़ातिब है और कहता है कि ही इज गेटिंग वाइलेंट डे बाई डे। इसके जवाब में मैं कुछ कहना चाहता हूँ लेकिन उससे पहले मैं इस डॉक्टर के

मुँह पर थूकना चाहता हूँ कि तबरेज के हत्यारों के साथ मिलकर तुमने क्या पाया। उससे भी पहले मुबारक बोल पड़ता है, सर, इसीलिए तो आपके पास लाया गया है। वह अपनी दो बड़ी-बड़ी आँखों के लाल डोरे लिये मुझे न जाने कब से देख रहा था और जब तक उसकी आवाज़ कानों में नहीं पड़ी थी मुझे पहचानने में बड़ी दिक़्क़त पेश आ रही थी। एक डॉक्टर इनमें से किसी को राजबली जी कहता है और किसी को मिस्टर सानिध्य तथा किसी को मिस्टर रजनीश कहता है।

डॉक्टर हँसता है। उसकी हँसी से लगता है कि वह अपने लिए तारीफ़ के कुछ और अल्फ़ाज़ सुनना चाहता है। नहीं सुनता देख बात उस तरह आगे बढ़ाता है कि इलाज तो है! जिस-जिस का नाम यह आदमी पुकारता है उनमें से लगभग सबका प्रोफ़ाइल हमने तैयार कर लिया है, कुछेक को छोड़कर। बट इट इज़ गोइंग टू कॉस्ट यू डिअर्ली। तुमुग कहता है, देखते हैं। शाइस्ता कहती है, इलाज शुरू तो कीजिए।

यह सुनते हुए डॉक्टर हँसने लगता है कि जिस डॉक्टर को हमने काम पर लगाया है, वह भी कुछ इन्हीं साहब की तरह है। ख़ून उससे भी बर्दाश्त नहीं होता। लेकिन समय ही ऐसा है, क्या किया जाए। आश्चर्य होता है कि इतनी सारी हत्याओं को यह आदमी याद रखे हुए है। सिलसिलेवार सुनाता है और कभी-कभी तो इतना अधीर हो जाता है कि आपको अपने आप पर शक हो जाए कि जैसे आप भी किसी हत्या में शामिल रहे हों। एक दिन इम्तियाज़ नाम के किसी आदमी की बात करते हुए इसने मेडिसिन बॉक्स लेकर एक डॉक्टर को दौड़ा लिया था। यह वही लड़का है न जिसे मथुरा की ट्रेन में मार दिया था?

कोई कुछ नहीं कहता है। मेरे बग़ल में इम्तियाज़ बैठा है। मुझे झेंप हो रही है कि इसकी हत्या के बारे में इसके ही समक्ष कहना अनुचित

है। इधर डॉक्टर ने ऐसी बात कर दी है जो उन सबको नागवार गुज़रेगी जो इम्तियाज़ को और जुनैद को जानते होंगे। मृतक से उसका हादसा छीनना उसकी पहचान छीनने जैसा है। इम्तियाज़ से उसका हादसा छीना जा रहा है। उसे जुनैद का हादसा पहनाया जा रहा है। कहता हूँ कि नहीं, दिल्ली-मथुरा की ट्रेन में वह जुनैद, जो आपके पीछे खड़ा है, मारा गया था। वह नेक बन्दा, पाँच वक़्त का नमाज़ी था और मदरसे में शिक्षक नियुक्त होने वाली पढ़ाई कर रहा था। यह जो है न, खड़ा हो जा इम्तियाज़, इसकी हत्या रामगढ़ में दंगाइयों ने अपने जनाधार के भीतर भय के बिचड़े रोपने के मक़सद से की थी, ये सब मेरे बच्चे हैं।

सब चुप हैं। डॉक्टर उठने का इशारा करता है। दो अटेंडेंट मुझे कन्धे से उठाते हैं और बाहर निकालने लगते हैं। मैं दरवाज़े तक पहुँचा हूँ कि डॉक्टर की आवाज़ सर्पिल गति से मेरा पीछा करती है। मुझे वह पीला साँप कौंध जाता है। उसकी बातों में एक ऐसा वाक्य कौंध जाता है जो ताहश्र मेरा पीछा कर सकता है...यही मुश्किल है, हर मरा हुआ आदमी इसका भाई है, इसका रिश्तेदार है, और आज यह कह रहा है कि इसका बच्चा भी है। बाई द वे, उदय, उजास कौन है? किसी भीड़ वाली कारस्तानी में उनका नाम नहीं मिल रहा? वे कैसे मारे गए थे?

सुनंदा

मृतकों को न्याय का हक़ भले ही नहीं मिल सकता लेकिन प्रार्थना का हक़ तो है न, मैडम। जब भाई को क़ब्र में रखा जा रहा था तब मैं भी क़ब्र में उतर आया था। क़ब्र जल्दबाज़ी में तैयार की गई थी और सिवाय इसके कि एकाध सूत सँकरी रह गई हो, कोई दूसरी कमी नहीं थी। जिसके लिए जीते-जी इस दुनिया में जगह न मिले, उसके लिए क़ब्र की साँसत की क्या शिकायत कीजिए। भुरभुरी मिट्टी पर भाई की मिट्टी रखते हुए एहतियातन मैंने उसका सिर किबला की तरफ़ घुमा दिया। किबला समझती हैं? (मेरी आवाज़, जी, कुछ-कुछ समझती हूँ) जी, इस फ़ानी दुनिया में एक दिशा जिधर रुख़ कर नमाज़ पढ़ते हैं। मृतक है तो क्या हुआ, उससे नमाज़ का हक़ आख़िर क्यों छीना जाए? लेकिन बताना मुझे यह था कि सिर को प्रार्थना की दिशा देते हुए मिट्टी का एक ढेला भाई के सिर के भीतर घुसने लगा था। उसकी मिट्टी को ग़ुस्ल देते हुए ही हम लोगों ने देख लिया था कि उनके सिर में गुलाब के बूढ़े फूल जितना बड़ा और छितराया हुआ छेद था। वह छेद देखकर हमें उस चोट की

याद आई जो हॉकी स्टिक से उसके सिर में लगी थी। उस वक़्त शायद ही किसी को यह ख़याल आया हो कि भाई को कितनी चोट लग गई है। सब इसी जुगत में थे कि भाई को कैसे अगली किसी चोट से बचा लिया जाए। भाभीजी भाई के शरीर पर रेत की किताब की मानिंद बिछ गई थीं।

हमारा परिवार पिछले सत्तर वर्षों से उस गाँव में रहा। (मेरी आवाज़, लेकिन गाँव क्यों छोड़ दिया, डर से?) सत्तर वर्ष मैडम। वह गाँव राजपूतों का कहलाया ज़रूर लेकिन सत्तर वर्ष से हम लोगों ने अपना जीवन वहाँ बिताया। हमारी संतानें पाँचवीं पीढ़ी हैं। दादा के पास संतोष कम्पनी का रेडियो था (मेरी आवाज़, मेरे दादाजी के पास इसी कम्पनी का रेडियो था, लेकिन छोटा सा, हाथ में रखते थे), ...रेडियो तो नहीं लेकिन चमड़े का उसका खोल अब भी कहीं घर में मिल जाएगा। उसमें लम्बा फीता बँधा है और उसी फीते के सहारे दादाजी उसे टाँगे रहते थे। उसी रेडियो पर गाँव ने आज़ादी की ख़बर सुनी थी और उसी गाँव से दुःख-सुख के सत्तर वर्षों के बाद हमें बेदर होना पड़ा। अम्मी अख़लाक़ भाई की रुख़सती के वक़्त से ही चुप है। उससे बोला नहीं जाता। बेटे का और पोते का सदमा जो है वह तो है ही, बेहद कमज़ोर भी हो गई है। मुझसे सौदेबाज़ी की जा रही है। जो हत्यारा जेल में डेंगू से मरा उसके घरवाले सांसद के साथ आए थे। कहा कि एक्सीडेंट समझकर भूल जाओ। क्या पूछ रही हैं आप? कि सांसद क्यों आया था? जी हाँ, सांसद आया था, अब इससे अधिक क्या बताऊँ कि किस पार्टी का है और उसी संवाद के बाद हमें गाँव छोड़ना पड़ा था। वह उस हत्यारे के शव को तिरंगे से लिपटाने आया था, सलामी देने आया था और उसी के बाद हमारे घर

आया। हम पर दबाव बना रहे थे कि दुर्घटना समझकर भूल जाएँ। हम भूल भी जाते लेकिन उन्होंने बदले में कहा कि वे लोग अपना मुक़द्दमा भी वापस ले लेंगे। यह सौदेबाज़ी नहीं जमी। मुक़द्दमा? जिस काल्पनिक बछड़े की काल्पनिक हत्या करने के अपराध में मेरे भाई और भतीजे की पीट-पीट कर हत्या कर दी, उसी काल्पनिक बछड़े की हत्या का मुक़द्दमा मुझ पर दर्ज है। मेरे घर से कोई और इस लड़ाई में खड़ा हुआ होता तब शायद उसका भी नाम इस मुक़द्दमे में दर्ज होता। अख़लाक़ का बेटा? अरे मैडम, वह आपसे उम्र में क़तई बड़ा होगा और तिस पर फ़ौजी है। हवाई सेना में है। सरताज नाम है। यह लीजिए उसका फ़ोन नम्बर। क्या पूछ रही हैं आप? कि सांसद क्यों आया था? आपको मेरी बातों पर यक़ीन नहीं हो रहा है न। भीड़, यह भीड़, ख़ुदा न करे किसी के घर पहुँचे और रात को सोते से जगा लाए, फिर मार डाले, लेकिन जिस किसी के घर पहुँचेगी वही इनकी ताक़त, इनकी तैयारियाँ जान सकता है। उनमें कई तो दुर्भाग्य से इस देश का बचा-खुचा भविष्य हैं।

इन रिकॉर्डिंग्स का क्या करना है, कम्पनी कुछ बता नहीं रही। जमा तक करने को तैयार नहीं है। टके-सा जवाब मिलता है—समय आने पर आपसे माँगा जाएगा, अभी अपने पास रखें और सुरक्षित रखें। राजबली अगर राज्यसभा पहुँच जाएँ तो भी इस सारी मेहनत, सारी तैयारियों का मतलब समझा जाए और दूसरी तरफ़, एच.आर. की टीम कह रही है, मैं अपने बांग्लादेश और भारत से सम्बन्धित काग़ज़ात जमा करूँ।

रेडियो से याद आना चाहता है कि मैं ऐसी ताक़त और ऐसी तैयारियों को ऐसे ही किसी रेडियो से जानती हूँ। क्या ज़माना रहा होगा कि आपके

घर से चार-पाँच किलोमीटर दूर किसी आदमी की ख़त्म होती ज़िन्दगी की ख़बर आपके ही घरवालों को तीन सौ किलोमीटर दूर, ढाका के रेडियो स्टेशन से सुननी पड़े।

कभी-कभी सोचती हूँ, और सच में कभी-कभी ही सोचती हूँ कि दुनिया की सारी हत्याओं को मृतक के किसी निर्णय से जोड़कर देखा जाए तब क्या-क्या सहूलियत दरपेश आ सकती हैं। मसलन, दादाजी की मृत्यु से पहले ही पापा भारत आ गए होते तो? दादाजी ने आख़िरी वक़्तों में अपना घर देखने की तमन्ना न की होती तो? लेकिन यह उनके वश में था क्या? किराए के घर में टूटती साँस क्या ऑक्सीजन की बजाय अफ़सोस और पछतावे का मिश्रण होती है? कुसम्बा छोड़ना है यह भाई को मालूम रहा होगा फिर वह स्कूल क्यों जा रहा था? भाई स्कूल ही न जाता तो? पापा ज़मीन बेचने की उम्मीद में न पड़े होते? दादाजी 1947 में ही भारत आ गए होते? या जैसा कि माँ बताती है, पुरखे बिहार के किसी गाँव से बंगाल के उस हिस्से में गए ही न होते जिसे चीरकर निकाल दिया गया?

बहुत से प्रश्न। बहुत से तीर। उनमें मन ख़राब करने वाला एक प्रश्न यह कि सनोज मुझे पहचानने की शुरुआत कब से करेंगे? डॉक्टर कुछ बताने में अपनी असमर्थता को ऐंठ से क्यों ज़ाहिर करते हैं? और, कीर्तिगान कब तक इलाज के पैसे देता रहेगा? सुचिता कह रही थी, वे लोग कुछ मदद करेंगे। अगर अपने हवास न खोया होता तब सनोज शायद ही सुचिता से मेरी इस मुलाक़ात को पसन्द करते। लेकिन फिर वही, निर्णय के सही-ग़लत होने का प्रश्न, कि अगर वह अपने आप में होते और, हालाँकि दुनिया भले कहे कि कोई बीमारी है पर मैं मानती हूँ कि उनके हिसाब का जीवन जीने दिया जाए तब यह सब एक झटके

की तरह गुज़र जाता, तब मुझे उनकी पत्नी से मिलने की ज़रूरत भी क्यों पड़ती? एक ग़लती मेरी भी है। क्या मुझे सुचिता से मिलने शाम के वक़्त जाना चाहिए था? उदय-उजास के बारे में जब पूछा, तब वह हल्के से हँसी थीं और मद्धिम-सी आवाज़ में पूछा था, आप बच्चों के बारे में भी जानती हैं? आपने बताया, आप सनोज की कलीग हैं?

मूलचंद पर उनका घर दिल्ली के हर पैमाने के हिसाब से बड़ा था और इसे देखते हुए आप यह सोचने पर मजबूर हो सकते थे कि जितने भी दिन रही होंगी ये मैडम, सिरीमान जी के घर में कैसे रही होंगी? दोनों में कोई तुलना हो भी नहीं सकती थी। आलीशान। दिन का साढ़े दस बज रहा था और लोगों के दफ़्तर या काम पर जाने से तुरन्त का जो सन्नाटा होता है वह अपने पसरने की सूरत में बज रहा था। अगर कोई अपनी गाड़ी लेकर न गया हो तब भी कहा जा सकता था कि इनके पास दो गाड़ियाँ हैं। जितनी देर में मैं दरवाज़े से उनकी बैठक तक पहुँची उतनी दूर में आधा मुहल्ला बसा होता है।

मैंने उनके बारे में सुना भर था और यह सब देखकर पूछना पड़ा, यह सुचिता का ही घर है न। उन्होंने तपाक से जवाब दिया और उस जवाब में भी कोई हँसी या मज़ाक़ का पुट नहीं था, 'जी नहीं, उनके भाइयों का घर है।' इस लाजवाबी की सूरत में मैंने उदय-उजास की बात शुरू कर दी थी। वे दोनों स्कूल गए हुए थे। उदय सातवीं कक्षा में है और उजास दूसरी।

उनके सब अन्दाज़ नफ़ीसों वाले थे। अपनी तरफ़ से एहतियात बरतते हुए मैंने सनोज और उनके शामिल जीवन के बारे में नहीं पूछा। लेकिन इतना बताया, और यह बतलाना ज़रूरी था कि जिसने भी सनोज को इधर के दिनों में देखा होगा, वह यह प्रश्न और प्रयास ज़रूर करता कि दिन

में सैकड़ों बार वह उदय, उजास और आपको याद करते हैं। उन्होंने हाँ या न में जवाब नहीं दिया बल्कि जवाब निर्णयात्मक न हो जाए इसलिए अपने जवाब में अनजाने ही मुझे भी शामिल कर लिया, 'वे छोटे बच्चे हैं। क्या आपको उचित लगेगा कि वे एक मानसिक रोगी से मिलें?'

मुझे चुप हो जाना था।

उचित-अनुचित के दायरों से बाहर यह जवाब था। मैंने कहना चाहा कि पिता की हैसियत से वह मिलने का हक़दार है और मेरे इस तुके-बेतुके सुझाव पर उन्होंने उच्चवर्गीय चाबुक चलाया, 'नो, आई डोंट सजेस्ट। पहले मरीज़ को ठीक हो जाने देते हैं।' उन्होंने अपनी किसी बात को ढकने के लिए नहीं, क्योंकि उनके जवाब में ऐसी कोई बेअन्दाज़ी नहीं थी, बल्कि मदद की सच्ची भावना से कहा और कहते हुए पचास-पचास हज़ार के चार चेक मुझे पकड़ाए, 'अधिक की ज़रूरत हो तो भी मुझे बताइएगा, मैं तो कहूँगी कि किसी बेहतर अस्पताल में ले जाइए। मैं सात-आठ लाख रुपयों तक का ख़र्च उठा सकती हूँ।'

अगले वाक्य से पहले वह हँसी उनके चेहरे पर रोशनी के फूल की तरह पसर गई थी जो लाचारी के वक़्त की पहचान है और जो सिवाय कुबेर या लक्ष्मी के, सबके चेहरे पर एक न एक दफ़ा पसरती है, 'अधिक की ज़रूरत हो तो भी देखेंगे।' उनके पास भी प्रश्न थे, शायद पैसों के लिए मुतमईन होना चाहती थीं या क्या पता मानवीय स्वभाव की वह मूल स्थिति उन्हें मजबूर कर रही हो जिसे उत्कंठा कहते हैं, 'सो, फॉर हाउ लॉन्ग यू एंड सनोज आर कलीग'? इस प्रश्न पर वे ज़ोर नहीं देना चाहती होंगी इसलिए कहा कि कीर्तिगान बड़ा ब्रांड है, वे लोग सनोज को दुबारा ज्वाइन करा लेंगे?

वे मुझे भोजन तक रोकना चाहती थीं लेकिन उतनी देर तक के लिए

मेरे पास बातें नहीं थीं। रुकने का एक फ़ायदा होता कि उदय, उजास से मिल लेती। उन दोनों की दसियों तस्वीरे इस हॉल में लगी थीं। उदय का चेहरा लग रहा था कि सनोज के स्वस्थ रहने वाले दिनों का होगा। ठुड्डी, होंठ और नाक तो जैसे सनोज के चेहरे से उतारकर यहाँ लगा दिये गए हों। सुचिता की तटस्थता बार-बार लाजवाब कर दे रही थी। जब मैने पूछा था कि क्या मैं इन तस्वीरों की तस्वीर उतार लूँ तब पूछते हुए ही मैंने जवाब का इन्तज़ार किए बिना कैमरा निकाल लिया था, इस उम्मीद में कि तस्वीरों के लिए क्यों मना करेंगी लेकिन उन्होंने कहा, 'नो, प्लीज़, इट मे एग्रिवेट हिज आलरेडी पू'र कंडीशंस।' मैंने सॉरी की नुमाइश में जीभ को आगे वाले चार दाँतों से काट लिया था।

चलते हुए उन्होंने दुबारा कहा कि उन्हें ग़लत न समझा जाए। वे बेहद ख़ुश हैं कि कोई सनोज का ख़याल रख रहा है। इस बात पर कई बार ज़ोर दिया कि पैसे-रुपयों की चिन्ता नहीं करनी है। यह भी पूछा कि दिन के किस वक़्त वे मुझे फ़ोन कर सकती हैं जिसके जवाब में मैंने कहा, 'यह भी कोई बात है, कभी भी। दिन-रात, कभी भी।' वे मुझे दरवाज़े तक छोड़ने आई थीं और अगली मुलाक़ात में उदय, उजास से मिलाने का वादा करते हुए कहा कि जल्द ही डिनर पर मिलते हैं। यह एक अतिरिक्त वाक्य था जो वे न कहतीं तो भी कोई हर्ज नहीं था लेकिन इससे गड़बड़ी यह हुई कि उत्साहातिरेक में मैंने कह दिया, 'क्या पता, सनोज का पागलपन भी तब तक ठीक हो जाए।'

यह उबर ऑटो में बैठते हुए कहा गया वाक्य था, 'क्या पता, सनोज का पागलपन भी तब तक ठीक हो जाए।'। सुचिता की प्रतिक्रिया मुझ पर

ज़ाहिर न हो सकी। लेकिन यह अपनी बात मुझे ही बेहद दुखी कर गई। जाने-अनजाने मैं भी सिरीमान जी को पागल कह रही थी। जब जेठू, मेरे बड़े पिताजी, बाबू यानी मेरे पिताजी के इलाज के ख़र्चों से तंग आ जाते थे तब मुझे पगले की बेटी कहते थे और बात-बात में पिताजी के पागल होने का ज़िक्र छेड़ने लगते थे। वे ब्याज निंदा के शिल्प में अपना मंतव्य ज़ाहिर करते थे, जैसे किसी तीसरे को बाबू की पढ़ाई-लिखाई के बारे में बता रहे होते तब अपनी आवाज़ ऊँची कर देते ताकि माँ भी सुन सके, 'अरे ये पगला, पढ़ने में होशियार था।' जेठू-माँ कई बार कहती, 'मेहनत-मज़दूरी करने से घबराते हैं छोटे बाबू।'

इन सबके जवाब में माँ, अगर एकाध मौक़े को जाने दें तब अक्सर, चुपचाप अपने आप में रहा करती थी। जैसे यह दृश्य अब इन बातों के प्रतिनिधि दृश्य के बतौर याद आता है—शाम होने वाली है और तिकोने आँगन में माँ तोरई की सब्ज़ी काट रही है। बीस-बाईस लोगों के परिवार के लिए आई तोरई का पहाड़ जैसा बन गया है। उन तोरइयों के बीच उभर आई फाँक से दूसरी तरफ़ बैठी, पहँसुल से तरकारी काटती माँ को देख रही हूँ। जेठू आँगन में आते हैं और मेरे सबसे बड़े चचेरे भाई के कमरे की तरफ़ झाँकते हुए कहते हैं, कल पगले को लेकर डॉक्टर के पास तुम चले जाना, मुझे नीलामी के लिए निकलना है। भाई की आवाज़ कुछ पूछने की शक्ल पहनकर कमरे से बाहर आती है तब पिताजी तसल्ली से बताते हैं कि दक्खिनी दिनाजपुर में कोई दुकान नीलाम हो रही है।

पगलू शब्द पर उलझ-सी गई हूँ, जेठू से कहना चाहती हूँ कि पगलू न कहो। माँ शायद मुझे देख रही हो, या न देख रही हो, कि उसके हाथ से बिछलकर तोरई का एक टुकड़ा गिर जाता है। माँ मुझे उसे मेरे हाथ में थमाती है, धुलकर लाने के लिए कहती है। हम लोगों के इस्तेमाल के

लिए चाँपाकल है। टोंटी का पानी जेठू का परिवार इस्तेमाल करता है।

सरकारी पानी की ऐसी क़िल्लत है कि खटाल में भैंसों को नहलाने के लिए भी चाँपाकल के मुँह पर कुप्पी लगाकर मटमैला हो चुका मोटा पाइप बाँध दिया जाता है और उसके दूसरे छोर से भैंसों पर फुहारा छोड़ा जाता है। इसका हैंडिल कड़ा है या वाशर ढीला हो गया है या मैं छोटी हूँ, जाने क्यों यह चाँपाकल मुझसे चलता नहीं है।

इसके हत्थे को दोनों हाथों से पकड़कर झूलती हूँ तब घरघराहट की आवाज़ के साथ पानी की कुछ बूँदें बाहर आती हैं और ऐसे चारेक बार झूलने पर तोरई का टुकड़ा धुलने जितना पानी आ जाता है। उसे धुलकर लाती हूँ तब तक माँ सब्ज़ी काट चुकी है। बड़े भाई अपने कमरे के दरवाज़े तक आ चुके हैं, दोनों बात-बात में कई बार पिताजी को पगलू, पगला, पागल कहते हैं लेकिन माँ जैसे इन्हें सुन ही नहीं रही। मुझसे भी धीमे-धीमे बात कर रही और आख़िरी टुकड़ा काटते हुए पहँसुल किनारे रखती है। तोरई से भरा हुआ भगौना कन्धे तक उठाते हुए पाकघर में चली आती है।

माँ कुछ नहीं कहती लेकिन भाभी जो दूसरे घर से आई हैं इसलिए या हम तीनों, मैं-माँ-भाभी, मिलकर एक जैसे दुःख का संसार रचते हैं इसलिए उस दिन पाकघर में कहती हैं, मैं तो सुनंदा के भइया को पगलू शब्द इस्तेमाल करने से मना करती हूँ लेकिन उन्हें भी आदत पड़ गई है। ज़िन्दगी किसी को भी यह दिन दिखा सकती है। बेटे की हत्या से नहीं होंगे तब किस घटना से आक्रान्त होंगे?

यह बात मुझे याद नहीं रह गई होती अगर इस पूरे स्मृति-चलचित्र में से एक वाक्य माँ ने मुझे बारह-पन्द्रह वर्षों बाद नहीं बताया होता। जब, तुक्का ही कहेंगे, मैंने पत्रकारिता संस्थान की प्रवेश परीक्षा पास कर ली

थी तब दिल्ली से बहुत दूर मेरे इस संयुक्त परिवार में माँ की हैसियत ही बदल गई थी। उन लोगों को लगा था मैंने कोई लॉटरी जीत ली है। उन लोगों के पास संचित अनुभव अमीर और ग़रीब के बीच भेदभाव का था, ऐसे में बहुत दिनों तक वे समझ नहीं पाए कि परीक्षा में सफल होने को अमीरी में रखें या ग़रीबी में? इसलिए माँ से घर का सारा काम लेना कम रहा क्योंकि तब तक भाभी घर में एक आवाज़ बन चुकी थीं और इसलिए उनके लिए मौजूद डाह से घर की दीवारें तपती रहती थीं। माँ अलबत्ता आदतन या भाभी की मदद के लिए बाद के दिनों में दिन-रात घर का काम करती ही रही।

ऑटो वाला एक जगह इस क़दर चिहुँका जैसे मेरे मन में चल रही कोई बात सुन रहा हो। इंडिया गेट का गोल चक्कर बीत रहा था और मुझे सिरीमान को पागल कहने वाला पल पकड़े हुए था। एक धक्का इस ख़याल का भी था कि कहीं ऐसा तो नहीं, मैं सनोज की तीमारदारी से थक चुकी होऊँ या ऊब चुकी होऊँ। जिसे अपने पिता के लिए पागल कहा जाना बुरा लगा हो वह दूसरों को धड़ल्ले से यही नाम नवाजता हो, इसका तुक समझा भी जा सकता था क्या?

पिताजी जब अपने आपे में होते हैं तब सबको उनके सही नाम से पुकारते हैं। उसकी शक्ल से सही-सही पहचानते हैं। मुझे सुन्दू पुकारते हैं बापी नहीं, जो मेरे भाई का पुकार-नाम रहा होगा। तब पिताजी बताते हैं कि रेडियो पर ख़बर सुनते हुए भाई की ख़बर उन्हें मालूम चली थी। वे और दादाजी भागते हुए गए थे और उनको भी पुलिस वालों ने यही कहा था जो वर्षों बाद नीलोत्पल, जिसे उसके दोस्त अभिजीत के साथ असम में अल्फाजोज तिमुग के नेतृत्व वाली भीड़ ने मार दिया था, जो बम्बई से असम अपने गृहराज्य पक्षियों की आवाज़ सुनने और उन्हें

रिकॉर्ड करने आया था क्योंकि वह साउंड इंजीनियर था और पक्षियों की आवाज़ सुनने का उसे शौक़ था, के पिता से कहा था—

> यह बताऊँ कि जब हम पर इस आफ़त की ख़बर टूटी तब हम भागे-भागे पुलिस थाने गए थे और स्टेशन ऑफ़िसर ने कहा था कि अब तो जो होना है वह हो चुका है और आप लोग अभी रात में वहाँ क्या करने जाएँगे।

पिताजी बताते हैं और यह बताते हुए हर दफ़ा उनके चेहरे पर लाचार ग़ुस्से का भाव रहता है, यानी कभी आप दूर से उनके चेहरे पर ऐसा कोई भाव देखें कि नसें तनी हुई हैं, लाल इतना है कि ख़ून टपकने वाला हो तब आप समझ सकते हैं कि वह यही बात बता रहे हैं। रात थी इसलिए वे लोग पहचान नहीं पा रहे थे कि शरीर किसका है लेकिन माँ कुछ दूसरा ही कहती है। उसके अनुसार हत्यारों ने शरीर पर कपड़े का एक रेशा नहीं छोड़ा था और पूरे शरीर को पत्थर से कूँच दिया था इसलिए ये लोग भाई को पहचान नहीं सके थे।

एक बात यह भी है कि जब कभी पिताजी तहस-नहस कर देने वाली उस घटना का ज़िक्र करना शुरू करते थे तब हमें यह समझ आने लगता था कि जल्द ही अस्पताल जाने की नौबत आएगी। जेठू ने नहीं लेकिन बड़े भाई ने एकाध मर्तबा शायद बिजली के झटकों की तरफ़ इशारा किया था लेकिन खुलकर कोई नहीं बताता था। पिताजी जब कभी अपनी दुर्दशा का रोना रोते तब जेठू, जेठू-माँ और उस परिवार के सभी लोग पिताजी से सख़्त नाराज़गी दिखाते थे।

पिताजी ने कभी खुलकर नहीं कहा कि उन्हें बांग्लादेश में दादाजी की सेवा करने के लिए छोड़कर बाक़ी लोग भारत आकर क्यों बस गए

थे लेकिन पिताजी जैसे ही कुछ कहते, बाक़ी के लोग इसी अन्दाज़ में चिल्लाना शुरू कर देते जैसे उन्हें ही दोष दिया जा रहा हो। वे लोग बार-बार यही कहते हैं कि पिताजी बांग्लादेश में सरकारी नौकरी में थे। वह भी शिक्षक थे। अब अगर इतनी सुधरी हुई हैसियत पर भी अपने आप को नहीं बचा पाए तब बाक़ी लोग क्या कर सकते थे।

दबी ज़ुबान से यह भी कहते हैं कि पिताजी ज़मीन बेचने के लालच में न धँसे होते तो शायद उनका बेटा उनके साथ होता। इस बात पर माँ सुलग जाती है, चलता-फिरता जलता हुआ कोयला बन जाती है। जब मुझे भी यह बात समझ में आने लगी है तब माँ का ग़ुस्सा इस बात पर समझा जा सकता है कि अगर कुछ पैसे ये लोग साथ ला पाए होते तो जीवन-भर की इस ग़ुलामी से बच गए होते जो उन्हें अपने बड़े भाई के परिवार की बजानी पड़ रही है। मैं पूछती हूँ, क्यों?

पिताजी इस प्रश्न का जवाब एकाध दफ़ा ही देते हैं बाक़ी मर्तबा चुप रह जाते हैं। मुझे भी लगता है कि जितनी बार वे जवाब देंगे, लगता है कोई नई बात बताएँगे लेकिन हर बार जवाब की श्रृंखला ऐसी ही होती है। बार-बार पिताजी यही बताते हैं कि उन लोगों ने किसी को बताया नहीं था कि वे लोग बांग्लादेश छोड़ने वाले हैं।

फिर?

हम लोगों ने क़स्बे में किराए का मकान ले लिया था।

क्यों?

अपने घर पर क़ब्ज़ा हो गया था। ज़बर-दख़ल।

कैसे?

प्रेम भाव से। जिन्होंने क़ब्ज़ा किया वे लोग भी इस बंगाल से उस बंगाल गए थे। हू-ब-हू हमारी तरह। वे लोग अलबत्ता सिलीगुड़ी से बांग्लादेश

गए थे। पहले एक परिवार आया जैसे तुम्हारे जेठू। फिर धीरे-धीरे उनका सारा कुनबा पसरता गया। ज़बर-दख़ल। पिताजी मकान को किराए पर देने के लिए तैयार नहीं थे लेकिन स्थानीय लोगों ने दबाव बनाकर घर में रखवा दिया। वे सब रिश्तेदार थे। वह पूरा गाँव विदेशी कम्पनियों और बड़े ब्रांड वाले जींस के कपड़े सिलने का काम करता था।

मुझे यह ख़ुद को समझाने में न जाने कितने वर्ष और लगेंगे कि 'अगर आप अपने-अपने देश में अल्पसंख्यक हैं तब यह सोचकर दूसरे देश में भाग जाना कि वहाँ आप बहुसंख्यक हो जाएँगे' भी ज़िन्दा रहने का एक तरीक़ा है। ख़ुद को यह भी समझाना चाहती हूँ कि लोकतांत्रिक सरकारों का शिखर अलोकतांत्रिक हो जाना है। आपके घर पर कोई क़ब्ज़ा कर ले और सरकारी लोग आपको समझाएँ कि क़ब्ज़ा करने वालों का परिवार बड़ा है इसलिए जिसका मकान है वह छोड़कर हट जाए, यह किताबों में भी अच्छा नहीं लगता।

तब तक माहौल शायद नहीं बिगड़ा होगा कि जब पिताजी अपना मकान छोड़कर किराए के मकान में बस रहे थे तब जिन लोगों ने क़ब्ज़ा किया था उन्हीं लोगों ने सामान पहुँचवाया था। अगर मरते वक़्त दादाजी ने घर देखने की बात न कर दी होती तब शायद तल्ख़ी न बढ़ती। पिताजी तथा भाई उनके निशाने पर नहीं आए होते। उन्नीस सौ नब्बे या इक्यानबे की बात होगी जब दादाजी ने घर चलने की इच्छा जताई रही होगी। ये लोग काली एक एम्बेसडर कार में गए थे। शुक्रवार का दिन था। हमारे घर पर क़ब्ज़ा करने वाला कुनबा घर पर ही था। कार को दरवाज़े पर ही नहीं खड़े होने दिया गया था। गाँव वाले क़ब्ज़ा-कुनबे के पक्ष में हथियार लिये खड़े थे और कुनबे के मालिक ने तय किया था कि इन्हें सबक सिखाना है।

जेठू और मझले जेठू अपनी जायदाद बेचकर भारत आ गए थे और यही शायद पिताजी ने सोचा रहा होगा। घर जा चुका था, बहुत सारे खेत जा चुके थे लेकिन कुछ खेत फिर भी अपनी चवन्नी मिल्कियत के थे। पिताजी उन्हें बेचना चाहते थे और इसकी भनक गाँव वालों को लग चुकी थी। उनके इरादे कुछ यों थे कि वे औने-पौने दाम देंगे नहीं तो कुछ भी नहीं देंगे।

पिताजी अपना समाज छोड़ना नहीं चाहते थे या उन्हें भी देशप्रेम का अगूढ़ मर्ज था या भारत नहीं आना चाहते थे या नौकरी नहीं छोड़ना चाहते थे या सारी जायदाद को उसकी वाजिब क़ीमत पर बेचना चाहते थे या...न जाने कितने 'या' हैं जिन्हें मैं जोड़ती रहती हूँ।

लेकिन एक प्रश्न है कि अगर गाँव वालों को मालूम हो जाता कि यह सदगोप परिवार बांग्लादेश छोड़कर भारत जाने वाला है, क्या तब भी वे लोग भाई की हत्या करते? आख़िर पहली बार तो वह खेतों में पानी खोलने नहीं गया होगा। अपना ट्यूबवेल था। भाई सत्रह या अठारह वर्ष का था। कोई अपने खेत पर क्यों नहीं जा सकता! पिताजी इस बात पर एक हल्का-सा जवाब देते हैं कि अगर उन्हें मालूम हो जाता कि हम लोग भारत जाने वाले हैं तब वे लोग ज़मीन की क़ीमत में एक दमड़ी न देते।

लेकिन भाई के बाद? क़ीमत मिली?

ऑटो वाले का बिल इतना अधिक आएगा अगर यह जानती तब शेयर-टैक्सी ही ले ली होती। रास्ते-भर ख़यालों में धूल सानती रही। इस अस्पताल को देखकर हैरानी महज़ इस बात की होती है कि यह दिल्ली में है, वरना सरकारी अस्पतालों में गन्दगी कहाँ नहीं होती। वहाँ राजबली वत्स और रजनीश शुक्ला दोनों साथ-साथ पहुँचे हुए थे, आज

इन्हें देखकर कोई नहीं कह सकता कि ये दोनों एक-दूसरे के कितने बड़े प्रतिद्वंद्वी रहे हैं। जिस राजबली को रजनीश ने कभी अपना बॉस नहीं माना होगा वही इनकी राज्यसभा वाली सम्भावनाओं को देखते हुए बिछने के लिए तैयार है।

दलसिंगार और सानिध्य भी आए हुए थे और सबसे आख़िर में मैंने देखा कि सिरीमान जी, मिस्टर ट्रबल मेकर भी वहीं मौजूद हैं अलबत्ता दो भारी-भरकम कम्पाउंडर उनके दोनों कन्धों के पास खड़े हैं और छू-भर रखा है। ये जनाब चुप थे और हाँफ रहे थे। जबकि हमेशा लगता है कि ये मुझे पहचानना भूल चुका है लेकिन उस दिन एक थोड़ी उम्मीद थी कि सबके सामने मुझे मेरे नाम से पुकारेंगे, मुझे पहचानेंगे। ऐसा भी नहीं कि पहचान नहीं सके थे। हरकतें सारी वही थीं जो हम किसी मुश्किल वक़्त में किसी परिचित या प्रिय को देखकर करते हैं, देखते ही चहक जाना, यह भाव कि कोई अपना आ गया है। इतनी कमज़ोरी में भी वह जैसे मेरी ओर झुक आए जैसे छूना चाहते हों और कहा था, 'शाइस्ता'।

सब हँस पड़े थे। वह हँसी अपमान से बिंधी हुई नहीं थी लेकिन ग़ैरज़रूरी ज़रूर थी। सिरीमान जी की थकान देखते हुए कम्पाउंडर उन्हें ले जाने लगे थे। जाते हुए उन्होंने डॉक्टर से कहा कि बताओ मेरी पोस्टमॉर्टम रिपोर्ट में क्या-क्या झूठ लिखने वाले हो? वह कमरे से लगभग निकल चुके थे लेकिन उनके दुःख की भारी-भरकम उपस्थिति कमरे में थी।

बात को टालने की ग़रज़ से पिछली कोई बात शुरू करनी चाही। मैंने डॉक्टर से पूछना चाहा, अगर उसने मेरा सवाल सुन लिया होता या मुझे उससे भी आगे बोलने का मौक़ा देता तब वह दुर्भाग्यपूर्ण स्थिति

उत्पन्न नहीं होती लेकिन वह भी जैसे खार खाए बैठा था। मेरा प्रश्न अगर पूरा होता तो यों बनता, 'उदय-उजास के बारे में पूछ रहे थे क्या? मैं आज उनकी माँ से मिली हूँ।' या इससे भी आगे कुछ कहती कि वे लोग पैसा खर्चने के लिए तैयार हैं या दो लाख के चेक दिखलाती लेकिन अभी मैंने अपनी बात शुरू ही की थी कि उस चिड़चिड़े डॉक्टर ने 'उदय-उजास' सुनते ही बात का अक्षर-अक्षर तोड़ दिया, कह बैठा—हू दी हेल आर दीज़ उदय-उजास, मुझे किसी भी मृतक सूची में इनका नाम नहीं मिला?

आभार

कीर्तिगान लिखने के क्रम में कुछ किताबों और वेबसाइटों से सूचनाएँ और प्रेरणा मिली।

इडा बी. वेल्स की *द रेड रेकॉर्ड*; जिया उस सलाम की *लिंच फ़ाइल्स : द फ़ारगॉटेन सागा ऑफ़ विक्टिम्स ऑफ़ हेट क्राइम*; अपर्णा वैदिक की *माई सन्'स इन्हेरिटेन्स : ए सीक्रेट हिस्ट्री ऑफ़ लिंचिंग एंड ब्लड जस्टिस इन इंडिया*; जॉन दयाल, लीना डाबलरू और शबनम हाशमी द्वारा सम्पादित *डिसमैंटलिंग इंडिया : ए 4 ईयर रिपोर्ट*; हर्ष मंदर, नताशा बधवार और जॉन दयाल द्वारा सम्पादित *रिकंसिलिएशन : कारवाँ ए मोहब्बत्'स जर्नी ऑफ़ सॉलिडेरिटी थ्रू ए वूंडेड इंडिया* और अनुज कुमार सिन्हा की *झारखंड आन्दोलन का दस्तावेज : शोषण, संघर्ष और शहादत* जैसी प्रमुख किताबें हैं।

'द क्विंट' और 'इंडिया रेसिस्ट्स' प्रमुख वेबसाइट हैं। हालाँकि शुक्रिया के इनके नम्बर कटने चाहिए क्योंकि एक वक़्त के बाद इन्होंने नए आँकड़े जोड़ने बन्द कर दिए थे और पुराने आँकड़े हटाने शुरू कर दिए थे।

मैं इन सभी लेखकों का, किताबों का और वेबसाइट का शुक्रगुज़ार हूँ।